バタイユと芸術　目次

バタイユと芸術　アルテラシオンの思想

まえがき

ジョルジュ・バタイユ（一八九七―一九六二）は芸術について多くを語った思想家である。本書は、雑誌『ドキュマン』に発表された論文を中心に、芸術をめぐる彼の思想の広さ、深さ、そして斬新さを明らかにしていく。

『ドキュマン』は月刊誌として一九二九年四月に創刊された[1]。表紙には「学説、考古学、美術、民族誌学」と対象が明記されている（図1）が、内容は宗教や歴史、哲学、現代芸術など文化の多様な面に向けられていた。そしてモノクロながら図版が豊富に、しかも斬新な写真をまじえて、掲載された。バタイユは編集長役を務め、毎号、論文を発表し、二年間ほどこれを続けた。彼は一八九七年九月一〇日の生まれだから、雑誌創刊時は三一歳である。『ドキュマン』時代は、一九六二年七月八日に他界するまで続けられた彼の文筆活動の初期にあたる。

本書では『ドキュマン』を文化グラビア誌と呼んでおく。そこに発表されたバタイユの論文は総じて芸術に関わるものが多い。芸術のなかでも彼の発言はとくに美術に関わっている。ただし、

（1）『ドキュマン』創刊の経緯、その内容、執筆陣に関しては巻末に添えた「資料1」を参照していただきたい。

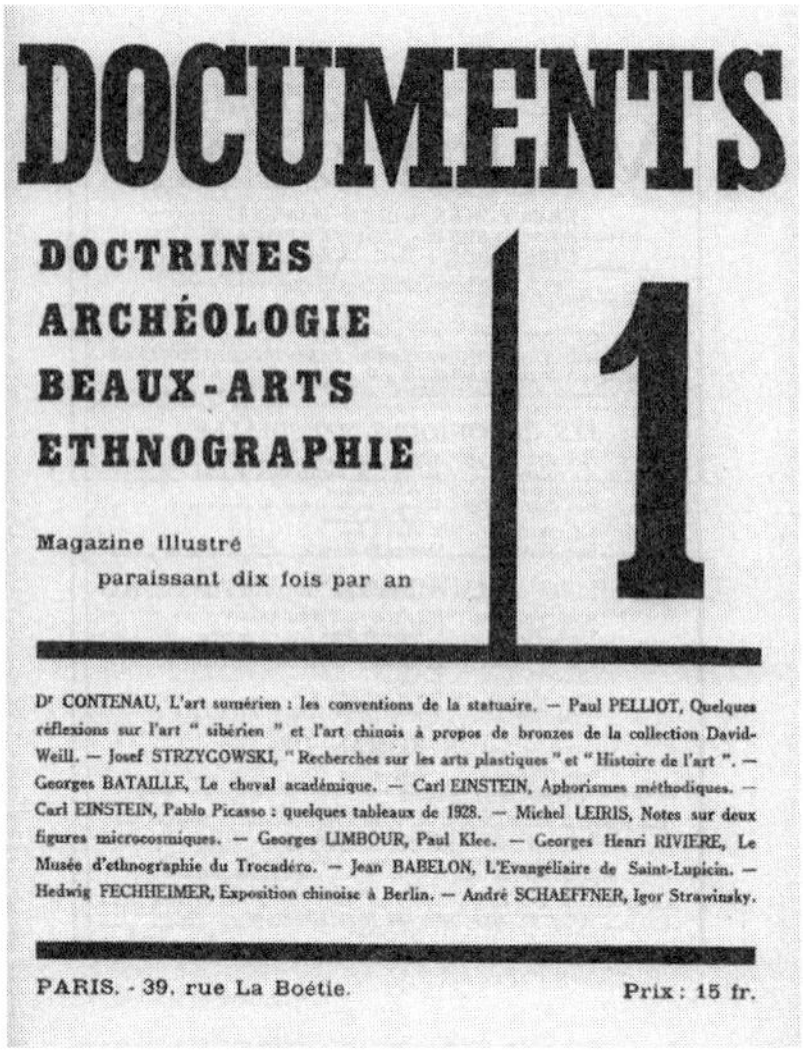

DOCUMENTS

DOCTRINES
ARCHÉOLOGIE
BEAUX-ARTS
ETHNOGRAPHIE

1

Magazine illustré
paraissant dix fois par an

Dr CONTENAU, L'art sumérien : les conventions de la statuaire. — Paul PELLIOT, Quelques réflexions sur l'art " sibérien " et l'art chinois à propos de bronzes de la collection David-Weill. — Josef STRZYGOWSKI, " Recherches sur les arts plastiques " et " Histoire de l'art ". — Georges BATAILLE, Le cheval académique. — Carl EINSTEIN, Aphorismes méthodiques. — Carl EINSTEIN, Pablo Picasso : quelques tableaux de 1928. — Michel LEIRIS, Notes sur deux figures microcosmiques. — Georges LIMBOUR, Paul Klee. — Georges Henri RIVIERE, Le Musée d'ethnographie du Trocadéro. — Jean BABELON, L'Evangéliaire de Saint-Lupicin. — Hedwig FECHHEIMER, Exposition chinoise à Berlin. — André SCHAEFFNER, Igor Strawinsky.

PARIS. - 39, rue La Boétie. Prix : 15 fr.

図1　『ドキュマン』創刊号表紙

文化の諸相に開かれていて、狭い意味での美術論とは違う。画家の名前がでてきても、その様式や制作事情をことこまかに解説するのではなく、根底にある文化、人間観、ものの見方に差し向けられている。

本書では、彼のこうした幅の広い、そして深々とした議論のゆくえを追いかけていく。そして時代に先駆けて彼が呈示した斬新な考え方を探りだしていく。

そのとき一つの道しるべとして注目したいのが「アルテラシオン」(altération) という彼の概念だ。現代のフランス語ではこの言葉は、「悪化」「改悪」など、よろしくない変化の意味で使われる。だがもともとの意味は「他なるものに変えること」「別様にすること」という意味なのだ。ここからバタイユは何かを「異質にすること」という意味で用いた[2]。本書では「変質」、「変容」などの訳語を与えている。現実のものを変形して描くことならば「デフォルメ」(déformer) あるいは「デフォルマシオン」(déformation) という美術の用語があるが、バタイユはこれを積極的に用いなかった。その理由はおそらく「アルテラシオン」のほうが人間の実存に深く関わっているからだろう。表現者と鑑賞者の双方の生のあり方に根源的に関わってくる何かがあるからだろう。対象を変形して描いただけでは「デフォルマシオン」になっているかもしれないが、「アルテラシオン」になっていない場合がある。晩年のゴッホの風景画では、麦畑も糸杉も太陽も「異質なもの」になっている。だが彼の死後、彼の影響を受けた初期のフォーヴィスムの画家の風景画を見ると、デフォルメはきいていても、異質なインパクトに欠ける。

「異質」とは何なのか。我々の生活は、空気にせよ食物にせよ、あるいは情報にしろ、外部にあるものを自分のなかに取り込んで成立している。そのさい、自分の肉体になじんで滋養になるように、あるいは自分の知識の体系に接合してこれがさらに豊かになるように、同質化している。咀嚼《そしゃく》したり解釈したり、外部のものを肉体や精神の既存のあり方と同じような性質のものに変えている。

「アルテラシオン」ということでバタイユが芸術の表現に見ていたのはこれとちょうど反対の動きだ。我々の生活に適合してしまったものを別様に変えること、同質的なものを異質化することである。もちろん異質化の度合には様々ある。精神や肉体に心地のよい変化もあれば、不快で害悪になる変化もある。バタイユが芸術表現でとくに重視したのは後者の変化、強い異質性への変化である。ならば結局「アルテラシオン」は通常理解されているように「悪化」とか「改悪」ということではないのか。バタイユは単なる悪趣味の美術評論家なのではあるまいか、という疑

（2）　バタイユ自身は「アルテラシオン」という言葉にこんな説明を加えている。「アルテラシオンという言葉は二つの利点を持つ。ひとつは、死体の腐乱のような部分的解体を表現していること、もうひとつは完全に異質な状態への移行を表現しているということである。この完全に異質な状態とは、プロテスタントのオットー教授がまったくの他なるものと呼んでいるものに、つまり聖なるものに、例えば亡霊に具現される聖なるものに、相当する」（『ドキュマン』第二年次、第七号「プリミティフ・アート」、*Les Œuvres complètes de Georges Bataille, tome I*, Gallimard, 1973, p.251（以下巻号と頁数を次のように略記する *O.C.,I*, p. 251）.

問もでてくるかもしれない。

バタイユがことさらに激しい異質化の表現に注目したのは、そういう表現が、我々の生命の重要な面を示唆しているからなのである。同質化に専念しているふだんの我々には見えていない生の大切な可能性を見せてくれるからなのだ。我々が食物や知識を摂取するのは、結局のところ、生き延びたいからなのである。一人の人間として延命を欲するのは悪いことでも、程度の低いことでもない。当然の欲求ですらある。バタイユとて病気になれば医者にかかり、治癒したときには喜んでいる。「アルテラシオン」を強烈な異質化として説くバタイユは、けっして延命をやめよとか自害せよと説いた思想家ではない。むしろそんな単純な異質性の見方は同質性に犯されている証拠だと見ていた。個人、物体、党派、領土、国家、民族。生命をこういった単体の枠のなかで捉えているからこそ、そのような完全な無化の発想が生まれてくるのである。同質的な生に固執すると自分の枠のなかでしか思考を営むことができなくなる。外部の生に理解を示しても、命の通わない、おざなりな言葉しか語れなくなる。

対して、異質な力に心を開いている人間は深い「交わり」を生きるようになる。こう言ってよければ、被爆直後の広島の人々は身も心もまったく別様になってしまっていた。「アルテラシオン」の極致にいたのだ。バタイユはいちはやく「ヒロシマの人々の物語」を書いて、彼らへの共感を打ち出した。その後の彼は、三度目の世界大戦の回避へ思索を巡らせていくが、彼の言葉は、憐憫、人道主義、平和主義とは違う次元から発せられている。安直な情緒と理性を焼き尽くす情念、深く自己と世界に覚醒した意識からの言葉である。一九四九年出版の『呪われた部分――全般経済学試論』第一巻『蕩尽』はこのような言葉の作品だ。

同時代の社会を変えたいという欲望はすでに『ドキュマン』の時代から強くバタイユを律していた。第一次世界大戦（一九一四―一八）が同質性に憑かれた国家相互の戦いであることを見抜いていたからである。より多くの領土を獲得すれば、国家経済はより豊かになり、科学も医療も産業も進歩し、一人一人の国民は便利な物品に恵まれてより長生きできるようになる。そんな先進文明諸国の間の戦争だったのである。この「大戦争」を何らか経験し、近代文明の愚に覚醒した若い世代が『ドキュマン』を主導していたのだ。一九二〇年代、国際協調が叫ばれ、それが頓挫していく様もまた彼らの視界にしっかり入っていたはずである。

本書の第Ⅰ部ではバタイユが同時代の前衛たちと時代変革の野心を共有し、『ドキュマン』を立ち上げていく経緯をまず語る。文明の広さを彼らに教えた民族誌学の影響は強調してしすぎることはない。次いで、いくつかの論文に立ち寄りながら『ドキュマン』時代の彼の芸術思想の深さを探る。例えばモンテーニュにまで遡ってバタイユの文明論の立場、単なる文化相対論ではない立場を検証する。第Ⅱ部では哲学の視点にこだわって、若きバタイユの思想の形成と『ドキュマン』での開花を見ていく。一九二〇年代前半に知遇を得たシェストフの教えはまことに重大で、『ドキュマン』におけるバタイユの基本姿勢を決定したと言っていい。「異質性」への目覚めを同時代人に説く姿勢である。第Ⅲ部では『ドキュマン』以後の彼の芸術観のアルテラシオンを、ゴッホおよび「現代精神」をめぐる論文の系譜から探っていく。精神の闇の世界を行き来するなかで絵画制作に向かったゴッホに内在しながら、一九三一年と一九三八年のバタイユのゴッホ論の変化を問うてみたい。他方で「現代精神」をめぐる議論では芸術を宗教へ開かせる一九三〇年代末のバタイユの緊迫した思想世界を明らかにする。

LE CHEVAL ACADÉMIQUE

MONNAIES GRECQUES ET GAULOISES (AGRANDIES)
1. MACÉDOINE. - 2. LIMOUSIN - 3. ARTOIS

En apparence, rien dans l'histoire du règne animal, simple succession de métamorphoses confondantes, ne rappelle les déterminations caractéristiques de l'histoire humaine, les transformations de la philosophie, des sciences, des conditions économiques, les révolutions politiques ou religieuses, les périodes de violence et d'aberration... D'ailleurs, ces changements historiques relèvent en premier lieu de la liberté attribuée conventionnellement à l'homme, seul animal auquel on consente des écarts dans la conduite ou dans la pensée.

Il n'en est pas moins incontestable que cette liberté, dont l'homme se croit l'unique expression, est aussi bien le fait d'un animal quelconque, dont la forme particulière exprime un choix gratuit entre des possibilités innombrables. Il n'importe pas, en effet, que cette forme soit répétée identiquement par ses congénères : la prodigieuse multiplicité du cheval ou du tigre n'infirme en rien la liberté de la décision obscure en laquelle on peut trouver le principe de ce que ces êtres sont en propre. Seule reste à établir, afin d'éliminer une conception arbitraire, une commune mesure entre les divergences des formes animales et les déterminations contradictoires qui renversent périodiquement les conditions d'existence des hommes.

On trouve, liées à l'évolution humaine, des alternances de formes plastiques analogues à celles que présentent, dans certains cas, l'évolution des formes naturelles. Ainsi, le style académique ou classique s'opposant à tout ce qui est baroque, dément ou barbare, ces deux catégories radicalement différentes correspondent parfois à des états sociaux contradictoires. Les styles pourraient être ainsi tenus pour l'expression ou le symptôme d'un état de choses essentiel et, de la même façon, les formes animales, qui peuvent également être réparties en formes académiques et démentes.

Antérieurement à la conquête, la civilisation des Gaulois était comparable à celle des peuplades actuelles de l'Afrique Centrale, représentant ainsi, au point de vue social, une véritable antithèse de la civilisation classique. Il est facile d'opposer aux conquêtes systématiques des Grecs ou des Romains, les incursions incohérentes et inutiles des Gaulois à travers

27

図２　バタイユ「アカデミックな馬」左図が古代ギリシア、マケドニア王国の貨幣図像、中央と右図がガリア・ケルト貨幣の図像

図３　左図：ガリア・ケルトの貨幣の馬の図。右図：マケドニア貨幣の図像

フランスでは先端的な美術史家が『ドキュマン』時代のバタイユに一冊の研究書を寄せている。ジョルジュ・ディディ＝ユベルマン（一九五三―　）氏の『不定形の類似――あるいはジョルジュ・バタイユによる視覚の喜ばしき知』（一九九五年）[3]である。彼は、類似表現の伝統を引き裂いていくのがバタイユの美学だというのだ。ただしダダ的にただ無秩序に引き裂くのではなく、バタイユは論文の文章で「理論的分解作業」を行い、掲載図像では「形象的組立の作業」を行なって、双方を組み合わせて一つの関係性の世界を形成していたというのである。[4]『ドキュマン』時代のバタイユが哲学の病を体系という形作りに見ていたことはディディ＝ユベルマン氏も重々承知している。それでもヘーゲル的な弁証法の体系へバタイユの当時の美学を形作っていくのである。西欧の病を徹底的に病んでみせるということなのか。

　本書はディディ＝ユベルマン論を展開する場ではないし、氏の論点と付き合わせて拙論を進めているわけでもない。たしかに類似の思想、つまり原形にどれだけ似ているかで、どれだけ同質的な模倣になっているかで、表現の価値を決めていく美学は、プラトン以来、西欧の長い伝統を形成しているし、『ドキュマン』のバタイユは類似を嘲笑《あざわら》うような図像を大胆に掲載している。ただし「引き裂く」というよりは「別様に変えている」ということ、つまり「アルテラシオン」なのだ（そもそも「引き裂く」という言葉はバタイユが一九三四年からコジェーヴのヘーゲル講義を受けてから彼のなかで意識的な用語になっていった）。最初の彼の論文「アカデミックな馬」はその典型例であるように思える（図2、図3）。馬の原形の類似に心がけて制作された古代ギリシア・マケドニアの貨幣の図像をガリア・ケルトの人々は変質させていったのだ。そしてバタイユの編集作業も、文章と図版を呼応させるというよりはそれぞれを自由に遊ばせている。だからこそ文章は生き生きとし、ときに変質がきいて難解であるし、図版は図版で異質性を自己主張している。

私は「アルテラシオン」を鍵概念の一つとして本書で何度か浮上させているが、けっしてこの概念にバタイユの美学を収束させるつもりはない。「様相」や「パロディ」といった当時のバタイユが重視した概念にも留意している。そもそも「異質性」の表現は一つではないし、作り上げられた表現もいつしか同質化されていくのである。「アルテラシオン」の思想は、「絶えざる」異質化の試みであり、その試みはどこへと定めのつかないまま、続行されるのである。

バタイユの「喜ばしき知」は知の限界付近での自由な散策である。拙著によってその散策の醍醐味が少しでも伝達できていればと願っている。(5)

（3）Georges Didi=Huberman, *La Ressemblance informe ou le gai savoir visuel selon Georges Bataille*, Macula, 1995.

（4）ディディ=ユベルマン氏の論点は一九九三年フランスのオルレアンで開催されたシンポジウム「ジョルジュ・バタイユ――すべてのあとに」の氏の発表論文「いかにして類似を引き裂くか」にまとめられていて、こちらは鈴木雅雄氏の邦訳で読むことができる（『ユリイカ』一九九七年七月号「バタイユ生誕一〇〇年記念特集」所収）。彼の論点はたとえば次のような一節に読み取れる。

『ドキュマン』はバタイユに、類似の概念に対して根底的な変質と再定義を行い、そうしてこの概念に理論的・実践的な試練――経験、作業、変容――を受けさせる機会を与えたのではなかろうか。類似についてのこの経験、あるいは実験を、従ってバタイユは『ドキュマン』の中で、相補う二つの場面で展開した。一方でそれはテクストを通して、つまり文学的・概念的作品を通してなされるものであって、記事から記事へと、まさに古典的な類似概念に対する真の理論的分解作業がつづけられてゆく。他方でそれは視覚的形態を取り、編集作業の実践を通して、バタイユは記事から記事へと真の形象的組立の作業を遂行している。そうして雑誌の誌面全体にわたり（当然のことだが、特に自分自身のテクストのイラストの場合がそうだ）、暗黙の、あるいは爆発的な接触、真の、あるいは偽りの類似、偽りの、あるいは真の相違、等々といった驚異的な関係化の網の目を織り上げていくのである」（前掲書、二五一頁）。

（5）なお既刊の拙著、例えば『バタイユ入門』（ちくま新書）、『バタイユ　魅惑する思想』（白水社）、『バタイユ』（青土社）等のなかで、『ドキュマン』発表のバタイユの諸論のいくつかについて語っているので、参照していただければ幸甚である。また『ドキュマン』に寄稿した日本の考古学者、中谷治宇二郎については拙著『魂の思想史』（筑摩選書）で取りあげており、こちらも参考にしていただければ幸いである。

第Ⅰ部　人と社会に変化を求める芸術

第1章　新たな様相の思想

はじめに

ジョルジュ・バタイユ（一八九七―一九六二）は、一九二九年四月に文化グラビア誌『ドキュマン』を創刊させ、以後二年の間、編集局長を務め、彼自身も旺盛に刺激的な論考を発表し続けた。年一〇回発行する月刊誌のスタイルで出発させ、初年次の一九二九年には月刊の予定通り一二月までに七つの号を発行した。一九三〇年になると、翌年一九三一年にまたがるかたちで何とか八つ号を刊行させせている。その各号にバタイユは長短様々なテクストを一本以上発表し、その数は合計三六本（初年次一九本、次年次一七本）に達した。

この雑誌に寄せるバタイユの野心は何だったのか。創刊号にマニフェストや巻頭言はなく、この雑誌がいかなる基本理念のもとに作られたのかは定かにされていない。わずかに表紙に「学説、考古学、美術、民族誌学」と記されているだけである（初年次第四号からは「学説」がはずされ「雑録」が加えられた）。

しかし同誌の寄稿者でバタイユの友人であったミシェル・レリス（一九〇一―一九〇）によれば、

創刊当初、雑誌紹介のパンフレットが作られたらしく、そこには次のように書かれていた。

> 「このうえなく腹立たしくて、未分類の芸術作品、そして今まで無視されてきた雑多な産物が、考古学の研究と同じほど厳密で学問的な研究の対象になるだろう。〔……〕一般に本誌では、このうえなく不安をそそる事象、どういう帰結になるのかまだはっきり画定されていない事象が考察される。
> 　このような多様な探究においては、成果や方法でときたま馬鹿げた特徴がでてくる。そうした特徴は、通常は作法の規則に則って隠蔽されるのがおちだが、本誌では凡庸さへの憎悪から、そしてユーモアから、敢然と強調されるだろう」[1]（雑誌紹介のパンフレット）

「芸術作品」とまず記されている。芸術が第一の関心事なのだ。しかし「未分類の」と形容され、「今まで無視されてきた雑多な産物」と同等に置かれている。ここには時代に抗う大胆さ、時代を変えたいとする情念が読み取れる。一般の読者の神経を逆なでするような芸術作品、不安を強くかきたてる事象。それらが考古学でのように厳密に考察されるというのだが、しかしその成果と方法はときとして不条理さを余儀なくされる。しかし通常の学者のようにそれを包み隠すのではなく、あえて挑発的に、そして陽気に、露呈してみせるというのである。

　こうした反時代的で大胆な芸術思想を本章では『ドキュマン』に寄せるバタイユの野心と捉え、これをさらに「様相（aspect）」という視点から考えてみたい。「アルテラシオン（変質）」によって生じた芸術表現の新たな面のことである。だがまずバタイユにとって芸術表現とは何なのかを確認しておこう。

バタイユは「芸術」（art）という言葉に広い意味を持たせていた。一言でその内実を名指すのは困難な話だが、今仮に「聖なる表現」と言っておこう。

「聖なる」という概念は「俗なる」という概念と対をなす。キリスト教が文化の主導役を担っていた時代、「聖なる」は神の側、「俗なる」は人間の側を指していた。しかし一九世紀を通して西欧では、まずフォイエルバッハ、さらにニーチェといった哲学者によって、神もまた人間の作り物にすぎないと語られ、神の人間性が暴かれていった。そうなると「聖なる」とは神とすらも名指すことのできない何ものか、人間の能力では知ることも語ることもできない何ものか、人間にとって「まったくの他なるもの」（ルドルフ・オットーによる「聖なるもの」の定義）としか言いえないものになっていった。そのなかで、とりわけ前衛の思想家や芸術家のあいだで、芸術は不完全ながらもこの「まったくの他なるもの」を表現し伝達する人間の「技《わざ》（art）」と考えられるようになっていった。

『ドキュマン』のバタイユもそのような見地に立って芸術を考えている。対象となる芸術表現もたいへん広く、古代貨幣の図像、中世聖書写本の挿絵、未開民族の宗教儀礼のための制作物（仮面やトーテムなど）、黒人音楽、大衆演劇、前衛映画、子供のいたずら書きまで、奇想天外な表象が『ドキュマン』では「まったくの他なるもの」の表現として取り上げられている。

しかし強いてジャンル分けすれば、バタイユが扱う芸術作品は、美術、正確に言えば造形芸術

（1） Michel Leiris, « De Bataille l'impossible à l'impossible "*Documents*" », in *Critique*, août-septembre 1963, no196-197, p.689.

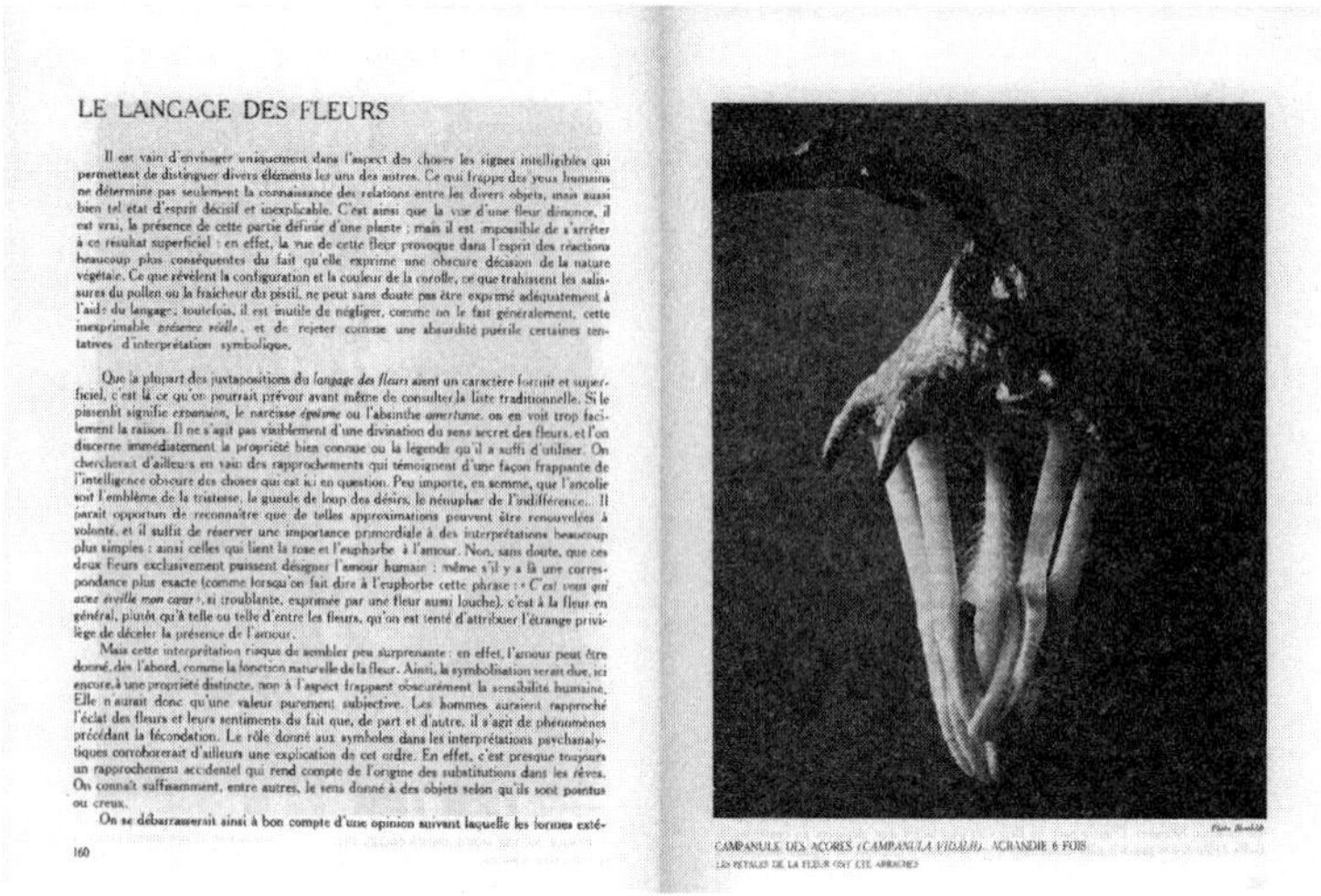

LE LANGAGE DES FLEURS

Il est vain d'envisager uniquement dans l'aspect des choses les signes intelligibles qui permettent de distinguer divers éléments les uns des autres. Ce qui frappe des yeux humains ne détermine pas seulement la connaissance des relations entre les divers objets, mais aussi bien tel état d'esprit décisif et inexplicable. C'est ainsi que la vue d'une fleur dénonce, il est vrai, la présence de cette partie définie d'une plante ; mais il est impossible de s'arrêter à ce résultat superficiel : en effet, la vue de cette fleur provoque dans l'esprit des réactions beaucoup plus conséquentes du fait qu'elle exprime une obscure décision de la nature végétale. Ce que révèlent la configuration et la couleur de la corolle, ce que trahissent les salissures du pollen ou la fraîcheur du pistil, ne peut sans doute pas être exprimé adéquatement à l'aide du langage ; toutefois, il est inutile de négliger, comme on le fait généralement, cette inexprimable *présence réelle*, et de rejeter comme une absurdité puérile certaines tentatives d'interprétation symbolique.

Que la plupart des juxtapositions du *langage des fleurs* aient un caractère fortuit et superficiel, c'est là ce qu'on pourrait prévoir avant même de consulter la liste traditionnelle. Si le pissenlit signifie *expansion*, le narcisse *égoïsme* ou l'absinthe *amertume*, on en voit trop facilement la raison. Il ne s'agit pas visiblement d'une divination du sens secret des fleurs, et l'on discerne immédiatement la propriété bien connue ou la légende qu'il a suffi d'utiliser. On chercherait d'ailleurs en vain des rapprochements qui témoignent d'une façon frappante de l'intelligence obscure des choses qui est ici en question. Peu importe, en somme, que l'ancolie soit l'emblème de la tristesse, la gueule de loup des désirs, le nénuphar de l'indifférence... Il parait opportun de reconnaître que de telles approximations peuvent être renouvelées à volonté, et il suffit de réserver une importance primordiale à des interprétations beaucoup plus simples : ainsi celles qui lient la rose et l'euphorbe à l'amour. Non, sans doute, que ces deux fleurs exclusivement puissent désigner l'amour humain : même s'il y a là une correspondance plus exacte (comme lorsqu'on fait dire à l'euphorbe cette phrase : « *C'est vous qui avez éveillé mon cœur* », si troublante, exprimée par une fleur aussi louche), c'est à la fleur en général, plutôt qu'à telle ou telle d'entre les fleurs, qu'on est tenté d'attribuer l'étrange privilège de déceler la présence de l'amour.

Mais cette interprétation risque de sembler peu surprenante : en effet, l'amour peut être donné, dès l'abord, comme la fonction naturelle de la fleur. Ainsi, la symbolisation serait due, ici encore, à une propriété distincte, non à l'aspect frappant obscurément la sensibilité humaine. Elle n'aurait donc qu'une valeur purement subjective. Les hommes auraient rapproché l'éclat des fleurs et leurs sentiments du fait que, de part et d'autre, il s'agit de phénomènes précédant la fécondation. Le rôle donné aux symboles dans les interprétations psychanalytiques corroborerait d'ailleurs une explication de cet ordre. En effet, c'est presque toujours un rapprochement accidentel qui rend compte de l'origine des substitutions dans les rêves. On connaît suffisamment, entre autres, le sens donné à des objets selon qu'ils sont pointus ou creux.

On se débarrasserait ainsi à bon compte d'une opinion suivant laquelle les formes exté-

160

CAMPANULE DES AÇORES (*CAMPANULA VIDALII*). AGRANDIE 6 FOIS

LES PÉTALES DE LA FLEUR ONT ÉTÉ ARRACHÉS

図１　論文「花言葉」の見開きページ

が多い。

造形芸術とは、形あるものを作る芸術である。建築、彫刻、絵画がこれにあたるが、バタイユの捉え方は独特である。形を失いつつある変容の過程、形を壊しつつある解体の動き、こうした変化を感じさせる作品を彼は重視していた。「アルテラシオン（変質）」をはじめとして、「不定形の」「異質なもの」「低い物質」といった『ドキュマン』時代のバタイユの重要な概念がこの形の変容を語っている。

　そのさいバタイユがまず注目したのは、当然といえば当然だが、作品の「様相」である。「様相」とは外見のことである。事物の見え方、対象の眺めと言ってもいい。この世界も社会も「様相」を変えるのが時の流れと歴史の必然なのだが、一九二〇年代末のバタイユの視界に現れる西欧近代社会、とりわけフランスの社会は、第一次世界大戦（一九一四―一九一八）以前と同じままに留まろうとしていた。バタイユをはじめ前衛たちはこの生命感不在の硬直した姿にうんざりし、過激な「様相」をこの社会に投じていた。ダダイスムもシュルレアリスムもそうした試みだったのだが、バタイユはしかし、これらの前衛すら生ぬるいと感じていた。『ドキュマン』創刊の彼の秘められた野心がここにある。よりいっそう過激な「様相」を呈示して、社会を変えるということである。

本章ではこうした「様相」をめぐるバタイユの思想を明示したい。そのさい『ドキュマン』創刊前夜の前衛たちの動きにも留意する。花を写真に撮るといっても、もう綺麗な花びらを写すだけの時代は終わったのだ。サドのように花びらをむしり取ってその内実の生々しい生を、植物の性欲を、その「如実な実在」[2]を露呈させたい。生きていることによりいっそう密着した「様相」こそ、今必要なことなのだ。フランス近代社会のなかでバタイユはそう悶々と考えていた。

「様相」という概念は厳密に言えばバタイユが『ドキュマン』誌第三号（一九二九年次）発表の論考「花言葉」（図1）で展開したテーマであるが、この論考を考察するまえにまず『ドキュマン』創刊前夜を訪れてみよう。若きバタイユの野心が『ドキュマン』創刊に携わった人々とどの

（2） Georges Bataille, « Le langage des fleurs », *Œuvres Complètes, tome I*（以下 *O.C.,I* と略記）, p.173.「如実な実在」（présence réelle）とは、もともと観念論哲学の実在論にある概念で「現実の実在」「本当の実在」という意味である。つまり神、イデアなどこの世を超えた超越的な存在こそが真に存在する「実在」であって、人間の感覚で捉えられるこの世の事物や現象は真実在の仮象、すなわち「非現実の実在」「虚偽の実在」（présence irréelle）とみなしていたのである。バタイユは、観念論のこの用法を逆手にとって、この世の感覚しうる事物こそ真実在とみなし「現実の実在」と表記している。ただしバタイユは事物のなかでも衝撃を与える事物、生の力を湧出させる事物を念頭に置いているので、ここでは「如実の実在」と訳した。

ように関係していたのか、その具体的な状況を見ておきたい。

1 主観的な資料なのか

『ドキュマン』はバタイユ一人で立ち上げた雑誌ではない。先導役はむしろ、勤務先の先輩格の同僚、つまりパリ国立図書館賞牌部門のピエール・デスペゼル（一八九三―一九五九）だった。デスペゼルは、すでに一九二三年に芸術と考古学に特化した季刊の学術誌『アレテューズ』を刊行させていて、これを続行させながら、『ドキュマン』の創刊を企てたのだ。学説と民族誌学は『ドキュマン』で新たに加えられた項目である。学術性を確固と示しながら、対象とする研究領野を広げたいというのがデスペゼルの狙いだったのだろう。だがバタイユを編集局長に抜擢しての創刊号は、デスペゼルから見て、大前提の客観的な学術性に乏しい出来栄えになってしまった。発行直後にデスペゼルはバタイユにこう書簡で伝えている。

「今まで私の目につくところでは、あなたがこの雑誌に選んだタイトルは、ほとんど、あなたの精神状態に関する《ドキュマン》を呈示するという意味でしか正当化されない。たいへんな事態だが、しかしまだ、とんでもなくひどいというわけではない。あなたと私がヴィルデンシュタイン氏にこの雑誌の当初の計画を語ったとき、私たちの心にひらめいていたその精神に真に立ち還るべきだ。

真剣にこのことを考えてくれないか。もちろん私は『ドキュマン』に対して振りかざすべきいかなる制裁権も持ちはしない。ただ一つだけ、この雑誌の廃刊という制裁権だけは持つ」[3]（一九二九年四月一五日付け、バタイユ宛てデスペゼルの書簡）

『ドキュマン』というタイトルはフランス語であり documents と綴る。意味は、「資料」である。とりわけ考古学の資料を指す。遺跡から発掘された陶器だとか、洞窟から発見された古い文献などのことだ。創刊号を開いて、デスペゼルの目に映った印象は、バタイユの精神状態に関する情報であって、考古学や民族誌学などの学問の研究に役立つ資料ではなかった。この雑誌の出資者で画商のヴィルデンシュタインと話し合ったときには、学問的な資料を提供するということで合意に達していたはずであり、その学術的な精神に早く戻るべきだとデスペゼルは詰め寄っているのである。

もちろんデスペゼルも言うように「とんでもなくひどいというわけではない」。いちおう掲載論文も図版も学問的考察のための資料という体裁は保っている。[4] いやそれどころか、先ほど引用したパンフレット、おそらくバタイユが作ったと思われるあのパンフレットの文言によれば、

（3） *O.C.I*, p.649.

（4） 前掲のレリスの報告によれば、「『ドキュマン』が取り上げていたのは、多くの場合、周辺的な事象ではあったが、それらは多少とも直接的に美学に関係し、また民族誌学や民俗学の分野に含まれる事象だった。このことは当初理論面で設定されていた路線に外れることではなかった。バタイユ自身の寄稿についても、彼が論文でいかなる結論に達していたにせよ、ほとんどの論文において、形態の分析あるいは図像学の分析を出発点に据えて、結局、ゲームの規則に従っていたのである」Michel Leiris, *op.cit.*, p.691.

「考古学の研究と同じほど厳密で学問的な研究」となる。

ここには、考古学、そして学問に対する見解の相違が見て取れる。デスペゼルはいわば伝統に則って、客観的に考察を進めたいのだ。ならば、バタイユはデスペゼルが見て取っていたように彼自身の精神状態を伝えるために資料を使っていたのだろうか。そうではない。デスペゼルのような伝統的な学者からすれば〝主観的な〟と形容したくなるもの。それはたしかに客観的なものではないのだが、しかし主観的なものとも言いきれない何ものかである。本章ではこの点に注目していくが、今はとりあえず、バタイユは主観と客観の区別のつかないところへ学問を導いていきたかったと述べておく。そこにこそ彼の学問の厳密な探究の意味があり、『ドキュマン』に寄せる野心があったのだ。

図2　ジョルジュ＝アンリ・リヴィエール

資料とは、何かについての資料である。そして資料は学問を実証的に支える役割を担っている。しかしバタイユはそれ以上に、資料がそれ自体の存在感を示すこと、彼の言葉を借りれば「如実な実在」を示すことを目指していた。

これはバタイユ一人の問題意識ではなかった。雑誌の寄稿者のなかの前衛的な人々と共有していた考え方だった。そのなかでも思想上とくに重要であったのが、のちにパリのトロカデロ民族誌学博物館の副館長になるジョルジュ＝アンリ・リヴィエール（一八九七―一九八五）（図2）だ。レリスによれば、リヴィエールこそが『ドキュマン』創刊時の影の立役者ということになる。

『ドキュマン』の構想を持っていたのは、リヴィエールだったと思います。そしてバタイユがとてもよい編集局長になると考えていたのも彼だったのです[(5)]」。

デスペゼルが伝統的な学問に執着を持つ学者だったのに対して、リヴィエールはアメリカのジャズを好み自らピアノで演奏する開放的な自由人だった。ルーヴルの美術学校で西欧美術史を学んだが、この研究に閉じこもることなく、一九二八年には新たな民族誌学の展示の試みを行っている。すなわちパリの装飾芸術博物館のマルサン館でコロンブス以前の中南米芸術の展覧会「アメリカ古代芸術展」を開催させ、成功させたのである。ちなみにこの展覧会に寄せられた雑誌の特集号（『文学・科学・芸術共和国手帳』第一一号、*Cahiers de la République des lettres, des sciences et des arts, XI*）の編集長はデスペゼルであり、そこにバタイユも重要論文「失われたアメリカ」を寄稿している（本書第I部第2章七〇頁参照）。この雑誌の発行元の住所パリ八区ボエシー通り三九番地は『ドキュマン』のそれと同じである。編集者、出版元、そして内容の総合性という点から見ても、『ドキュマン』の母胎の一つと考えられる雑誌だ。

2　新たな考古学

デスペゼルとリヴィエールは当時すでに交流があった。両者が合意してバタイユを『ドキュマ

（5）Michel Leiris, *C'est-à-dire, Entretien avec Sally Price et Jean Jamin*, Jean-Michel Place, 1992, p.32.

ン』の編集局長に据えたのかもしれない。だがバタイユとしてはリヴィエールの新たな精神に惹かれていたのだろう。とりわけ彼の考古学の考え方には大いに啓発されていたと思われる。今までの考古学のように、起源に遡ってそこに理性の眼差しを向けたままにするというのではなく、現代に向けてその資料を生々しく呈示する。他方で、当時の前衛の芸術家が見せていた異国趣味的な美意識、つまり異文明の芸術作品を自分の芸術に取り込んでこれを活気づけるという利己主義にも陥らない態度にバタイユは触発され共鳴を覚えていたと思われる。

リヴィエールは、一九二九年の『ドキュマン』創刊より前に、月刊誌『芸術手帳』一九二六年第七号に「考古学主義」という短文を寄せている。固有名と暗喩がちりばめられていて難解な文章だが、バタイユが共有することになる精神的風土を知るうえで貴重な発言である。全文引用しておこう。

「考古学主義

ギリシアの奇蹟は生を終えた。モーラス(6)とヴィンケルマン(7)のパルテノン神殿の台座の下では、クメール微笑を浮かべたコレーの女性像たち(8)が休息していた。考古学は彼女たちを目覚めさせてやったのだ。美術館を覆した考古学のことである。この考古学、言い換えれば、人文主義という父親を殺した娘は、いまや発掘作業を取り仕切っていて、古代エジプトのティニス王朝やコロンブス以前のアメリカ、古代中国の帝国をわれわれに紹介している。ミノス島では、この娘は、ミノス文明の後光から伝説をはぎとったのだが、これは、この文明に宮殿を、その宝物を、そのフレスコ画を、返してやるためだった。

われわれはもう、父親たちが行ったようには美術館に行かない。ルイ・アラゴン、[9]ジャン・リュルサ[10]は、もしもマドリッドでシルクハットや山高帽を目深にかぶりなおすとしても、[11]依然としてプラド美術館を無視することになるだろう。しかしアルタミラ洞窟へは探究に出かけることになるだろう。

われわれの父親たちは近代人を美術館に呼び出して、古代人の前に出頭させた。[12]われわれは、その美術館に古代人を呼び出して、近代人の前に出頭させる。古代人と近代人、どっちもどっちだ。ラシーヌ[13]はエウリピデス[14]から遠い時代にいる。そうしたことがわれわれには父親たちよ

(6) シャルル・モーラス(一八六八—一九五二)。フランスの思想家。早くからギリシア・ローマの古典に親しみ、古典芸術の復興を説いた。ドレフュス事件では反ドレフュス派に属し、一八九九年には右翼団体アクション・フランセーズを結成した。

(7) ヨハン・ヨアヒム・ヴィンケルマン(一七一七—六八)。ドイツの美学者。古典主義を唱導した。著書『ギリシア芸術模倣論』(一七五五年)で古典古代を手本とした芸術の再興を説いた。

(8) コレー(Korés)。ギリシア美術のアルカイック期(前七世紀~前五世紀)に作られた女性着衣像。多くの場合、微笑を浮かべている。リヴィエールは、カンボジアのクメール朝時代(九世紀~一五世紀)の仏教芸術を想起してクメール微笑と形容しているが、現在では「アルカイック・スマイル」と呼ばれている。一九世紀末にアテネのアクロポリスの丘の墓穴から大量に発掘された。

(9) ルイ・アラゴン(一八九七—一九八二)はシュルレアリスムの詩人。

(10) ジャン・リュルサ(一八九二—一九六六)はシュルレアリスムの画家。タピスリー美術家。リヴィエールをこの前衛運動に導いた。

(11) シルクハットを脱ぐ行為は、当時のダダイスト、シュルレアリストにおいては、論戦を開始する仕草と受け取られていた。

(12) 一七世紀末にフランスで起きた「新旧論争」(Querelle des Anciens et des Modernes)が話のもとになっている。古代ギリシア・ローマ人の文化と同時代フランス人および西欧人の文化のどちらが優秀かを論じる議論。

りよく見える。

だがわれわれは、こうした広い知識に、芸術のリベラリズムという不幸を結びつけてしまった。むなしい折衷主義はもうたくさんだ。われわれの感性は、いかなる利他主義的な気遣いからも解放されて、より厳密な法則を求めている。

まさにそうした探究に貢献するために、われわれは、様々な文明から借り受けた資料〔documents〕をこの『手帳』であなたがたに提示したい。学問の装置は出典注記に限定される。

そして起源に遡ると思っている人たちは、雲を見出すことになるだろう……」[15]（リヴィエール「考古学主義」）

起源に遡ることを目的としない考古学。イタリア・ルネサンス以来の人文主義から生まれたのにもかかわらず、この父親を殺してしまった考古学。なぜ殺したのか。それは、この人文主義が古典主義であったからにほかならない。パルテノン神殿のような均整のとれた建築物や彫刻を生み出した古典期のギリシア文明、これの模倣に終始したローマ文明。人文主義はこれら古代文明の理性主義的な面に西欧文明の起源を見立て、この面を第一に重視してきた。

新たな考古学は、パルテノン神殿の立つアクロポリスの丘に埋もれて眠ったままであった塑像を目覚めさせる。古典期よりもさらに前の、アルカイック期の女性像をその不可解な微笑みとともに現代人の眼前に出現させるのだ。そしてまたギリシア・ローマの外へも出ていく。先史時代のアルタミラ洞窟の壁画、あるいは中南米、アフリカ、アジア、オセアニアの未開文明の遺物を紹介するのである。これら理性では割り切れない「雲」のような造形作品に、人文主義の父親から授かった理性を差し向けるというのである。人文主義の名残ともいえる西欧中心型のリベラリズム、言い換えれば「利他主義」を装う利己主義、つまり西欧文化を活気づけるために異文化を利用するこの近代の兆候に抗って、異文化を生身のまま出現させるというのだ。

理性的な厳密さとは、ここでは、起源や出自を雄弁に語りだす人文主義の学問精神を最小限に抑えることを指す。リヴィエールはこの短文に大きめのモノクロ図版を九点、四頁にわたって掲載させている。それらに添えられた出典注記は極めて簡潔だ。例えば、「仮面、多色塗りの木材、トロカデロ民族誌学博物館、二六番、ニューへブリデス諸島の芸術」といった調子である。

リヴィエールのこうした考古学主義は、彼自身の独創というよりはむしろ、時代の新たな傾向を明示したということなのだろう。バタイユは、おそらくリヴィエールを介してこの傾向に目覚め、大いに触発され、『ドキュマン』の制作に向かったのにちがいない。

起源への遡行ではなく、逆に今の時代に遺物を出現させる。西欧の理性主義的文明の外に注目する。それらの資料を読者の視覚を刺激するように図版で顕示する。「資料」という言葉（「様々な文明から借り受けた資料」というリヴィエールの表現は注目に値する）もそうだが、こうした新たな考古学の傾向を、バタイユは、リヴィエールと、いやリヴィエールを含めた同時代の前衛たちと共有

（13）ジャン・ラシーヌ（一六三九―九九）。フランス古典主義悲劇の完成者。古代ギリシア・ローマ人の傑作を規範とした。例えば代表作『フェードル』は後述のエウリピデスの『ヒッポリュトス』とセネカの『パエドラ』に拠っている。

（14）エウリピデス（前四八四―前四〇六）。古代ギリシアの劇詩人。アイスキュロス、ソポクレスとともに三大悲劇詩人と呼ばれる。

（15）Georges-Henri Rivière, « Archéologismes », in *Cahiers d'Art*, Vol.1, no.7, p.177-180.

して、『ドキュマン』の創刊に向かったと思われる。

3　トロカデロ民族誌学博物館

赤道地帯科学調査隊の付添医師として南米に派遣されたのがきっかけで民族誌学に関心を持つようになったポール・リヴェ（一八七六―一九五八）がトロカデロ民族誌学博物館の館長に就任したのは、一九二八年のこと。翌年彼は、リヴィエールを副館長に就けて同館の改革に乗り出した。リヴィエールは主として展示の方面の改革にあたった。この改革が実際に緒についたのは一九三二年であるが、彼はこの任務に抜群のセンスを示し、のちに、「ショーケースの魔術師」（le magicien des vitrines）の異名を得るほどになる。

「資料」のグラビアがふんだんにちりばめられている『ドキュマン』も一種の民族誌学のショーケースだと評したのは現代アメリカの文化人類学者ジェームズ・クリフォードである。いわく「『ドキュマン』それ自体が、イメージ、オブジェ、テクスト、ラヴェルを陳列する一種の民族誌学的ショーケースなのだ。標本を集めると同時に再分類する楽しげな〔playful〕博物館なのである」。[16]

雑誌のグラビアと博物館のショーケースとでは実際問題としてだいぶ相違がある。にもかかわらず、『ドキュマン』がクリフォードをしてトロカデロ民族誌学博物館を連想させたのはなぜか。それは、先走って言えば、『ドキュマン』のグラビアがトロカデロのショーケースのように、いやそれ以上に強烈に、対象を如実に実在させていたからにほかならない。

だがまず、民族誌学（ethnographie）とは何か、民族学（ethnologie）とどう違うのかという点をごく簡単に記しておく。民族誌学のフランス語の前半 ethno は民族を意味し、後半の graphie は記述を意味する。つまりある民族の文化所産を具体的に探究し記述していくのが民族誌学である。対して民族学のフランス語の後半部分 logie は論理、理論、体系を意味する。民族誌学の成果に基づきながら、ある民族の文化を理論的に体系化していくのが民族学だ。ちなみに文化人類学（anthropologie）は、民族学より後発の学問だが、諸民族、諸部族の社会に見られる特徴を大きく人間社会の問題として体系的に考察していく。

これらのなかでは民族誌学が最も具体的な学問である。パリ一六区、セーヌ川沿いのトロカデロ宮殿に民族誌学博物館（図3）が開設されたのは一八七九年のこと。前年のパリ万国博覧会でフランス植民地の文化所産を紹介した展示が好評であったため、時の政府がこの博物館の創設に踏み切ったのである。初代の館長エルンスト＝テオドール・アミー（一八四二―一九〇八）は、三〇年に及ぶ在職期間中に、この種の博物館の先進諸国すなわちデンマーク、ノルウェー、スウェーデンなどの北欧諸国に赴いて見聞を広め、また「資料」の収集に努力して所蔵品を六〇〇〇点からその二倍へ拡充させたが、展示という点ではいくつかの問題を残した。伝統的な考古学と同様に起源との関係を重視した点、他方で当時有力だったダーウィンの進化論に則しての進歩史観

（16） James Clifford, « On Ethnographic Surrealism », in *Comparative Studies in Society and History*, Vol.23, No.4 (Oct.,1981), p.550-551.

図3　トロカデロ宮殿　1878 年

的な文明観に立脚していた点。そしてこれが最も憂慮すべき点なのだが、所蔵品を民族、部族などの大きな単位ごとにいっしょくたにただ雑然とラヴェル表示もなく展示したのである。その後、予算不足も手伝って、展示品のそれぞれの群れは虫のはびこるガラクタの山になってしまっていた。民族誌学の本質的任務である「資料」の具体的把握が、この民族誌学博物館では十全に果たせなくなっていたのである。(17)

リヴィエールの改革案は『ドキュマン』創刊号に「トロカデロ民族誌学博物館」の題で発表されている。それによれば彼は以下の七つの点に留意した。（1）所蔵品のカタログを正確なものに作り直すこと。（2）展示品を一般公開用と研究者用に分け、一つしかない貴重品は一般展示の方へ優先させ、研究者用の部屋には同系列の類似品を回すこと。（3）電気の照明を展示室に配備すること。（4）展示スペースを中南米、アフリカ、アジアなどの地域ごとに明瞭に分けること。（5）付属図書館を充実させること。（6）他の博物館との所蔵品の交換展示を積極的に行うこと。（7）博物館の存在を知らしめるための宣伝活動に鋭意努力すること。

これらの展示改革からは見て取れる特徴がいくつもあるが、その重要な一つは、一つ一つの展示品がその存在を取戻し、それぞれの個性を際立たせることができるようになっていることである。カタログに明示され、会場では他の類似物から切り離され照明を当てられて、「資料」は「如実な実在」を顕示しうるようになっているのである。

4　画家と民族誌学

とはいえ、すぐれた芸術家たちは、改革前のトロカデロを訪れて、その展示品に強い衝撃を覚えていた。具体的な面に直接触れて、大いに啓発されていたのである。その最たる例がパブロ・ピカソ（一八八一—一九七三）である。小説家で美術評論家のアンドレ・マルロー（一九〇一—七六）にピカソは次のように告白している。

「人はいつも黒人芸術が僕に与えた影響について語る。どう言ったらいいのだろう。僕たちはみな、呪物像〔fétiches〕を愛していた。かつてファン・ゴッホはこう言ったものだ。「日本の芸術、我々はこれを共有していた」。僕たちの場合、それは黒人芸術だった。あれらの形態が僕に及ぼした影響はマチスやドランの場合以上ではなかった。しかし彼らにとって、黒人芸術の仮面は、彫刻と同じであって、しかも他の彫刻と同じような代物だった。マチスが僕に彼の最初の黒人顔面像を見せてくれたとき、エジプトの芸術だと言ったものだ。

　トロカデロに行ったときには、胸がむかついた。蚤の市のようだった。ひどい臭いだった。僕はたった一人だった。立ち去りたかった。しかし帰らなかった。そこに留まった。居続けた。これはとても重要なものだということがこのとき僕には分かったんだ。何かが僕に起きたんだ。

（17）トロカデロの民族誌学博物館の歴史については以下を参照した。Nina Gorgus, Le Magicien des vitrines, Edition de la Maison des sciences de l'homme, (traduit de l'allemand par Marie-Anne Coadou), 1999, chapitre II "La première étape de la carrière de Rivière : musée d'Ethnographie du Trocadero".

黒人芸術の仮面。それは他の彫刻と同じような彫刻ではなかった。全然違うんだ。呪術的なものだったんだ。エジプト人やカルデア人ではどうしていけないのか。そのことが僕たちには分かっていなかった。彼らエジプト人やカルデア人が、原始の人々ではあるが、呪術的な人々ではないということが分かっていなかったんだ。黒人たち、彼らは媒介者だったんだ。この媒介者というフランス語を僕はこのときから知った。すべてに抗っている。未知の、脅威の精霊すべてに抗っている。僕はずっとこれらの呪物像を見ていた。そうして理解した。僕もまたすべてに抗っているということを。すべてが未知であり敵であると僕もまた考えているということを。〔……〕黒人たちの彫刻が何の役に立っているのか僕には分かったんだ。なぜ、別様ではなく、こんな風に彫刻しなければならないのか、その理由が分かったんだ。〔……〕すべての呪物像は同一のことに役立っている。あれらは武器なんだ。もう精霊たちの従僕にならないようにするための武器。独立した存在であるための武器なんだ。道具と言ってもいい。〔……〕精霊、無意識（この言葉は当時まださほど使われていなかった）、情動、これらは同じことだ。自分がどうして画家になったかが僕には分かったんだ。あの恐ろしい博物館のなかでたった一人、仮面、赤い肌の人形、埃っぽいマネキンと相対しているうちに。《アヴィニョンの娘たち》がこの日僕に到来したのだと思う。形態の問題などでは全然ない。あれは僕の悪魔祓いの最初の絵なのだから。〔……〕

まさにこういったことが原因で僕はブラックから離れたんだ。彼は黒人芸術を愛していたが、それは先述したように、それらがよい彫刻だったからにほかならない。彼はこれらの彫刻にほんの少しの恐怖も抱きはしなかった。悪魔祓いは彼の関心を引かなかった。僕がすべてと呼んだもの、つまり生、何だかよく分からないもの、大地、僕たちを取り囲んでいるもの、僕たちではないもの、これを彼は感じていなかった。これが敵意を持っていると思っていなかったんだ[18]」(マルロー『黒曜石の頭』)

ピカソは民族誌学の「資料」を深く体験している。仮面が黒人の生活のなかでどのような意味を持っているのか、どうしてそのように彫られねばならなかったのか、具体的に生々しく感じ取っている。精霊、無意識、情動、生、大地、これらの言葉で言い表されるものは「雲」のように掴みどころがないが、しかし確実に存在していて彼らの生活を脅かしている。ピカソは黒人たちの仮面から彼らの生活の深い層を体で感じ取ったのだ。そして自分の今のパリの生活においても同様の得体のしれない力が自分を取り囲み、故しれぬ敵意で威嚇していることに気づくのである。バタイユが『ドキュマン』の読者に求めていたのもこのような未知の力への現代人の覚醒だった。ただし、こうした恐ろしげなものを払いのけるのではなく、陽気に受け入れることを求めていたのではあるが。

ピカソが《アヴィニョンの娘》の制作に向かったのは一九〇七年頃のことである。この頃には一九世紀後半の画壇を賑わせていたジャポニスムは下火になり、画家たちはより強烈な表現を求めて、黒人芸術に夢中になっていた。しかしピカソが暴露しているように、マチス、ドラン、ブラックなど大方の新進画家の関心は、黒人芸術の形態面に留まっているだけであり、彼らにとっ

(18) André Malraux, *La Tête d'obsidienne*, Gallimard, 1974, p.17-19.

図4　シャイヨ宮殿、著者撮影

て黒人の仮面像は、他の未開文明の彫刻と代替可能なものでしかなかった。リヴィエールの言う「芸術上のリベラリズム」、根は利己的な「利他主義」、本国中心の異国趣味だったのである。

『ドキュマン』の編集局長バタイユが欲していたのは、新たな考古学主義、新たな民族誌学、そして新たな美術であり、彼がそれらに期待していたのは、近代西欧人の自我意識、自己中心の見方、主観主義を打ち破ることだった。

この意味で、もう一人、トロカデロの博物館で深い体験に至った芸術家を紹介しておこう。日本の画家、岡本太郎（一九一一―九六）である。彼がパリに入ったのは一九三〇年一月であり、バタイユと親交を持つようになるのは一九三五年頃からだ。その後、一九三八年には未開民族の宗教や風習を扱うパリ大学でのマルセル・モース（一八七二―一九五〇）の講義に出席するようになるのだが、そのきっかけはトロカデロで全身震える思いに襲われたことにあった。トロカデロ宮殿自体は展示に向かないということで一九三五年に取り壊され、一九三七年パリ万博のために新たにシャイヨ宮殿（図4）が作られ翌年から「人類博物館」(Musée de l'Homme) として展示を開始していたのである。岡本太郎は、ピカソと同様に、「資料」と直接的に交わったのだ。パリ留学時代を回想した彼の文章にはこうある。

「やがて哲学科の正規の学生になって、心理学や社会学をも学んだ。しかし私にはより強烈に心惹かれる別の契機が待っていた。ちょうとパリの万国博〔一九三七年の博覧会を指す〕の跡地に、一九三七年、ミューゼ・ド・ロンム〔民族学博物館〕が開設された。前からトロカデロの古めかしい、暗い建物の中に展示物があったことは知っていたが、その新しい研究博物館を見て私はあっと思った。

世界中のあらゆる土地からの資料がギラギラ輝いてひしめきあっている。アジア、アフリカ、南太平洋、北極圏……私は社会学を一緒に勉強していた友と語りあった。何といっても、抽象論で人間存在を研究するのとはまるで違った、なまなましい現実の彩りがここにはある。時空を超えた人間本来のあり方、そこからわき出てくる、むっとするほど強烈な生活感、ダイレクトにこちらにぶつかってくる。こんな具体的な資料を土台に、われわれは抽象的論理よりも、それを超えた人間学を学ぶべきではないか。

私は民族学科に移った。この学問はまったく実証的に、研究者の主観や思惑、感情を排除して、対象そのものをとらえ、帰納的に結論を得ようとする。およそ芸術活動とは正反対なこのあり方に私は逆に情熱を燃やし、打ち込んでいった。自分の運命自体に挑むようなつもりで。

マルセル・モース教授の弟子になって、一時は絵を描くことをやめてしまった。

パリ大学、民族学科の授業はほとんどミューゼ・ド・ロンムで行われた。豊かな資料、精密な科目の構成、私はここでの勉強に充実感をおぼえた(19)」（岡本太郎「自伝抄」）

（19）　岡本太郎、「自伝抄」、『岡本太郎の本1　呪術誕生』所収、一九九八年、二二四―二二五頁。

岡本太郎はこの文章で民族学という言葉を使っているが、問題となっているのは民族誌学的な体験である。展示資料を具体的に五感で感じ取っている。「なまなましい現実の彩り」、「時空を超えた人間本来のあり方、そこからわき出てくる、むっとするほど強烈な生活感、ダイレクトにこちらにぶつかってくる」。こうした表現からは、岡本が単に「資料」の形態上の珍奇さに魅せられるだけの軽薄な前衛ではなかったことが読み取れる。そして、ある民族の特殊性から人間性一般へ降りて行っていることがうかがえる。ピカソが黒人の仮面に未知の力の所在を察知し、それをさらに自分自身の現在の世界のなかで捉え直していたことと同じだ。そして主観的な見方に溺れず、さりとて客観的な観察に終始し情熱を押し殺すのでもない対応にも注目していい。主体にも客体にも限定しえないもの、自分と他者の根底に見出せるもの。そうした人間の深い面へ理性と感情を導いていったのだ。『ドキュマン』のバタイユが民族誌学ということで念頭に置いていたのも、単なる民族の特殊性ではなく、人間一般の内面性、それも人間だけでなく自然界の根底とつながるものだった。

5 「様相」と二つの反応

さていよいよバタイユの「様相」の思想へ眼差しを向けてみよう。『ドキュマン』第三号（一九二九年）掲載の論考「花言葉」の冒頭の一節には彼の論点が暗示的に要約されているので、まず確認しておきたい。

「事物の様相に対して、様々な要素をそれぞれ識別するのを可能にしてくれる理解可能な表《シー》徴《ニュ》〔signes、記号、印の意味も〕だけに注目するのは、むなしいことだ。人間の目を引くものは、様々な事物の間の関係を認識するように人を駆り立てるだけでなく、さらにまた、決定的で説明不可能な精神状態をも引き起こしている。たとえば、一輪の花の外観は、たしかに、花と定義される一つの植物の部分の実在を告げている。しかしこの表面的な結果に留まることはできない。じっさい、この花の外観は、もっと重大な反応を精神に引き起こしている。というのも花の外観は植物界の自然の不可解な決定を表しているからだ。花弁の形状と色が明示しているもの、花粉の汚れあるいは雌蕊《めしべ》の新鮮さが表しているもの、これらは、言語を用いて適切に表現されるものではないだろう。しかしだからといって、この表現しえない如実な実在を、一般になされているように、無視してしまうこと、そして象徴解釈のいくつかの試みを子供じみた不条理さとして排除してしまうことは、無益なことなのだ[20]」（バタイユ「花言葉」）

事物の様相を見て、人は二つの反応を引き起こす。一つは分析的な見方だ。その様相を成り立たせている諸要素を識別して、各要素の間の関係を認識していく見方である。この場合、認識される関係とは、ある要素と別の要素の相関関係、つまり因果関係や類似関係を内実にしている。ある要素が別の要素に対してどういう存在意義を持っているのか、その合理的な意味、理解可能で説明可能な意味を解き明かすのでる。

（20） Bataille, « Le langage des fleurs », *op.cit.*, p.173.

もう一つの反応は、「決定的で説明不可能な精神状態」を引き起こす。この場合、事物が示す様相は、「植物界の自然の不可解な決定を表している」。バタイユがここで用いている「決定的な」（décisif）、「決定」（décision）とは、何かを決めて出現させるということが意味されている。ここでも因果関係が問題になっているのだが、しかしそれは合理的に説明できない、不可解な関係なのだ。偶発的で不条理な関係なのである。つまり自然界が不合理に花を生み出し、その花の「如実な実在」を見て人は不合理な衝撃を受けるというのだ。

バタイユの「様相」の思想は、この二つの反応を基底にしている。

前者の、対象を分析的に見て、要素間の合理的関係を説明していく見方、この知的な見方は、合理的な言語表現を使いながら、要素間に、あるいは一つの様相と別の様相の間に、さらにはある物体と他の物体の間に、一つの共通の関係を見出して二つの存在を結び付けていく。因果性にしろ類似性にしろ両者をまたぐ尺度、バタイユの言い方によれば「共通尺度」（commune mesure）[21]を設定して、二つの存在を結び付けていくのだ。バタイユはこの作用を「同質化」（homogénéisation）と呼んだ。

もう一つの反応は「様相」から受ける衝撃を問題にする。この衝撃は「説明不可能な精神状態」であって、他の精神状態と合理的に関係させることができない。そしてまた「様相」の方も、「言語を用いて適切に表現されるものではない」。この「様相」は「表現しえない如実な実在」なのだ。したがって他の「様相」と関係づけることはできない。見る側の精神も衝撃を受けているためこの「様相」の諸要素を冷静に分析し関係づけることなどできないのだ。『ドキュマン』[22]のバタイユはこのような他と合理的な関係を持ちえないものを「異質なもの」（l'hétérogène）と呼んだ。そして「同質的なもの」を「異質的なもの」へ変える作用を「異質化」(hétérogénéisation)あるいは「アルテラシオン(変質)」(altération)と呼んだ。この「アルテラシオン」の概念に関してはバタイユは、ドイツの神学者ルドルフ・オットー(一八六九—一九三七)がその著作『聖なるもの』(一九一七年)でキリスト教神の規定として持ち出した「まったくの他なるもの」(das ganz Andere)に想を得ている。[23]

バタイユの「様相」の思想の核心は、様相の「異質性」を主張し、これを同質化したがる人間の本性を批判し、同質化されたものを「変質」させる点にある。言い換えれば、「様相」の差異性の強調、および新たな差異を実現する差異化の力の強調にある。

自然界は旺盛な生命力によって「異質なもの」を次々に生み出している。しかし人間は「同質的なもの」に甘んじて、合理的な生活のもとに委縮して毎日を暮している。とりわけ理性の万能を信じたがる近代人はそのような旺盛な生命力への過小評価と、同質性に自分を縛る不自由さに苦しんでいるようにバタイユには見えた。そして民族誌学の「資料」が教える未開民族の生、新たな考古学が伝える古典古代とは異質の文明、そしてこれらに触発されたピカソのような前衛

(21)「共通尺度」については『ドキュマン』第二号(一九三〇年)発表の「自然の逸脱」を参照のこと。Bataille, « Les écarts de la nature », *O.C.,I*, p.228-230.
(22)「同質性」と「異質性」については『ドキュマン』第八号(一九三一年)発表の「供犠的身体毀損とフィンセント・ファン・ゴッホの切り落とされた耳」を参照のこと。Bataille, «La mutilation sacrificielle et l'oreille coupée de Vincent Van Gogh», *O.C.,I*, p.258-270.
(23)「変質」については『ドキュマン』第七号(一九三〇年)発表の「原始芸術」を参照のこと。Bataille, « L'art primitif », *O.C.,I*, p.247-254.

芸術家の作品は、バタイユには近代人のこの病を根底から覆す力を放っているように見えたのだ。『ドキュマン』のバタイユは古代ケルトの貨幣の図像に始まって、西欧中世の写本挿絵、グノーシス派の魔術宝石の彫刻、子供のいたずら書き、ゴッホやミロ、ピカソの絵画を次々にグラビアで紹介し、文章でも異質性と異質化の力を強調して、西欧近代を批判していったのである。

6 象徴解釈

だが今一度「花言葉」に戻ってみよう。

自然界が生み出す「様相」がみな「異質性」を強く打ち出しているわけではなく、人間に同質化作用を容易に展開させる「様相」もあるのだ。バタイユは、美しい花の様相とこれを愛の象徴と見なしたがる人間の本性を取り上げて、きめ細かく人間の同質化作用のからくりを考察している。

先ほど引用した「花言葉」の冒頭の一節によれば、自然界は「表現しえない如実な実在」を生み出し、この「様相」の衝撃から人間は「象徴解釈のいくつかの試み」を行うとある。「象徴解釈」(interprétation symbolique) とはこの場合、花を何かの象徴だとみなす解釈のことだ。バタイユがこの冒頭の一節の直後で紹介している例にしたがえば、セイヨウタンポポは「真情の吐露」を意味し、水仙(ナルシス)は「自己愛」を、ニガヨモギは「にがい思い」を象徴する。しかし、これらはそれぞれの花の様相とは直接関係のないところに出自がある。つまりセイヨウタンポポは利尿剤として使われてきたため、フランス語でピッサンリ（pissenlit：pisser＝「小便をする」、en lit＝「寝床で」）と名付けられ、そこから内心の吐露という花言葉が生まれたのであり、ナルシスは水面に映る自分の顔に見とれて溺れ死んだ美少年の近くに水仙の花が咲いたというギリシア神話がルーツであり、ニガヨモギも薬草の機能が花言葉の意味の源である。こうした花言葉は神話を共有していない民族、薬草としてこれらの花を用いていない民族にはまったく意味のない象徴である。つまり、恣意的なのだ。

バタイユが問題にしているのは、もっと単純で、花の様相と直接関係している象徴解釈である。すなわち、花が愛を象徴しているという解釈である。バラとトウダイグサから出発してバタイユはこう説明している。

「もっとずっと単純な解釈に、つまりバラとトウダイグサを愛に結びつける解釈に、本源的な重要性を充てるだけで話は足りる。ただし唯一これらの花だけが人間の愛を意味しうるというわけではない。たとえこれらの花にどの花よりも正確な愛との対応関係があるにしても（たとえば人がトウダイグサに「私の心を呼び覚してくれたのはあなたなのです」という文言を言わせるときなどに）、花々のなかのあれこれの花というよりも、花一般にこそ、人は、愛の実在をあらわに示すという奇妙な特権を与えたくなってしまうのである[24]」（バタイユ「花言葉」）

（24） Bataille, « Le langage des fleurs », *op.cit.*,p.174.

人は花が愛を象徴していると思いたがる（とりわけ西欧ではそうだ）。これはなぜなのか。自然界からの説明不可能な影響をバタイユは理由としてあげている。冒頭の一節にあったバタイユの言葉を引けば、「花の外観は植物界の自然の不可解な決定を表しているからだ」となるのだ。それだから、「重大な反応を精神に引き起こしている」となるのである。バタイユによれば、花をめぐる自然の不可解な決定とそれに対する人間の反応との関係は次のようになる。

「花々の性欲亢進効果を認めることはあきらかにもっと簡単なことだろう。花々の香り、そして外観は、何世紀も前から、男たちと女たちの恋愛感情を目覚めさせてきた。春になると、自然界で何かが輝かしく広まりだすのだ。ちょうど哄笑が近くの人からまた近くの人へ、他者の感情を挑発したり倍加したりしながら広がっていくのと同じように。人間の社会では多くのものごとが変化しうる。しかし、美少女あるいはバラは愛を意味するという真理、これほどに自然な真理に勝るものは何も現れはしないだろう[25]」（バタイユ「花言葉」）

春の自然界にみられる旺盛な生命力が花々を開かせる。それら花々はさらに人間の愛欲をもかきたてる。だから花は愛を表すと人は思いたがるのだ。だが同時にその愛欲を美化したがるのも人間なのである。自然界の生命力、そしてそれに呼応する人間の欲望をあるがままにどこまでも肯定していくのではなく、美しさという限定をはめ、制限的に肯定していくのだ。

7　欲望の新考古学主義

花は自然界の旺盛な繁殖力を美しく表しているが、しかしその繁殖の「如実な実在」、言い換えれば受粉の現場は美しいとは言い難い。つまり花弁のなかで花粉をべっとりつけた雌蕊の様相、論文冒頭のバタイユの言葉を使うと「花粉の汚れあるいは雌蕊の新鮮さが表しているもの」は美ではない。ちょうど、人間の男女の性器、愛欲の営みが美しくないのと同じだ。

しかし人は花の花弁の美しさに自然の繁殖力を限定したがる。人間の愛に関しても、愛欲とはせず精神的な営みに限定し、人格、人柄、人間性に結びつけたがる。醜さや生々しさを避けたがる。これは、バタイユに言わせると、「人間の奇癖」(manies des hommes)[26]にほかならない。理想の美を花に象徴させたがるのも、説明のつかない人間の習癖だということになる。

「これと同じほどに説明が困難であり、変わることのない反応が、少女とバラに愛とは全く異なる価値、すなわち理想の美という価値を与えている。じっさい、無数の美しい花があり、花々の美は、植物のこの器官の特徴をなす少女たちの美よりも稀《まれ》というわけではない。たしかに花に美という特質を与えることのできる諸要素を抽象的な言い回しを用いて説明することはできない。しかし次のように指摘することはつまらないことではない。すなわち花々は美しい

(25)　*Ibid*.,p.175.
(26)　*Ibid*.

と人が言うのは、花々が、存在せねばならないものに、順応しているように見えるからなのだ、つまり花々が、あるがままの様子の代わりに、人間の理想を表しているように見えるからなのだ、と」[27]（バタイユ「花言葉」）

「存在せねばならないもの」「人間の理想」といった言葉でバタイユが言おうとしているのは、人間の観念主義的な傾向である。観念主義ということでバタイユは、プラトン哲学やプロティノス以来の新プラトン主義哲学を想起させる文言を『ドキュマン』の随所にちりばめているが、しかし彼にとって重要だったのは、過去の哲学の問題を学者のごとくあれこれ論じることではなく、現代の問題に開かせるということだった。それはまさしく、リヴィエールの考古学主義が起源の考察に充足せず、新たな「資料」を顕示して西欧の現代人をその理性主義の眠り、西欧中心主義の蒙昧さから覚醒させようとしていたことと同じである。

古代から長いことイデアや神を世界の上に置いてきた西欧人は、二〇世紀においてもまだそれらの代替物を社会の上位に設定してはこれを信じていた。『ドキュマン』の時代、すでにイタリアではムッソリーニ（一八八三―一九四五）が独裁体制を築いていたが、政治の世界に限らず、理想の存在を仰ぎみる体制は日常生活の隅々においてまで存続していたのである。美の考え方についてもそうだ。まさにパルテノン神殿の古典期のギリシア文化からイタリア・ルネサンス文化、そして一七世紀からのフランス古典主義文化へ継承された美の考え方、すなわち対称性、比率、整合性によって作られる幾何学的調和をもって美の理想とする考え方がいまだ支配的だったのである。だから花の美しさに衝撃を受けると、その旺盛な生命力を去勢するような見方に走ってしまうのだ。「花々が、存在せねばならないものに、順応しているように見える」「花々が、あるがままの様子の代わりに、人間の理想を表しているように見える」のは、美の観念主義、美の規範、美の理想が西欧人の精神に根強く存在しているからにほかならない。

それゆえバタイユはこの論文の見開き右ページ全部を使って、花弁を剥ぎ取られ花芯をむきだしにしているツリガネソウのクローズアップ写真（図1の右側）を掲載させたのだ。このグラビア、そしてこの論考の他の四枚の大判グラビアも、ドイツの植物学者で写真家のカール・ブロスフェルト（一八六五―一九三二）の写真集『芸術の原形』(*Urformen der Kunst*,1928) から引いてこられたものだが、バタイユのねらいは、造形芸術の起源を自然界に求めることでもなければ、植物の部分のクローズアップ写真を装飾芸術や現代絵画の世界に活用させることでもなかった。花の生命力を、花弁のあるがままの姿より強烈に読者に示すことにあったのである。そうして彼は、近代文明のなかで埋もれてしまった読者の生命力、欲望、力に衝撃を与え、目覚めさせようとしていたのだ。リヴィエールにちなんで、欲望の新考古学主義と言ってもいいだろう。

論文の末尾ではバタイユは文章で植物の根の力を読者に喚起している。

「じっさい、根は、植物の目に見える部分の完全な反対物である。目に見える部分が気高く上へ成長していくのに対して、根は、きたならしくて、ねばねばしていて、地面の中を這いずり回っている。そして、葉が光を愛するように、根は腐敗を愛するのだ。とすれば、低いとい

（27） *Ibid.*,p.175-176.

う言葉の議論の余地のない善悪の道徳的価値は根の意義に関する次のようなシステマティックな解釈とつながっていると指摘しても間違いはないだろう。すなわちその解釈とは、悪であるものは、運動の次元では、上から下への運動によって必然的に表現されるというものだ。これこそまさに、自然の現象に道徳的価値の原因を自然現象に求めた初めて説明可能となる事実なのである。この道徳的価値は自然の現象に拠っているのだが、そこにはまさに様相の衝撃的な特徴――様相とはつまり自然の決定的な動きの表徴《シーニュ》なのだ――が影響しているのである」(28)(バタイユ「花言葉」)

本章ではシーニュ(signe)というフランス語を表徴と訳しているが、バタイユの「様相」の思想は、記号論、あるいは形象論、さらには現象学とも関わっている。表象行為としての芸術論から、姿、行為への内的力の表出としての人間観、そして自然の生命力の現象に関する自然観にいたるまで広い領野にまたがっている。

他方、ここで言及されている悪については、欲望に関する次の文言も引いておく必要がある。

「じっさい、欲望は理想的な美とは何の関係もないように思われる。もっと正確に言えば、欲望はこの理想の美、つまり多くの活気なくただ行儀いいだけの人々にとっては一つの限界、一つの定言命法にほかならないこの美を汚し、傷つけるためにこそもっぱら発動されるように思われるのだ。とすれば、このうえなく素晴らしい花でさえも、もはや古《いにしえ》の詩人たちの饒舌にしたがって、天使的理想の多少とも色あせた表現の対象にされるのではなく、まったく逆に、不浄で輝かしい瀆聖の対象になるのではあるまいか[29]」(バタイユ「花言葉」)

後期バタイユのエロティシズム論の先駆的表現がここにある。禁止と侵犯の性理論だ。ただし後期のバタイユつまり一九四五年以降のバタイユにおいては、上下の階層論は影をひそめ、超越性と内在性の問題が全面にでてくる。このときの超越性はイデアや神、独裁者といった特定の存在ではなく、個々の人間、個々の物体になる。個としてのあり方に充足している存在のどれもが、内在的な生を隠蔽し抑圧するという視点にバタイユは移行していくのである。

そのほか初期バタイユの「様相」思想は、唯物論とも深く関わっている。また供犠の理論とも関係を持つ。

「異質なもの」の表出を顕示し顕揚するこの特異な思想は、多角的に粘り強く論じられていかねばならない。

(28) *Ibid.*, p.178.
(29) *Ibid.*,p.176-177.

第2章　人体、人間、民族誌学——『ドキュマン』前夜から

はじめに

本章では「様相」の問題を人体に照らして考えていきたい。西欧史を振り返って、『ドキュマン』創刊前夜の時代すなわち一九二〇年代からさらに一六世紀モンテーニュの時代に遡って、人体の捉え方を考察してみたい。そうすることでバタイユの見方がいかに斬新であったかが浮き彫りになるだろう。

人体とは言うまでもなく人間の肉体のことである。人体を問うとき、まず根本の問題として問われてくるのは人間それ自身である。つまり、ある時代の人々が人体をどう捉えていたかという問題は、その人々が人間をどう捉えていたかという問題と深く関わっているということだ。ある時代の人体観は、その時代の人間観に立ち返ることにより、いっそう深く考察されうるはずである。

こうした見地から、本章では、『ドキュマン』における人体の問題を人間観から捉えなおしてみることにする。肉体の様々な部位（口、足の親指、目など）から二つの胴体がつながった子供の

異様な肉体、奇怪な模様で顔を覆う未開民族の仮面にいたるまで『ドキュマン』では人体の問題が頻出するが、この問題を、バタイユをはじめとする前衛の執筆者たちの人間観から説き起こしてみたいのである。

彼らの人間観を問うとき、民族誌学は、有力な手がかりになる。じっさい、『ドキュマン』は創刊号から一貫して民族誌学を主要な対象領域の一つとして掲げていたし、編集委員および執筆者には民族誌学者が何人も加わっていた。パリのトロカデロ民族誌学博物館の館長のポール・リヴェ、副館長のジョルジュ＝アンリ・リヴィエールが編集委員会に入りかつ論文も寄せ、さらにエチオピアへの調査旅行から帰ったばかりのマルセル・グリオール、民族音楽に詳しいアンドレ・シェフネールも寄稿し、またアマチュア民族誌学者ではあるがミシェル・レリスが健筆をふるっていたのである。

民族誌学という言葉（フランス語でethnographie）は、民族（ethno）と記述（graphie）からなり、ある民族、ある部族の生活のあり方を、その民族・部族固有の文化所産を手がかりに具体的に記述することを内容として指し示している。一つの環境における人間の生態をできるかぎりリアルに伝えることを使命にした学問なのである。

『ドキュマン』が創刊された一九二九年当時、フランスの民族誌学は新たな段階に入りつつあった。トロカデロ博物館の改造計画の開始がその象徴的な出来事であったが、これは単に建物の改築の問題に留まらず、西欧外の異民族の生活をどう捉えるか、さらに異民族を人間としてどう捉えるかという問題と関わっていた。一九二九年四月の『ドキュマン』創刊号にはリヴィエールによる改造計画の紹介文「トロカデロ民族誌博物館」が掲載されている。これも、したがって、単に改造計画だけの問題ではなく、『ドキュマン』が民族誌学の新たな動向と連動していたこと、新たな人間観を民族誌学と共有していたことを根本で告げている。『ドキュマン』における人体の問題は、このような民族誌学の変化、さらには人間観の変化へ遡っていくことにより、新たな展望が得られそうである。

1　外見主義の呪縛

フランスの民族誌学は植民地主義の副産物だったと言える。西欧の植民地主義は一四九二年のコロンブスのアメリカ大陸発見に始まる。その後次々に、スペイン、ポルトガル、オランダ、イギリス、フランス、イタリア、ドイツの西欧諸国が、北米、南米、アフリカ、アジア、オセアニアへ植民地獲得に出向いていったのである。強大な軍事力を背景にした植民地経営、植民地貿易がこうして開始されたのであるが、その付帯的現象として、それぞれの地の文化所産が本国に持ち帰られ、王侯貴族や有力政治家、大商人らに珍しがられて、しきりに売買されるということが起きた。彼らは、その宮殿や城、広壮な館に「珍品の部屋」（フランス語で cabinet des curiosités）を設けて、それら未開の地の彫刻や仮面、武具、楽器などを所せましと飾りたてた。それらの品の形態の珍しさ、その品々の量を自慢の種にしていたのだ。

やがて一八世紀から一九世紀にかけて西欧社会に政治革命が進捗し民主化が進むと、これら特権階級のコレクションは公共の所有物になり、一般に公開されるようになっていった。その間も、つまり民主化が進捗していった間も、西欧列強による植民地主義は止まらず、それどころか逆に激しさを増しさえしたから、未開社会の文化所産はさらに大量に西欧諸国に流れ込み、かつ大規模に公共に展示されるようになっていった。大型の博物館、万国博覧会の会場はその格好の場であった。だが、民主化社会のもとで植民地主義が改まらなかったのと同様に、これら公共の場における展示の精神も基本的には旧体制の特権階級のそれを継承し、国威の発揚として、見た目の面白さと量的な多さを誇示することが第一に念頭に置かれていたのである。

フランスで最初に万国博覧会が開かれたのは一八五五年、パリでのこと。一八五一年のロンドン万国博覧会の成功にライバル心を鼓舞されての開催だった。このときパリに展示場として産業館（フランス語でPalais de l'Industrie、直訳すれば産業宮殿）が建設されたが、一八七八年の第三回パリ万国博覧会においては、開催に先立って、民族誌学者エルンスト・アミー（一八四二―一九〇八）の尽力により、この産業館で未開民族の文化所産が大々的に展示され、好評を博したのである。これに勇気づけられ、アミーはさらに国家に働きかけて、このときの展示物およびフランスの有力個人の「珍品の部屋」のコレクションを集めて、翌年、パリ一六区のトロカデロ宮殿（一八七八年のパリ万博の催し物会場、宴会場として建てられた）にフランス初の本格的な民族誌学博物館を開設させたのだった。初代館長はアミーである。前章でも触れたが、彼は、収蔵品を増やす一方で、当時の博物館学の先進地域であった北欧諸国を視察し、その成果を取り入れていった。だが、基本的に北欧諸国の展示も旧体制下の「珍品の部屋」の域を超えていたとは言えず、トロカデロの展示は地域ごと、年代ごとに整理されたとはいえ、形と量を重視する外見主義に留まっていた。表示も説明も十分になされず、ジャンルごとにただいっしょくたに展示されていたのである。加えて、北欧のダーウィン主義の影響を受けて、進化論的な見方が展示の精神に浸透していた。人間の知的な進歩を示す配列がなされ、逆に動物的な暗さ、混濁、不可解さを示す表現物は低く扱われた。

アミーの死後、トロカデロは熱意のある館長に恵まれず、財政難もあって、衰退の一途を辿った。展示に向かない暗くて狭い建物内部の弊害と相まって、トロカデロ民族誌博物館は「がらくたの山」と化していったのだ。

一九二八年に館長職に就いたリヴェ、彼が副館長に任命したリヴィエールのもとでようやくこの博物館は再生の道を歩みだす。とりわけ「ショーケースの魔術師」と異名を得ていたリヴィエールの貢献は大きかった。外見主義からの質的転換がはかられ、一つ一つの展示物がそれ独自の魅力を放つようになるのである。内部からの力の表出が感じ取れるように展示されていったのだ。そこには未開民族に対する人間観の変化が影響している。人間を広くて深い生命（アニマ）の現れとして捉える見方。人間も物体も単体として捉えず、共通の生命力を内にはらみ、それを気ままに表出させ交わりあっていると見る一種のアニミズムの考え方。未開文明に顕著なこの生命観が正当に理解されるようになったということである。生命観から出発するこの人間観をただ原始的だとか文明の初期的段階とみなして蔑視せず、逆に人間にとって根本的で重要な見方だと、西欧近代文明を批判しながら評価する動きがトロカデロ、そして『ドキュマン』にはあったのだ。

だが、この点に入っていく前に、まず一九二八年においてもまだ大方のフランス人のあいだでは植民地主義時代の西欧中心型の人間観が基本的に支持されていたことを見ておきたい。『ドキュマン』の前衛性を鮮明に確認するためにも必要な作業である。

2　植民地主義を支える人間観

『ドキュマン』を立ち上げた影の立役者はパリ国立図書館賞牌部の司書でバタイユの先輩格のジャン・バブロンとピエール・デスペゼル、そして画商のジュルジュ・ヴィルデンシュタインである。このうち、バブロンとデスペゼルは一九二三年に古銭学に特化した学術誌『アレテューズ』を創刊させ、バタイユもそこに一九二六年から二九年まで論文や書評を発表していた。デスペゼルはさらに一般の読者を対象にした特集形式の文化総合誌『文学・科学・芸術共和国手帳』を一九二六年に刊行し、前章でも言及したようにバタイユもまた同誌一九二八年第一一号の特集「コロンブス以前のアメリカ」に重要論文「消えたアメリカ」を掲載させている。

ここで問題にしたいのは同年発行の『文学・科学・芸術共和国手帳』の第一〇号、特集「植民地」である。フランスの植民地主義の現状を検討するための特集号であるが、全体の論調は、反動的な王党派シャルル・モラス（一八六八―一九五二）が執筆者に加わっていたとはいえ、当時の政治体制「第三共和政」を修正しながら進展させる穏健な進歩派のそれであった（バタイユは寄稿していない）。注目すべきは、ヴィクトール・オーガニュール（一八五五―一九三一）の論文「植民地化の原則」である。彼は、教育相、海軍相など数々の大臣職を歴任し、マダガスカル島や中央アフリカの植民地総領事を務め、さらにはフランスの植民地政策の問題点を告発した書『植民地の過失と粗暴さ』（一九二七年）を上梓したばかりであった。彼のこの論文は次のように書き始められている。

「植民地化する権利は、人種のいわゆるヒエラルキーの上には築かれていない。人種に優劣などありはしない。科学の進展のおかげで、人間をよりいっそうの自然の支配者にさせる手段が生まれるのだが、人種間にあるのは、この科学の発展のどの段階に達しているかの違いだけなのだ。白人種の人間たちのように世代間に次々継承された努力によってプロメテウス〔太陽の火を人間界に持ち帰ったギリシア神話中の英雄〕の火を維持し燃え立たすことをしてこなかった人々は、植物、動物、鉱物の資源を未開拓のままにしておいて、これらの資源の価値も、その活用方法も知らずにいる。人類すべての利益という点で、これらの資源は人間共同社会によって自由に処理されるべきである。まさにここにこそ植民地化の理由があり、正当化できる論拠がある。白人種は、これとは別の基盤、すなわち精神的基盤を、植民地の試みに与えようとしてきた。白人種は、自分たちの文明の恵みを後進の民族にもたらしたいと言い張ってきた。

白人種の文明を課すことは、植民地化を正当化する論拠にはなりえない。それぞれの人間集団は自分たちのために一つの道徳、一個の社会機構を作り出してきたし、一つの宗教を創案し、様々な規則を定め、自分たちの生理と心理に合わせて様々な慣習を実践してきた。これらはどれも、その人間集団が慣れ親しみ、生活の友としている事柄であり、その人間集団が他の事柄よりも好ましいとみなす権利を当然のこと持っている事柄なのである。我々は、これら民族固有の習慣を断罪する権利を持たない。我々は、他の人間集団の考え方に我々の考え方を置き換えたいと望む権利を持たない」(1)（オーガニュール『植民地の過失と粗暴さ』）

いかにも自由、平等、博愛を旨とする大革命後の近代フランスの進歩派らしい発言である。だが、根本の見方として際立つのは、人間と自然、精神的ものと物質的ものを峻別し、なおかつ前者（人間、精神的なもの）を上位に置く二元論的階層観である。自然を人間主体の客体とみなし、科学の力によって人間を自然の支配者に押し上げようとするこの見方は一七世紀の哲学者ルネ・デカルト（一五九六―一六五〇）に始まる。(2)精神的なものと物質的なものの階層的対立もそうだ。「私は考える」（「考える私」という精神的実在）と「ゆえに、私は存在する」（「存在する私」という身体的実在）の対立をデカルトは設定し、前者を優越させている。

ともかく、デカルトもオーガニュールも、いやもっと正確に言えば、デカルトからオーガニュールまで西欧近代文明を進展させてきた人々は、自然を植物、動物、鉱物という物体の群れとみなし、これを資源として人間社会に活用させることを第一に重視してきた。そこには自然界の現象や生き物を内奥から注目して人間との共通性を見出す視点はない。人類という一見して普遍的で広大な発想に立ってはいるが、その実、人間社会はより広大な自然の中の孤立した小島のごとき存在でしかなく、その自覚が近代人にはない。科学を進展させて、自然界の資源をより多く取り入れ、より効率よく活用して、この小島の文明を物質的に富ますことが西欧の近代文明では重視されてきたのである。精神的なものを上位に置きながら、じっさいには下位の物質的なものの発展に、物質文明の進捗に、血道をあげてきたのだ。ここに物質文明の進捗の度合いを目安に未開文明との優劣を判定する見方が入り込む可能性がある。多くの近代人はこの見方に毒されて、白人種の文明を未開人の文明より優れているとみなしてきた。さらに単純化して、白人種の方が未開人よりも優れているとみなしてきた。

だが進歩派のオーガニュールはそのような見方には与《くみ》しない。人種の間に優劣はなく、あるのはただ科学の進歩の度合いの違いだけだとしている。物質的なものの問題を物質的なものの次元に留めておくのだ。そしてその限りで、つまり物質文明の遅れから未開民族を引き上げる限りで、西欧の植民地主義は正当化されると考えるのである。と同時に、精神文明の優劣も認めようとはしない。法制度から道徳観、宗教、教育、芸術、生活習慣にいたるまで、精神文明においても大方の西欧の近代人は西欧の優越を確信し、植民地にこれを強制的に課してきた。植民地の精神文明を西欧化してきたのである。オーガニュールはこうした西欧中心主義の姿勢を批判する。それぞれの精神文明の必然性と自律性を尊重するのである。これは一種の文化相対主義であり、オーガニュール一人の発意ではなく、それなりに伝統のある立場なのだ。西欧が植民地主義を本格的に開始した一六世紀から進歩的な知識人によって語られてきた態度なのである。

（1） Victor Augagneur, « Principes de colonisation », in *Les Cahiers de la république des lettres, des sciences et des arts*, No.10, 1928, p.24-25.

（2） デカルトの『方法序説』（一六三七年）の第六部には、今日の科学にあたる自然学についてこう述べられている。「[自然学の一般的な知識のおかげで] 我々は自然の支配者かつ所有者になることができる。このことは、労せずして地上の果実、すべての便利な物々を享受することを可能ならしめる無数の技術の発明という点で望ましいだけでなく、また主として、間違いなくこの世の生の第一の善であり根本であるところの健康の維持にとっても望ましいのである」

3　モンテーニュと文化相対主義

ミッシェル・ド・モンテーニュ（一五三三―九二）はフランス・ルネサンス期を代表する文筆家であるが、文化相対主義を語った最初期のフランスの思想家でもある。一九二〇年代のトロカデロと『ドキュマン』の前衛たちが、当時もまだ陰に陽に継承され大方の西欧の近代人の心を領していた未開文明蔑視の見方はもちろん、これに付随して継承されてきた文化相対主義の批判意識とも一線を画していたことをしっかり認識しておくために、ここで少しくモンテーニュの発言にまで遡っておきたい。

モンテーニュは、一五八〇年に『エッセー』（『随想録』とも）の第一巻と第二巻を出版し、一五八八年にこの二巻に大量の加筆を施して、さらに新たに第三巻をも付け加えて『エッセー』を再出版した。問題となるは、第一巻の第三一章「人食い人種について」である。背景にはカトリックとプロテスタントの間で繰り広げられていた血なまぐさい宗教戦争（一五六二―九八、ユグノー戦争とも）がある。同時代の西欧文明へのモンテーニュの批判意識を醸成した出来事だ。トロカデロと『ドキュマン』の前衛たちにとってそれはちょうど第一次世界大戦（一九一四―一八）にあたる。「ヨーロッパの内乱」と形容されるこの大戦争は理性的なはずの近代人とその文明がいかに理不尽で残虐かを多くの人に、とりわけ若い世代に、知らしめた。

ルネサンスの教養人であるモンテーニュは理性を疑わない。ルネサンスとは古代ギリシア・ローマ文明の「再生」を意味するが、とりわけその理性主義的な面が最初は一四―一五世紀イタリアの人文主義者や芸術家によって注目され、その傾向が一六世紀のフランスにも入ってきたのである。モンテーニュは古代ギリシア・ローマの理性に訴えて、未開文明の食人種を野蛮と一方的に断じる西欧人を批判していく。未開人を上回る野蛮さが今まさに宗教戦争であらわになっているではないかというのだ。

　「だから我々は彼ら食人種を野蛮と呼ぶことはできるが、これは、理性の掟に照らしてのことであって、我々に照らしてのことではない。我々はあらゆる類の野蛮さにおいて彼らを上回っている」(3)（モンテーニュ『エッセー』）

一五八〇年の初版『エッセー』における未開民族に関するモンテーニュの情報源は、一五六二年フランスのルーアンで直接出会った三人のブラジル原住民から得た知見と、南米に渡った西欧人の報告(4)である。その後彼はさらにスペイン人征服者エルナン・コルテス（一四八五―一五四七）のメキシコのアステカ文明撲滅に関する報告(5)を読んで、西欧人の残虐さ、未開と言われる人々の文明の高さを再度確認するのだが、思いは古代ギリシア・ローマへ羽ばたいていく。一五八八年

(3)　Michel de Montaigne, *Les Essais*, Livre I, chapitre 31, « Des cannibales », in *Les Œuvres complètes de Montaigne*, Aux éditions de Seuil, coll. L'Intégrale, 1967, p.101. なおこの章に関しては、穂刈瑞穂『モンテーニュ私記』（筑摩書房、二〇〇三年）、第Ⅰ部１「怒りについて」が参考になる。

(4)　司祭アンドレ・テヴェ『南極フランス、別名アメリカ見聞録』（一五五七年）、ジロラモ・ベンゾーニ『新世界の新たな話』（一五七九年）、ジャン・ド・レリー『ブラジル旅行記』（一五七八―八〇年）など。

(5)　コルテス家の在俗司祭であり秘書であったロペス・デ・ゴマラ（一五一一―六六？）による『東インド通史とメキシコ征服』（一五五三―五四年、仏訳本は一五八四年）、同じくゴマラによる『ヘルナン・コルテス御物語』（一五七六年）。

の第三巻第六章「馬車について」でも、この征服がマケドニアのアレクサンドロス大王や古代ギリシア・ローマの武将によって行われていたならば、もっと理性的に、両文明が美しく共存し融合する結果になっていただろうと夢想し、その直前の文章では、中南米の文明がいとも簡単に滅ぼされたのは、その担い手たちの精神文明が古代ギリシア・ローマのそれに比肩するほどに高かったからだと主張するのである。クスコ（ペルー南部の都市でインカ帝国の中心都市だった）やメキシコという都市の壮麗さが西欧の技芸に劣らないとしたあと、こう続けるのだ。

「しかし信仰心、法の順守、善良さ、寛容さ、誠実さ、率直さに関しては、これらを彼らほどに持っていなかったことが我々に功を奏した。彼らはこれらの点で優越していたがため、敗北し、売られ、裏切られたのである。

大胆さと勇気、そして苦痛、飢え、死に対する強さ、粘り強さ、決意に関しては、私は、彼らのなかに見いだせる実例を、こちら側の我々の世界で記憶に残る最も名高い古代の実例と対等に見てはばからない[6]」（モンテーニュ『エッセー』「馬車について」）

モンテーニュは西欧文明の手本として仰ぎ見る古代ギリシア・ローマ文明に照らして、同時代の西欧の残虐さを裁き、西欧に滅ぼされた中南米の精神文明の高さを称えている。インカやアステカに西欧文明の最良の面を再発見して、これらの未開文明を肯定している。結局彼は、西欧の外部に西欧の善き過去を見出しているのであって、真に西欧の他者を見ているわけではない。オーガニュールは未開民族の精神生活をそのままに肯定していて、モンテーニュよりは脱西欧化しているように見えるが、しかし彼とて、精神的なものと物質的なもの、人間と自然という西欧伝来の峻別を持ち込んでいて、これらの二項が識別しがたく交じり合う未開文明の特質を捉えそこなっている。

4　他者を表出させる美学

前述したように、バタイユは一九二八年『文学・科学・芸術共和国手帳』第一一号の特集「コロンブス以前のアメリカ」に重要論文「消えたアメリカ」を発表している。この特集号は同年五月—六月にパリの装飾美術館マルサン館（ルーヴルの西ウイングの東北端）で開催された「アメリカ古代芸術展」に合わせての刊行だった。リヴィエール主導のもとに中南米、とくにメキシコのマヤ文明、アステカ文明の文化遺産一二〇〇点余りを展示したこの企画は大成功を収めた。バタイユの論文が『ドキュマン』の前夜祭だとすれば、この展覧会はトロカデロに改革をもたらす序曲になった。

ともかくも『ドキュマン』の基本的傾向を知るうえで、バタイユのこの論文はたいへん参考になる。まず際立つのは、モンテーニュと違って、バタイユが西欧の他者の面を追い求めている点だ。もちろん一六世紀後半のモンテーニュと二〇世紀前半のバタイユとでは、拠って立つ研究や

（6）　Montaigne, *Les Essais*, Livre III, chapitre 6, « Des coches », in *op.cit.*, p. 367-368.

資料の面で格段の差がある。(7) しかしモンテーニュと同様に西欧を投影して未開文明を評価する見方は一九二〇年代のフランスにおいてもまだ根強く存在していたし、そもそも研究が進み、資料が豊富になったところで人間の見方が質的に転換されるとは限らないのだ。

バタイユの論文はインカ帝国に関する記述から始まるが、モンテーニュのようにインカ帝国もその中心都市クスコも称えられてはいない。西欧の他者性が強く感じられないからだ。彼が見るところ、クスコは「人類が形成したなかで最も行政管理の行き届いた規則正しい国家の一つの中心都市」(8)であり、「鈍重で重苦しい偉大さ」(9)の街でしかない。ならばマヤ文明はどうか。メキシコ南部に花開いたこの文明はインカ文明よりずっと輝かしい文化所産を残したが、その壮大な建築物は古代ギリシア・ローマのそれを想起させるし、その芸術は「作業の完成度と豊かさにもかかわらずどこか死産児のようなものを、平凡な醜悪さを、持っている」(10)。バタイユが最も評価するのは、一六世紀、コルテスに滅ぼされる直前にメキシコ中央部で隆盛していたアステカ文明である。彼に言わせれば「アメリカの原住民族のなかでアステカ民族は、〔……〕その常軌を逸した暴力性と夢遊病者の歩みにおいて、最も生き生きとし、誘惑的である」(11)。彼らの宗教については、「一種のブラックユーモアと連携したおぞましさ、恐怖の感情」を包含しており、癒しと安らぎを求める西欧のキリスト教の対蹠地にあるということになる。その対比はだから「キリスト教徒の蜂蜜対アステカ人のアロエ、病者の回復対不吉な冗談」(12)となる。

とりわけ人身供犠の儀式はバタイユの関心を引いた。供犠は、思想家バタイユの生涯を貫く重要なテーマであり、この当時からすでにマルセル・モースなどの研究によりかなりの知見を得ていたと思われる。だがバタイユの理解は彼らとは一線を画していた。それら西欧人の研究で第一に重視される神と人との互酬性の面（神に捧げものをした見返りに人が重要なものを得るというギヴ・アンド・テイクの関係。人間からすればご利益《りやく》への期待という面）がこのアステカ民族の人身供犠に関するバタイユの言及では触れられていないのである。この面を知っているはずなのに、バタイユは沈黙し、逆に人身供犠の残虐な面を強調するのだ。西欧にとって他者の面をことさらテクスト上に表出させるのである。生贄の肉体がまさに生きたまま暴力的かつ残虐に捌《さば》かれ、心臓が抉《えぐ》り取られ、それが供犠台の上で依然生々しく鼓動している光景、これに飽き足らない供犠執行者がさらに生贄の人体から皮膚を剥《は》ぎ取り、自分の顔や肉体にその血みどろの皮膚を怪しげに喜びながら張り付ける光景である。

（7）この一九二八年の論文「消えたアメリカ」でバタイユは典拠した著作者だけを示し、著作名は示さずにその文章を引用している。その著作者とはアメリカ合衆国の歴史家で『メキシコ征服史』（一八四三年）、『ペルー征服史』（一八四七年）の著者ウイリアム＝ハイクリング・プレスコット（一七四六―一八五九）、スペインの異端審問で有名な修道士トマス・トルケマダ（一四二〇―九八）、小説『刑苦の庭』（一八九九年）を著したオクターヴ・ミルボー（一八四八―一九一七）である。

（8）Georges Bataille, « L'Amérique disparue », in *Les Œuvres complètes de Georges Bataille*（以下 *O.C.* と略記）, tome I, Gallimard, 1973, p.153.

（9）*Ibid.*, p.152.

（10）*Ibid.*, p.154.

（11）*Ibid.*, p.155.

（12）*Ibid.*, p.156.

図1　1928年　中南米展、マルサン館　リヴィエールの最初の展示企画

5　「消えたアメリカ」から見て取れる『ドキュマン』の人体観の本質

繰り返しになるが、一九二八年の論文「消えたアメリカ」のバタイユは、西欧人によって供犠の本質とみなされてきた神との互酬性の面、言い換えれば、供犠がその社会に果たしている功利的な面、一言で言えば、社会に役立つ行為として社会に組み込まれて得ている供犠の存在意義については沈黙し、逆に、供犠の社会的効用とは直接関係のない、暴力的でおぞましい供犠の場面を強調し、文面に露呈させる。ちょうど人体から摘出され供犠台の上でただ無意味に鼓動するばかりの心臓のように、そしてまた人体から剥がされ人体に貢献する役割を失ったがゆえに異様に魅力を放ちだす皮膚のように、供犠の生々しい面をそれ自体として出現させるのだ。実は、ここにこそ『ドキュマン』の人体観の本質がある。社会あるいは人間集団に組み込まれて存在意義を得ている人体を、そのような外的な関係から引き出して、その人体自身が放つ深い生命力を際立たせる。目や口、耳、足の親指などの人体の部位を問題にする場合は、人体に組み込まれて有用な機能を果たしているその功利的な、そして同質的なつながりから各部位を引き離して、それ独特の異質な存在感をあらわに示す。まさに「アルテラシオン（変質）」である。そしてさらに、こうした異質なものの呈

示によって読者に衝撃を与え、知的な把握ではなく、感覚的に、人体の発する実感によって、既存の人体観、西欧の社会に組み込まれて育まれてきた読者の人体観を根底から覆す。ここにこそ『ドキュマン』の前衛たちが共有していた人体観の本質はあった。

リヴィエールの展示改革もこの点を追求していたと言ってよい。ジャンルごとにいっしょくたにされていた展示物をできるだけ個別化し、ガラスのショーケースに収めて、上、横、後ろから観察できるようにしたのだ（図1）。今でこそ当然と思われるかもしれないが、当時では画期的な試みだった。その試みは、ただ単に展示物の外観を見やすくしたということではなく、未開文明の文化所産が発出する生命力を甦らせて鑑賞者に感得させるというところに狙いがあったのである。リヴィエールのこうした野心は『芸術手帳』の一九二六年七月号に発表された短文「考古学主義」に見て取れるが、[13] 今は、彼におけるガラスのショーケースが担っていた役割、つまり内奥の生命をよりリアルに露呈させるという役割は『ドキュマン』においてはグラビアが担っていたと言っておく。『ドキュマン』にはモノクロの図版が豊富に収められている。それは単に本文を図解するという副次的な目的のためだけのことではなかった。本文以上に、ときには本文から独立して、被写体がはらむ生命力を際立たすことがめざされていたのである。『ドキュマン』のグラビア空間は一種の展示空間だった。これを『ドキュマン』前夜からのバタイユの用語を用いてさらに言い換えるならば、《見世物》、《芝居》となる。

バタイユが「消えたアメリカ」を掲載した『文学・科学・芸術共和国手帳』はグラビアを重視

（13）リヴィエールのこの短文の全訳およびそれに関する拙文の注釈は本書第Ⅰ部第1章三〇―三二頁にある。

した雑誌ではまったくない。テクスト中心の雑誌である。だがバタイユのこの論文の末尾の一節には、『ドキュマン』のグラビアの意義に通じる記述が見出せる。モンテーニュと同じくバタイユも、コルテスの軍勢を前にしてのアステカ人のあっけない敗北を取り上げるのだが、彼からすれば、それは、古代ギリシア人が称えていたような意思堅固な個人の勇気の問題ではなく、狂的な生の露呈の問題だった。

「常軌を逸した勇気の持ち主であるこのアステカ民族には死への過剰な嗜好《しこう》があったように思われる。彼らは、一種の催眠的な狂気にとりつかれながら、スペイン人たちに身を差し出したのだ。コルテスの勝利は、軍事力の結果ではなく、むしろ熱狂の結果であった。まるで彼らアステカ人は、自分たちがこうしてまたとないほど好ましい暴力の段階に達した以上は、もはやそのはけ口は、浮かれた神々を鎮めた生贄の場合と同様に、急激でぞっとさせる死しかないと理解していたかのようなのだ。

アステカ人たち自身が、《見世物》や《芝居》となって、あれら幻想的な登場人物たち〔スペイン人たちのこと〕にとことんまで役立ちたいと思っていたのである。《彼らの嘲りの笑いに、彼らの気晴らしに、役立つこと》を欲していたのである。じっさいこんなふうにアステカ人は、自分たちの奇妙な混乱を理解したのだ。奇妙でかつ束の間の混乱。というのも、人につぶされる昆虫のように彼らは唐突に死んでいったのだから(14)」(バタイユ「消えたアメリカ」)

『ドキュマン』のグラビアも《見世物》(spectacle)である。バタイユは編集局長として、ボワフアールやロタールなどの前衛写真家を登用して、生の《見世物》を毎号提示した。他方で彼自身、自分の諸論考のなかで「出現」(émanation)、「現象」(phénomène)、「様相」(aspect)、「如実な実在」(présence réelle)、「姿(形象)」(figure)、「印、(兆《きざし》)」(signe) といった言葉を用いながら、このような特異な生の現れを語った。「アルテラシオン」による生の現れと言っていい。存在意義を与えてくれる同質的な関係性の絆を絶って現れる生、〜のために存在しているというその上位の存在との関係を絶って現れ出てくる異質な生。これは、一個の人間の身において起きるのならば、その人間にとっては支えてくれるもののない、無防備な状況になる。場合によっては死の危機に直面することもある。バタイユによれば、アステカ人はあえて敵の前に自らの人体を無防備にさらけだしたのだ。「エロティシズムとは死におけるまで生を称えることだ[15]」とバタイユは一九五七年『エロティシズム』で定義したが、ならばアステカ人もその域にまで達して、エロティシズムにおけるように敵との間に連続性を実現したということなのだろうか。

　注意しておかねばならないことがある。『ドキュマン』のバタイユも、『エロティシズム』のバタイユも、この生の現れを笑いの現象との関連で見ていたが、その笑いは相手を嘲笑《あざわら》うこととは次元を異にしていたということである。自分を否定せずして相手を否定するということではないのだ。逆にまた、スペインから嘲笑われることを欲したアステカ人の所作とも違うのだ。コルテスの軍勢を前にしてのアステカ人の自虐的な《見世物》と『ドキュマン』の《見世物》とは違う。

(14) Bataille, « L'Amérique disparue », in *op.cit.*, p.158.
(15) Bataille, *L'Érotisme*, in *O.C.* tomeX, 1987, p.17.

自他ともに否定していく笑い。自分も相手もともに上位概念との関係を絶ってしまう笑い。バタイユが自分の諸論考とグラビアで求めていたのは、そのような相互の否定であった。

　したがって根本的にこの姿勢は、自分を疑わずに相手を疑ったり称えたりする姿勢とは異なる。表現者も、その受け手も、自分を温存しておいて、対象を否定するという通常の批判、懐疑の姿勢とは異なるし、同時にまた、自分の立場を確立しておいて対象を称賛したり、これに好奇心を抱くということとも異なる。

　モンテーニュは古代ギリシア・ローマの理性に自分の立場を重ね合わせて、同時代の西欧人の残虐ぶりを裁き、コロンブス以前の中南米の文明を称賛した。ちょうど天秤の要の位置に彼は身を置いている。じっさい、のちに有名になる懐疑の言葉「私は何を知っているのか Que《ク》 sais《セ》-je《ジュ》?」を彼は、天秤の図柄とともに自身のメダルに刻むと書いている。(16) 重要なのは、彼自身、不動の立場にあり、(17) そこでピュロン（前三六五頃―前二七〇頃）に発する古代ギリシアの懐疑派と同じ「魂の平静（アタラクシア）」を得ようとしていたことだ。セクストス・エンペイリコス（紀元後二―三世紀）の著作『ピュロン主義哲学の概要』のラテン語訳(18)とともに西欧に入ってきたこの古代の理性的な懐疑主義はモンテーニュを経てデカルトへ継承され、その後の西欧近代人の批判意識の基軸になっていくのだが、バタイユおよび『ドキュマン』の前衛たちがおこなった懐疑、批判、そして称揚は、このような批判者や称賛者の自己を安泰に保っておく西欧伝来の態度とは異なっていたのである。

6　自然の逸脱

最後にバタイユが『ドキュマン』一九三〇年次、第二号に発表した論考「自然の逸脱」を取り上げて、先述のことを確認しておこう。前夜の思想がどのように二年間の『ドキュマン』の祝祭に継承されていたのかを見ておくためである。

人体の奇形性（monstruosité、怪物性とも）がこの論文の主題である。二つの人体が合体した子供の肉体、一つの顔に目が三つ、鼻と口が二つある子供から、左右が微妙にアンバランスな多くの人間の顔にいたるまで、奇形が問題にされている。が、まず本文と図版との関係に注目すると、『ドキュマン』原版で五頁（p.79-p.83）にわたるこの論文のうち本文は二頁、図版の方が多くて三

(16)『エッセー』第二巻第一二章「レーモン・スボンの弁護」にモンテーニュは次のように書いている。「このような気ままな発想〔ピュロン派の懐疑思想〕は、私が一個の天秤のメダルに記す疑問文〝私は何を知っているのか〟によってもっと正確に理解される」。この原文は次のごとくである。« Cette fantaisie est plus sûrement conçue par interrogation : *Que sais-je ?* comme je la porte à la devise d'une balance. », in *Les Essais*, *op.cit.*, p.219.

(17) モンテーニュはこのメダルを一五七六年に鋳造し、左右の平衡を保った天秤に「我は動かず、四三歳」と記した。「私は何を知っているのか」の疑問文はそこには記されていない。

(18) セクストス・エンペイリコスは紀元後二―三世紀にローマやアレクサンドリアで活躍した医者であり哲学者で、『ピュロン主義哲学の概要』を著わした。そのギリシア語原文およびラテン語訳がルネサンス時代にスイスの出版業者アンリ・エティエンヌによって出版され（原文一五六二年、ラテン語訳一五六九年）、その後の西欧の知識人に大きな影響を与えた。モンテーニュはこのラテン語訳を一五七五年頃に読んでいる。ちなみに『ピュロン主義哲学の概要』の冒頭近く（第一巻第四章）にある懐疑主義の定義は次のごとくである。「懐疑主義とは、いかなる仕方においてであれ、現れるものと思惟されるものとを対置しうる能力であり、これによってわれわれは、対立（矛盾）する諸々の物事と諸々の言論の力の拮抗のゆえに、まずは判断保留（＝エポケー）にいたり、ついで無動揺（平静＝アタラクシア）にいたるのである」（金山弥平・金山万里子訳）

図2　ルニョー『自然の逸脱』より　バタイユの論文の半ばで1頁全面を占めている

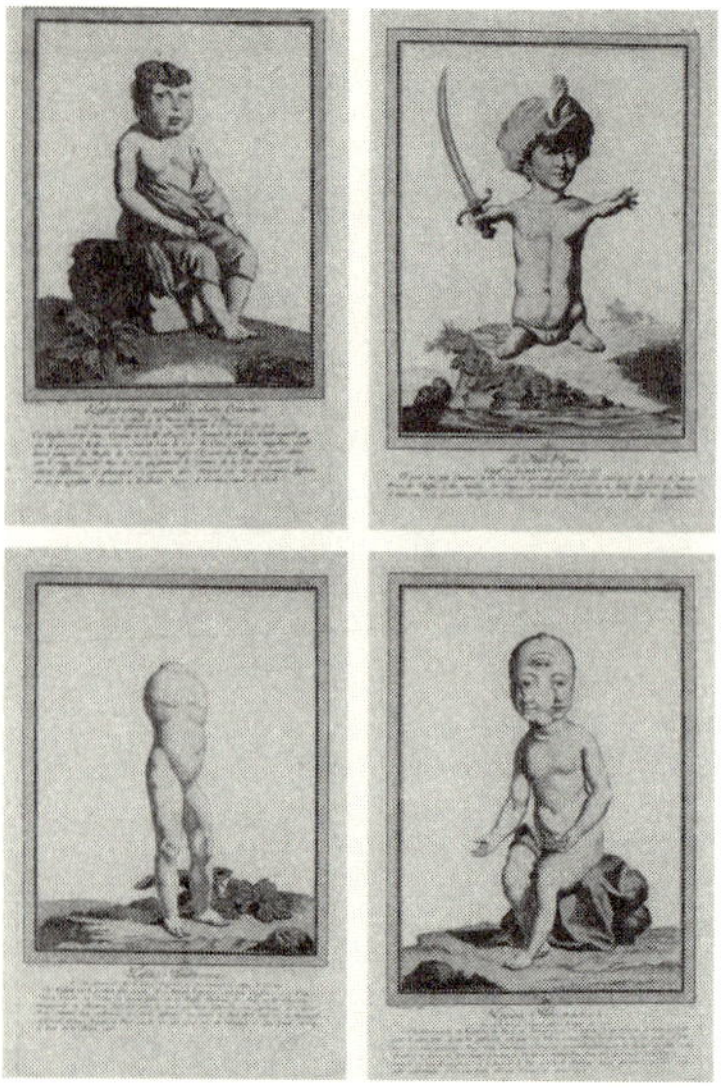

図3　ルニョー『自然の逸脱』より　バタイユの論文の最終頁全面を占めている

頁占めている点を強調しておきたい。最初の頁は本文だが、その頁を繰ると、左右見開きの二頁（p.80-p.81）全面が二枚の図版で満たされている。そして、最後の頁（p.83）も図版が占めているのである。いかにバタイユがグラビアを重視していたかが分かるだろう。これはこの論文だけではなく、『ドキュマン』全体を貫く傾向であった。

　次に図版の自律性についてだが、本文のなかにこれらの図版に関する説明がくだくだしくなされているわけではなく、また図版の下に付された説明も必要最小限のものである。本文との関係性が緩く、図版そのものの独立性が強いということだ。これは図版の出典元の作品に対してもそうである。これらの図版はすべて一七七五年に出版された図版集『自然の逸脱、あるいは自然が動物界に生んだ主要な奇形集』からとられている。作者は生物学者であったニコラ＝フランソワ・ルニョー（一七四六―一八一〇）とその妻のジュヌヴィエーヴ・ナンジス＝ルニョーである。バタイユによれば、一八世紀の怪物的人体への関心は「科学的好奇心の装い[19]」を帯び、この図版集が体現しているのは「かなり表面的な情報配慮[20]」でしかない。だが、それらの図版が『ドキュマン』のグラビアへ引き出されると、そうした歴史上の科学的好奇心の文脈からも、当時の生物学者の浅薄な情報配慮からも、切り離されて、「人類は自分の怪物たちを前にして冷静ではいられない[21]」という面、つまり奇形な人体の異様さそのものが強調されるのである（図2、図3）。

この論文の題名「自然の逸脱」についても同様のことが言える。この題名は今しがた紹介したルニョー夫妻の作品からとられている。ルネサンス以来の合理的な自然観を継承する一八世紀の科学者において自然は規則的な産出行為を行う点に本質があり、奇形は例外であり、逸脱であった。だがバタイユに言わせると、「こうした逸脱は、多くの場合、反自然と規定されるが、その責任・原因は異論の余地なく自然にある」となり、奇形は、歴史の文脈あるいは常識の伏線から離されて、例外ではなく本質的なことだとされていくのである。自然が行う「アルテラシオン（変質）」は人間の審美感とは関わりがないということだ。

この論文は、フランス・ルネサンス期の科学者、モラリスト、物語文学作者であったピエー

（19） Bataille, « Les écarts de la nature », in *O.C.*, tome I, p.228.
（20） *Ibid.*, p.229.
（21） *Ibid.*

ル・ボエチュオ（一五二〇？―一五六六）の作品『異常な物語』（*Les Histoires prodigieuses*、『奇譚』『驚異の物語』とも）の冒頭の文章からの引用で始まっている。出版年は一五六一年、モンテーニュとほぼ同時代の人で、世情が穏やかでなかったころに書かれた作品であるが、モンテーニュのように「魂の平静」を求めることはなく、むしろ自然界と人間界の異様な現象にとりつかれていたようである。『異常な物語』の冒頭であり、この論文「自然の逸脱」の冒頭に置かれた文章は次のごとくである。

「この天球の下で観察されうるすべての事柄のなかで、怪物たち、さまざまな異常な出来事、そして吐き気を催させる醜悪な諸事態――これらの事態を通して我々は自然の産物がひっくり返され、毀損され、切り落とされるのを目にするわけだが――ほどに、人間の精神を目覚めさせ、感覚を酔わせ、怖がらせ、被造物のなかに大いなる讃嘆と恐怖を引き起こすものはない[22]」（バタイユ「自然の逸脱」）

ボエチュオは、少なくとも表向きは敬虔なキリスト教徒であったが、中世の人々のようにキリスト教神の不合理な恩寵や断罪、あるいは民間信仰の迷信に捉われていたわけでなく、一七世紀の科学革命を準備する新たな合理的観察眼の持ち主であった。自然界の異様な現象は、その彼をも捉え、しかも人間の精神を覚醒させると言わしめているのである。バタイユはこの点に注目している。

「かつて異常な出来事や怪物たちは、予兆とみなされ、しかも多くの場合、そのまま凶兆とみなされていた。ボエチュオの功績は、予兆への配慮をいささかも示さずに、これらの出来事や怪物に自著を捧げたこと、そしてまた人々がいかに驚愕することに飢えているかを認識していたことにある」[23]（バタイユ「自然の逸脱」）

おそらくバタイユは、ボエチュオ以上に、キリスト教の文脈から異常な出来事や怪物たちを引き離そうとしている。[24] 我田引水ということではない。これらをそれ自体として際立たせたいがためなのだ。同じ試みは用語の次元でもおこなわれていて、バタイユは、近代の哲学でも日常生活でも「現象」という意味で用いられる語 phénomène《フェノメーヌ》をそれらの文脈から切断し、縁日などの見世物にされた「奇形の人」という意味で用いている。そうして特異な生の現れという事態と直結

（22）*Ibid.*,p.228.
（23）*Ibid.*
（24）ボエチュオに関しては法政大学名誉教授の白井泰隆氏が『言語と文化』第三号（二〇〇六年一月）に論文「フランス一六世紀物語文学研究3——ピエール・ボエチョオの「悲話集」をめぐって1」を発表しており、そのなかで『奇譚』に関して次のように説明を加えている。「一五五九年一〇月二〇日、イギリス旅行に出発した。〔……〕しかし「悲話集」第一巻の翻訳（創作）だけでボエチュオは物語翻案、創作の世界を離れ、自然界の驚異の探究にまた戻っていった。その成果が「奇譚」である。そしてイギリス滞在中に次回作の「奇譚」の英訳に取り組んでいたらしいという形跡がある。／翌一五六〇年三月か四月に帰国し、六月一八日、「奇譚」Les Histoires prodigieuses を上梓した。今度は同郷の教養人で文芸の理解者だったアセラック領主ジャン・ド・リュウに捧げた。「奇譚」では、不思議で驚くような出来事について、先人が集めたものをすべて渉猟したと自慢した。その原因は神の意思と怒りだと結論づけた」（『言語と文化』第三号、六七頁）

させようとしているのだ。これは、この論文の後半で語られる「共通尺度」(commune mesure) への批判とも重なることである。人体に関して言えば、古代ギリシア・ローマから、左右対称、全身と頭部の比率などが美の共通尺度として重視されてきた。言葉も一定の意味が同時代の文化の中で定着し、規範となっていく。バタイユおよび『ドキュマン』の前衛たちが目指していたのは、現実の事態から離れて独り歩きしている観のある共通規範、いやそればかりか逆に現実の事態を隠蔽し人間の感性を抑圧するまでにいたっている共通規範を批判し、疑って、もう一度生々《なま》しく現実の事態を露呈し、人間の感性を自由に湧出させることだった。人体に対しても、これを、もはや人間と自然、精神的ものと物質的なものの二元論的階層観、この近代西欧を牛耳ってきた共通尺度から解放して捉え直すということを目指していたのである。唯物論はフロイトの精神分析の成果に問いかけて再興されねばならないというのがバタイユのテーゼであったが[25]、求められているのは硬化し停滞していた当時の唯物論の刷新に留まらず、「いかなる観念論をも排しながら、生々しい現象を直接的に解釈すること[26]」であった。こうした新たな現象の解釈は、また、人体の表現、美醜の表現にもかかわってくる。もはや表象の問題に場を移して考察を再開させた方がよさそうである。

(25) Bataille, « Matérialisme », *Documents*, no.2, 1929, in *O.C.,I*, tome I, p.179-180.
(26) *Ibid.*, p.180.

第3章　表出と批判——『ドキュマン』の図像世界

はじめに

本章では芸術表現に寄せたバタイユの新たな見方を探っていきたい。

『ドキュマン』のバタイユは主として絵画、彫刻など造形芸術の作品をよく取り上げており、とくにピカソに注目し、また同人で友人のレリスもジャコメッティを紹介して、新たな「様相」の表現者を鼓舞している。本章でもこれら前衛芸術家に対する前衛思想家たちの評価の仕方を追いかけてみたいと思う。他方でバタイユは当時パリで本格的に紹介されだした黒人音楽にも関心を示し、その実演から得た印象を短文「黒い鳥」にまとめている。これは、単なる音楽評論ではなく、音の表象を鬼火という火の「様相」に開いた刺激的な文章なのだ。彼の幅広い表現を見ていきたい。

『ドキュマン』の題名は「資料」という意味である。考古学、民族誌学、美術など、この雑誌が自らに定めた対象領域の資料を呈示することに、まずもってこの雑誌の使命はあった。数多く挿入された図版は、したがって役割として、考古学や民族誌学の物的な資料であれ、絵画や彫刻などの芸術作品であれ、それらをグラビアで再現することが求められている。だが、前章でも述べたように、『ドキュマン』の図版は、これらの事物を再現して論文に寄与する副次的な役割に、つまりイラストに充足していたわけではない。単なる情報提供の道具という立場に満足していないのだ。図版自身が自己主張しているのである。たしかに別のところにあった事物を紙上に再度映し出しているという点では再現的である。しかし過剰に再現的なのだ。再現された事物たちがその雑誌上で「アルテラシオン（変質）」を被《こうむ》って新たに自らを出現させようとしているのである。再現的でありながら、異質な出現にもなっているのが『ドキュマン』の図版なのだ。

再現よりも異質な出現に比重が置かれるこの特徴は、『ドキュマン』だけの問題ではなく、大きな時代の流れに沿った出来事だった。ジャン゠リュック・ナンシー（一九四〇― ）は、そのような大きな潮流を次のように的確にまとめている。『イメージの奥底で』（二〇〇三年）の一節である。

「ルネサンスから一九世紀にかけて、ヨーロッパの思想（自らを西欧化する世界、自らを《世界》だと想像している世界）は、画布から映写スクリーンへ、再現行為から現前行為へ、イデアからイメージへ、もっと正確に言えば、空想あるいは幻想から想像力へ転換した。これはさらに次のように言い換えてもよい。存在論から現象学へ、したがって存在から現れへ、形式から形成作用へ、質料から力へ、イデアから構想へ、つまり結局一言で要約すれば、見られたものから見ることへ、の転換ということだ。もっと辛辣な言い方をすると、虚偽としてのイメージからイメージとしての真理へ、転換したということだ。これ以下のことではない」[1]（ナンシー『イメージの奥底で』）

一九世紀まで、絵画の流れで言えば印象派までを念頭に置いたこのナンシーの規定が、『ドキュマン』に集《つど》った二〇世紀前半の前衛たちにそのままあてはまるわけではない。まず、「自らを西欧化する世界、自らを《世界》だと想像している世界」と説明されるヨーロッパの思想から出ていこうとしたのが、彼らの共通認識だった。出ていくという言葉に語弊があるとするならば、相対化すると言い換えてもいい。一個の世界として自己完結したがる西欧を対象化して、これを他の文明とともに、それらと同列に置いて、考察していくということである。この西欧の相対化に一九二〇年代の民族誌学の動向が果たした役割は大きかった。この点については前章で触れておいたことだ。

ナンシーの指摘でさらに注意しておきたいのは、「現前行為」、「想像力」、「構想」、「見ること」といった行為の主体への疑いが不問に付されていることである。再現行為から現前行為への転換が、二〇世紀に入ると、その行為の主体自身への批判にまで深められていくのである。西欧外の世界を知って西欧を相対化することに加えて、西欧社会の内部、西欧社会を成り立たせている個人への深い眼差し、破壊的なまでの批判意識が、新たに問題として浮上してきたということだ。それまでの西欧の構築物をその担い手たちの根底から覆すという視点が出てきたと言い換えてもよい。一九世紀までのナンシーの指摘に接続させる意味で、バタイユが『ドキュマン』一九二九年次、第二号に「批判辞典」の項目のなかに発表した短文「建築」の一節を引用しておこう。

（1） Jean-Luc Nancy, *Au fond des images*, Galilée, 2003, p.147.

「そのようなわけで、建築的構成が、人間の面相であれ、服装であれ、音楽であれ、絵画であれ、大建築物とは別のところに見出せるたびごとに、人は、人間の、あるいは神の権威への嗜好が支配的になっていることを推論することができる。何人かの画家たちの大構成の絵画は、当局公認の理想に人間の精神を拘束させたいという意志を表している。逆に、絵画におけるアカデミックな構築の消滅は、社会の安定と最も両立しがたい心理過程を表現することに（そうやってこれを称揚することに）道を開いたのである。このことこそがまさに、半世紀前から生じてきている激しい反発を解き明かしてくれる。半世紀前まで絵画は、内に隠された一種の建築的な骨格によって特徴づけられていたのだが、それ以降、どんどん変化して、人々に激しい反発を引き起こしてきたのである」(2)（バタイユ「建築」）

問われているのは、一九世紀後半以降の絵画の様式上の変遷である。すなわち、印象派、後期印象派、野獣派、立体派、表現主義、抽象主義、シュルレアリスムと続いてきた変化だ。これらはことごとく一般の鑑賞者から「激しい反発」を買ってきたが、その理由は、ルネサンス、古典主義、新古典主義と継承されてきた建築的構図の解体にあったのであり、さらに突き詰めれば、そうして「社会の安定と最も両立しがたい心理過程」が表現されてきたことにあったとバタイユは見ているのである。ここで語られる「心理過程」とは、一九世紀末からフロイトによって示されてきた無意識層の欲望のことであるが、バタイユら『ドキュマン』の前衛たちはこれを精神分析学の問題に限定せず、民族誌学が呈示する未開民族の生とも結び付けていた。要するに、『ドキュマン』において民族誌学が知らしめた西欧の外部、そこからの西欧の相対化は、フロイトの深層心理の発見と合流して、「人間の、あるいは神の権威への嗜好」に支配されがちな西欧近代社会への解体的批判に発展していたということだ。この視点から『ドキュマン』における表象の問題を問うていきたい。

1 墓地に現れる鬼火

アメリカの黒人音楽は一九二〇年代のパリでは人気を博していた。一九二五年の女性歌手ジョゼフィン・ベイカー、一九二七年の女性ダンサー、フロレンス・マイルス、そしてルー・レスリーの率いる楽団「黒い鳥」は、パリの聴衆から熱狂的に迎えられた。その背景には、アメリカが第一次世界大戦の後半（一九一七年四月から）フランス、イギリス、ロシアの三国協商側に回って参戦し、これら三国の勝利に一役買っていたことがまず挙げられる。自由と解放をもたらす国の音楽として歓迎されていたのだ。そこに、一九世紀のオリエンタリスム、ジャポニスム以来の異国趣味、さらに「狂気の年代」と呼ばれる一九二〇年代パリの享楽志向の傾向が加わっていた。

『ドキュマン』も一九二九年次、第四号に、パリのムーラン・ルージュにおける「黒い鳥」のレヴューショーを紹介している。しかしその論調は、フランス愛国主義に根差した親米観、エキゾティスム、享楽志向といった浅薄なアプローチとは、一線を画していた。バタイユの短文を全

（2） Bataille, « Architecture », in *O.C., I*, p.171-172.

文紹介しておこう。

「突然、無作法な狂気で、どもりたちの不条理な沈黙を破る有色民族たちについてもうこれ以上時間をかけて説明を探し求める必要はなくなった。われわれは、日々、屋根の下や墓場で、あるいはあんなにも多く悲痛ながらくたがつまった共同溝で、憂鬱な気分をかかえながら、腐りつつあったのだ。それに対して、われわれとともに（アメリカやその他の地域で）文明化し、今日、踊ったり叫んだりしている黒人たちは、まさにこの巨大な墓場の上で火のついた腐敗の沼地的なガス（émanations）なのである。おぼろに月明かりのさす黒人の夜に、われわれは、怪しげにして魅惑的な鬼火、哄笑のようにからだを歪ませわめきたてる鬼火の、うっとりさせる狂気の沙汰に立ち会うのである（ムーラン・ルージュでの〝ルー・レスリーの黒い鳥〟の黒人レヴュー（一九二九年六月から九月）に寄せて）[3]」（バタイユ「黒い鳥」）

哲学者ナンシーの語調よりもずっと辛辣な表現だ。西欧人は「どもりたちの不条理な沈黙」に陥り、かつ腐りつつあって、その社会は、過去の遺産ががらくたのように堆積していて、汚物の詰まった共同溝を思わせる。あるいはまた、大きな墓場のように、暗くて陰鬱なのだ。同じ文明のなかに生きて同化した黒人たちも、腐敗を余儀なくされているのだが、その生気をガスとして発出し、しかもこれに点火してその生気を鬼火のように西欧の文明社会の上に揺曳《ようえい》させている。彼らの歌と踊りのナイトショーは、西欧社会を突発的に破る「狂気の沙汰」なのだ。

それにしても、西欧社会はどうしてこうもひどく言われるのだろうか。フランス社会に限って言えば、第一次世界大戦を戦勝国として終えることができたため、国民から体制への激しい不満は生じず、ドイツのように革命は起きなかった。戦前の「第三共和制」がそのまま存続していたのである。だがフランスのすべての世代がこの事態を歓迎していたわけではない。第一次世界大戦での勝利は、多大の犠牲を払っての辛勝だったのであり、その痛手を心身に直接負って生き残った世代、すなわちこの大戦争に駆り出されて辛くも生還した「復員兵の世代」（おおむね一八九〇年代の生まれ）はこの「理性」の体制に不快感と失望を抱いていた。そしてさらに若い世代は、大戦争を引き起こした体制の存続ということで、戦争の再来に怯えていたのである。じっさい、過剰な賠償金をドイツに課した一九一九年のヴェルサイユ条約がドイツに反仏感情をあおることは必至であり、戦争は大いに懸念されていたのだ。一九二八年にはパリ不戦条約がフランスとアメリカの主導のもとに先進諸国の間で結ばれたが、自衛のための戦争は認め、条約違反に対する制裁規定を欠いたこの平和条約の効力は当初から疑問視されていた。ドイツ、イタリアもこの条約に参加したものの、反ヴェルサイユ体制を掲げて国民規模で進捗していたファシズムの動きを止めることはできなかったのである。「西欧の内乱」の構図は相変わらず存続していたのだ。

近代西欧への批判は第一次世界大戦中にすでにダダイスム運動としてスイスのチューリッヒ、ドイツのケルンなどで生じていたが、戦後はパリで「復員兵の世代」のなかの前衛たちによって引き継がれ、さらにその批判意識はシュルレアリスムに継承されていった。そしてシュルレアリスムの西欧批判を微温と感じて、この集団から離脱した前衛中の前衛が『ドキュマン』に集まっ

（3） Bataille, « Black Birds », in *O.C.,I*, p.186.

たのである。ミシェル・レリス（一九〇一—一九〇）はその代表格であった。

2　発作の表現

バタイユと並んでレリスも『ドキュマン』に多くのテクストを寄稿したが、一九二九年次、第四号には美術評論「アルベルト・ジャコメッティ」を寄せている。「我々はいずれにせよたいへん重苦しい時代に生きている[4]」とし、芸術表現の分野では「真のフェティシスム」が見当たらないと嘆くことでこの論文は始まっている。彼の言うところでは、旧態依然たる西欧社会の道徳と論理の規範に染まった芸術作品が「偽のフェティシスム」であり、制作者自身の愛情を内から外へ投影して作られた作品が「真のフェティシスム」ということになる。もちろんこれは制作者の個人主義的表現ということではまったくなく、制作者の無意識層の底からあるいは予期せぬ外部から制作者の主体を深く突き動かすものとの連動で作られていく表現のことなのだ。

陰鬱な現代社会の中で生きる自分は「雨のように退屈な男」と見られてきたとアンドレ・ブルトン（一八九六—一九六六）は、一九二四年に発表した『シュルレアリスム宣言』のなかで告白している[5]。レリスはこれを受けて、同時代の芸術作品のほとんどは「雨よりも退屈だ」と強弁する。雨滴の方がまだしも我々に近接しているというのだ。ブルトンにおいて雨は単に退屈さを形容する存在だった。しかしレリスにおいては、退屈ではない内部、いや内部とも外部と言えない感覚を伝える現象になっている。「水の滴、美しい小粒の球体は、我々に涙の味とは言わずともその形を想起させる。そしてまた湿り気や流動感を想起させる。我々が愛したり、触れられたと感じたときに手足に流れる甘美さに匹敵するものを、だ(6)」

退屈な作品ばかりの現代においてジャコメッティの彫刻は数少ない例外であり、きわめて刺激的だとレリスは高く評価する。現代において、それは「発作（crises, 危機とも）」の瞬間だと言うのだ。

「発作と呼びうる様々な瞬間がある。人生において唯一重要なのはそれらの瞬間だけなのだ。それは、我々が内部から外部に投げかける要請に外部が突然に答えてくれるように見える瞬間なのである。外部の世界が開かれて、我々の心と外部の世界との間に突発的なコミュニケーションが成り立つ瞬間なのである。自分の人生のなかでその種の思い出はいくつかあるが、それらはどれも、一見して些末で、象徴的な価値に欠ける出来事、こう言ってよければ無償の〔gratuits〕出来事に関係している。それらは、例えば、モンマルトルの明るい通りで、両手に濡れたバラの花束を持った「黒い鳥」楽団の黒人女性を見かけたとき。自分が乗りこんだ客船が波止場をゆっくり離れていくとき。誰かがたまたま口ずさんだシャンソンのメロディーが耳に入ってきたとき。ギリシアの遺跡で、大きな亀裂のような奇妙な動物に出会ったとき、などである。詩はこのような〝発作〟からしか発生しえない。この危機の等価物を提供する芸術作品

（4） Michel Leiris, « Alberto Giacometti », *Documents*, 1929, no.4, p.209 (Réimpression de Jean-Michel Place, 1991).
（5） André Breton, *Manifeste du surréalisme*, in *Œuvres complètes*, tome I, Bibliothèque de la Pléiade, Gallimard, 2008, p.324.
（6） Leiris, « Alberto Giacometti », *op.cit.*, p.209.

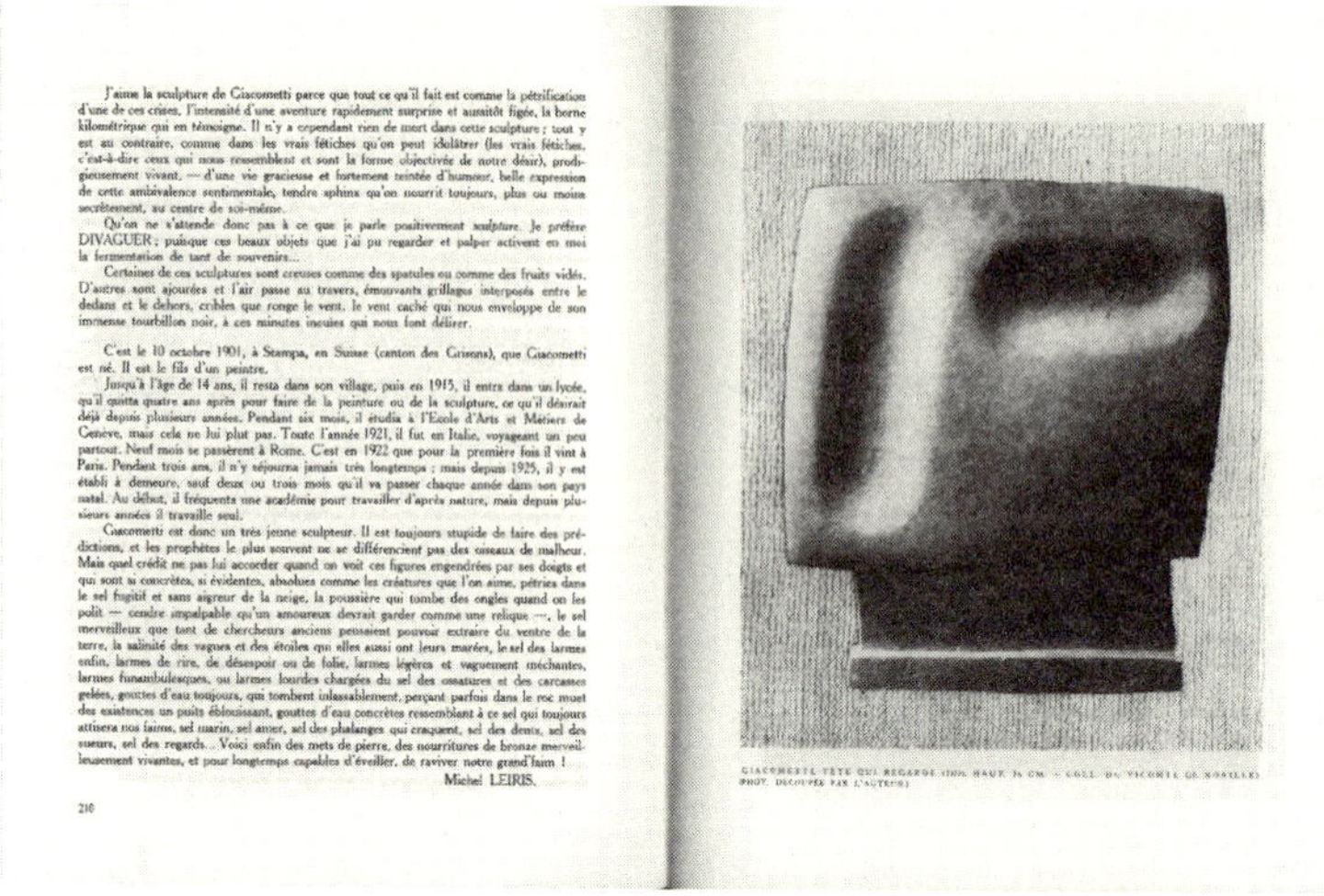

J'aime la sculpture de Giacometti parce que tout ce qu'il fait est comme la pétrification d'une de ces crises, l'intensité d'une aventure rapidement surprise et aussitôt figée, la borne kilométrique qui en témoigne. Il n'y a cependant rien de mort dans cette sculpture ; tout y est au contraire, comme dans les vrais fétiches qu'on peut idolâtrer (les vrais fétiches, c'est-à-dire ceux qui nous ressemblent et sont la forme objectivée de notre désir), prodigieusement vivant, — d'une vie gracieuse et fortement teintée d'humour, belle expression de cette ambivalence sentimentale, tendre sphinx qu'on nourrit toujours, plus ou moins secrètement, au centre de soi-même.

Qu'on ne s'attende donc pas à ce que je parle positivement *sculpture*. Je préfère DIVAGUER ; puisque ces beaux objets que j'ai pu regarder et palper activent en moi la fermentation de tant de souvenirs...

Certaines de ces sculptures sont creuses comme des spatules ou comme des fruits vidés. D'autres sont ajourées et l'air passe au travers, émouvants grillages interposés entre le dedans et le dehors, cribles que ronge le vent, le vent caché qui nous enveloppe de son immense tourbillon noir, à ces minutes inouïes qui nous font délirer.

C'est le 10 octobre 1901, à Stampa, en Suisse (canton des Grisons), que Giacometti est né. Il est le fils d'un peintre.

Jusqu'à l'âge de 14 ans, il resta dans son village, puis en 1915, il entra dans un lycée, qu'il quitta quatre ans après pour faire de la peinture ou de la sculpture, ce qu'il désirait déjà depuis plusieurs années. Pendant six mois, il étudia à l'Ecole d'Arts et Métiers de Genève, mais cela ne lui plut pas. Toute l'année 1921, il fut en Italie, voyageant un peu partout. Neuf mois se passèrent à Rome. C'est en 1922 que pour la première fois il vint à Paris. Pendant trois ans, il n'y séjourna jamais très longtemps ; mais depuis 1925, il y est établi à demeure, sauf deux ou trois mois qu'il va passer chaque année dans son pays natal. Au début, il fréquenta une académie pour travailler d'après nature, mais depuis plusieurs années il travaille seul.

Giacometti est donc un très jeune sculpteur. Il est toujours stupide de faire des prédictions, et les prophètes le plus souvent ne se différencient pas des oiseaux de malheur. Mais quel crédit ne pas lui accorder quand on voit ces figures engendrées par ses doigts et qui sont si concrètes, si évidentes, absolues comme les créatures que l'on aime, pétries dans le sel fugitif et sans aigreur de la neige, la poussière qui tombe des ongles quand on les polit — cendre impalpable qu'un amoureux devrait garder comme une relique —, le sel merveilleux que tant de chercheurs anciens pensaient pouvoir extraire du ventre de la terre, la salinité des vagues et des étoiles qui elles aussi ont leurs marées, le sel des larmes enfin, larmes de rire, de désespoir ou de folie, larmes légères et vaguement méchantes, larmes funambulesques, ou larmes lourdes chargées du sel des ossatures et des carcasses gelées, gouttes d'eau toujours, qui tombent inlassablement, perçant parfois dans le roc muet des existences un puits éblouissant, gouttes d'eau concrètes ressemblant à ce sel qui toujours attisera nos faims, sel marin, sel amer, sel des phalanges qui craquent, sel des dents, sel des sueurs, sel des regards... Voici enfin des mets de pierre, des nourritures de bronze merveilleusement vivantes, et pour longtemps capables d'éveiller, de raviver notre grand'faim !

Michel LEIRIS.

210

図１　レリスの論文とジャコメッティの≪見つめる頭部≫

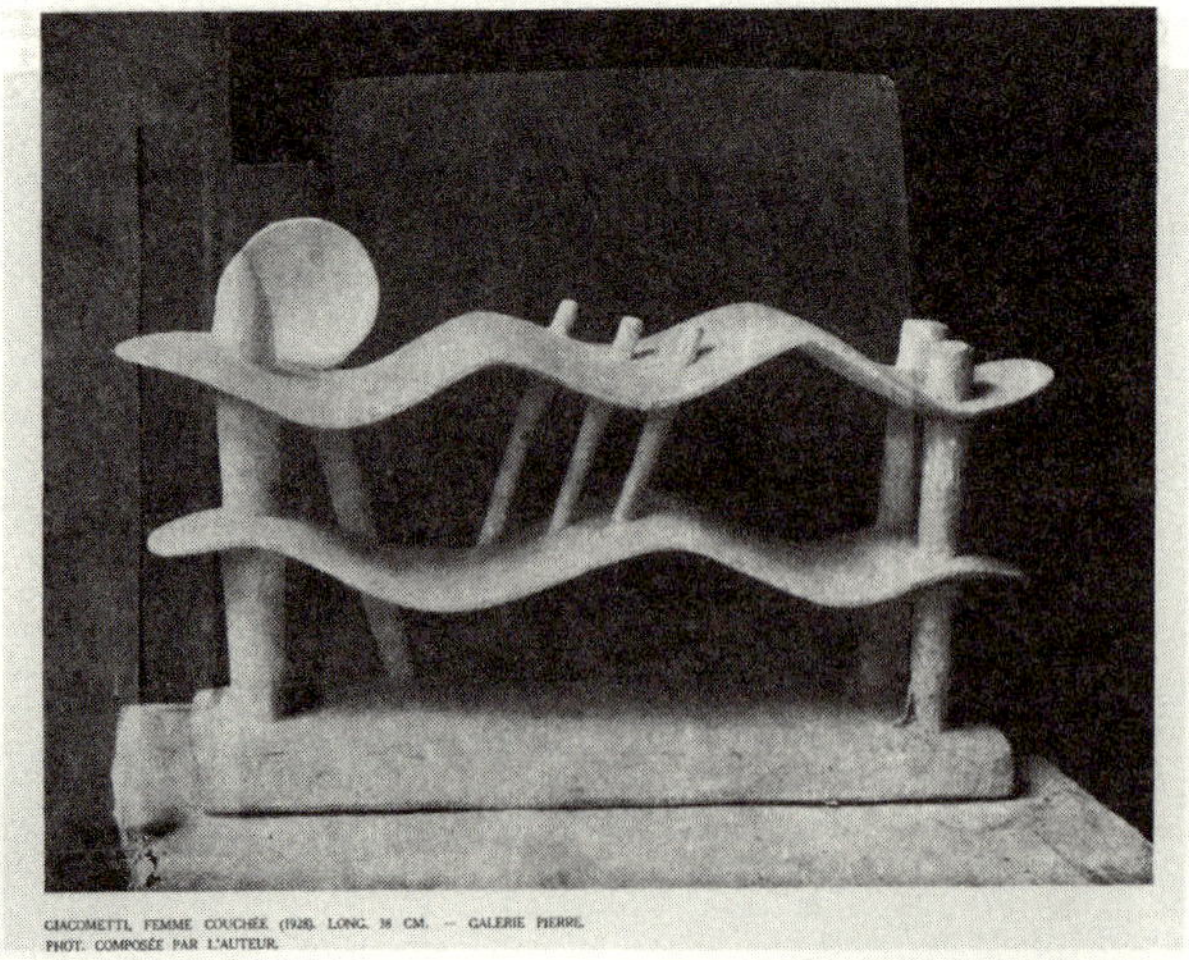

図２　ジャコメッティ≪横たわる女≫

だけが重要なのだ。
　私はジャコメッティの彫刻を愛する。彼の制作するものはどれも、まるでこういった発作の一つを石化したかのようなものであるからだ。瞬時に現場で捕えられすぐに凝固させられた情事が示す迫力のようなもの、この情事を証拠づけるキロメートル道標のようなものであるからだ。といっても、この彫刻には死んだところが全然ない。逆にすべてが驚異的に生き生きしているのである。ちょうど、偶像崇拝の対象になりうる真の物神《フェティッシュ》の場合のように。真の物神、それは我々に似ていて、我々の欲望の客観的な形態となっている物神のことである。ジャコメッティの彫刻のその生き生きした生は、優美であるとともに強烈にユーモアに彩られている。あの両面感情のみごとな表現なのだ。人が日々、心のなかで養っている心優しいスフィンクスなのである」(7)（レリス「アルベルト・ジャコメッティ」）

　レリスと同じ一九〇一年生まれのジャコメッティは当時まだ無名に近い彫刻家だった。平たい人物像の連作で注目されるようになるのは、第二次世界大戦後である。スイスのイタリア寄りの村で生まれた彼がパリに出てきたのは一九二五年のこと。それ以前のジュネーヴやローマで短期間、絵画と彫刻の制作を学んだときと同様、パリでもアカデミックな教育を受けたが、その再現主義にはどうにも馴染めずにいた。やがてキュビスム、シュルレアリスムなどの前衛表現に接近して、大胆にデフォルメされた人体像を制作するようになる。人間の内奥と外部の両方に開かれ

（7）*Ibid.*

た表象である。

レリスの論文では本文二頁に対して図版は三頁で、初期の前衛的作品《見つめる頭部》（一九二三）（図1）、近作の《横たわる女》（一九二八）（図2）など四作が紹介されている。ただしそれらのグラビアは「制作者によって切断された写真」「制作者によって合成された写真」と注記されている。人体像からしてすでに再現性よりも出現性を重んじているのだが、そのグラビア図版もまたそれらの作品を再現することに満足せず、独自の仕方で出現しようとしているのである。

レリスの語り方もこれに呼応して、再現的であることをやめている。通常の作品解説と違って、作品と直接関係のない彼個人の回想を語っている。レリス自身の言葉では「支離滅裂なことを言う」（divaguer）。だがそれは単なる印象批評ではなく、作品を作品の外部へ開かせて、彼の心に去来したものとのつながりを示そうとしているのである。ジャコメッティの彫刻に触発されて次々に回想されてくる出来事の快感、寂寥感、驚異などの思いがこの彫刻と根本的につながっていると言いたいのだ。モンマルトルの通りで「黒い鳥」楽団の黒人女性を見かけたときの快い思いと、ジャコメッティの《見つめる頭部》や《横たわる女》との間には、表向き、つながりはないが、一九二〇年代西欧の沈鬱な社会に組み込まれることのない「発作」の現れとして両者はつながっているというのだ。バタイユの言い方を借りれば、「当局公認の理想」を頂く社会の体制、その「建築的構成」に組み込まれることのない「不定形の」、つまり形を失いつつある心模様の発出と、そのような生の出現を体現した造形表現との共通性に、レリスの文筆は促されている。

3 異質な表象

バタイユが『ドキュマン』一九三〇年次、第三号に発表したピカソ論「腐った太陽」も基本的に同じような語り方をしている。絵画の作品名をあげて解説するという手順を踏まず、一見してピカソの絵画とは関係のないことを語っているのである。バタイユの場合、個人的な回想は持ち出さない。異分野、すなわちフランス語の副詞で示唆されている分野のことが語られていく。まず人間（humainement）、詩（poétiquement）、心理（psychologiquement）、神話（mythologiquement）である。

人間の分野でバタイユが問題にしているのは、太陽に対する人間の肉体と精神の姿勢である。つまり人間の眼では通常太陽を直視できず、そこから太陽を抽象化したり美化する精神の動きが出てくるということだ。詩の分野で歌われる甘美な太陽のイメージはこの精神の動き、当時のバタイユの言葉で言えば、観念化の動きに対応している。逆にあえて太陽を直視するならば、それは、心理の面で狂気であるし、ぎらぎらと激しく輝く太陽は醜いものに映る。この論文の題名「腐った太陽」とはこの直視された太陽のことだ。観念化されていない直接的な、生身《なまみ》の太陽のことである。

腐敗という言葉（pourriture, décomposition。後者の語には「解体」の意味もある）をバタイユは『ドキュマン』の時代からよく用いた。先ほど引用した「黒い鳥」の最初の文章に「われわれは腐りつつあったのだ」とあるが、この場合は近代市民社会の停滞感、生気のなさを示す意味で用いられている。バタイユはむしろ逆の意味で「腐敗」、「腐る」という言葉を多用した。すなわち、彼のよく引く例によれば、動物でも人間でも腐乱死体は様々な菌や虫が互いに刺激しあって、異様な活況を呈している。異臭を強く放ち、熱まで帯びている。生が過剰に活動し、横溢しているのである。それゆえ解体（décomposition）はさらに進み、外見の醜さは増していく。バタイユが生身《なまみ》の太陽に見ているのも、このようにエネルギーを過剰にはらんで、強い生気を発している存在だ。これをバタイユは別の論文で(8)「異質な」存在と呼びもした。数や日常の言語で同質的に表現されるものを好むのが近代社会である。異質なものは排除されるか、同質化されて、つまり美化されたイメージのように去勢されて、社会のなかに組み込まれていく。逆に未開社会や中世や古代の非近代社会では、あえて異質なものとの直接的な交流が求められた。異質なものとの交わりがあってこそ、共同体の生、人間の生はあると思われていたのだ。近代社会で重視される共同体の固有性、個人の自己同一性など、はなから信じられていなかったのだ。

論文「腐った太陽」でバタイユが神話の領域で取り上げるのは、太陽神話、とりわけ古代ローマ時代のミトラ教の太陽崇拝における供犠の儀式の場面である。生きた牛の喉をしめ、首を断ち切って、迸る《ほとばし》血を供犠の参加者が全身に浴びる凄惨な儀式の場面である。牡牛は太陽の代替物であり、その血潮は太陽のエネルギーにほかならない。他方でバタイユはイカロス神話にも言及している。美化された太陽にあこがれて近づいていくうちに、その太陽の強い熱によって羽の付け根の蝋を溶かされ海へ転落していったイカロス少年の話である。いかに実際の太陽が恐ろしいエネルギーを発しているかをバタイユはこの神話とともに伝えようとしている。

解体の度（バタイユからすれば腐敗の度）を強めるピカソの一九二〇年代後半の絵は生身の太陽に匹敵するとバタイユは言いたいのだ。それほどに過剰なエネルギーを発していると。だが論文末尾の彼の言い回しは慎重である。イカロスの上昇を観念化の精神の動き、彼の墜落を根底的な生への志向（イカロスはこれを欲していたわけではなかったが）とみなし、アカデミックな絵画には前者が支配的で、ピカソの絵は後者の動きを感じさせるとバタイユは識別を立てるのだが、その口調は緩《ゆる》やかである。

「このように人間の態度によって太陽は二つに分けられるわけだが、この二つの太陽の相違は、次の点で際立った重要性を持つ。すなわちこのように描かれた心理の動きは、副次的な諸要素によってその衝迫力をずらされたり半減されたりするような運動ではないという点だ。ただしこのことは他方で次のことを示している。すなわち絵画のように複雑な活動のなかにこれらの動きの等価物を画定しようとしても、それは当然ながら滑稽なことになるということである。とはいえ、アカデミックな絵画は、過剰さのない精神の上昇にほぼ呼応していたとは言えるだろう。逆に、現代絵画においては、頂点志向の上昇の破綻への追求、そして眼を盲《めしい》させる意図を持った輝きへの追求が、形態の制作に、いや、形態の解体に、ある程度関係していた。しかしこれは、しいて言えば、ピカソの絵画においてしか感じ取れないことなのだ」(9)（バタイユ「腐った太陽」）

バタイユは躊躇している。上昇と下降という単純で固定的な識別を「絵画のように複雑な活

（8） 例えば「供犠的身体毀損とフィンセント・ファン・ゴッホの切り落とされた耳」（『ドキュマン』一九三〇年次、第八号）。
（9） Bataille, « Soleil pourri », in *O.C.I*, p.232.

動」に持ち込むことにためらいを感じている。作品によって程度の差はあるが、もともと絵画のなかには、腐乱死体のように多様な生がうごめいているのだ。数年後のバタイユの言い方を借りれば、絵画は無益な消費の形態なのである。生産性、功利性を求める近代社会のなかでは根本的に異質な存在にほかならない。

しかし他方で絵画も彫刻も、近代社会に溢れる物品と同様、一個の物体である。じっさい、一般の商品と変わらずに売り買いされていく。ただしレリスがフェティシスム、物神《フェティッシュ》という言葉を使っていたように、格別の物ではある。人間が道具として思いのまま利用できる机や自動車とは異なる性質を持っている。レリスは「発作」という概念と結びつけてこの異質な面をさらに強調していた。バタイユは、「複雑な活動」と言って、絵画が多様な生の動きを呈していることを示す。

4　絶えざるアルテラシオン

ところで、作品が帯びているこの動きは、強烈な力をはらんでいる場合、今纏《まと》っているその作品の表現を窮屈に感じて、これを解体するように画家に強く訴えかけることがある。画家がこれに応じる気力を持つならば、表現の解体はさらに進むだろう。だが画家がこれに応じる精神状態にないときには、あるいは解体化それ自体にマンネリズムを覚えだしたときには、表現はそのままか、あるいは再現的な形態を回復していく。前衛画家においてもこのような揺れ動きは起きる。

ピカソもそうだった。すでに一〇代で余人の追随を許さぬほど完璧に古典主義的な再現表現を発揮し周囲の人を瞠目させていた彼は、続いて、青の時代、バラ色の時代、キュビスムの時代と、図像を解体させていったが、一九二〇年代初めには古典主義的な表現を復活させるのである。そしてまた一九二〇年代後半になると、シュルレアリスム、さらには『ドキュマン』に接近していくにつれ、画布は解体の場となっていく。

一九二〇年代初めに古典主義に戻っていったとき、ピカソは決してイカロスのように観念主義者になって大いなる理想へ飛翔しようしていたわけではない。冒頭に引用したバタイユの「建築」にあるように、「当局公認の理想に人間の精神を拘束させたいという意志」に導かれていたわけではまったくない。つまり、上昇と下降、観念論と唯物論といった物差し、『ドキュマン』のバタイユを呪縛していたこの「共通尺度」ではうまく語れない人間の動き、生の動きがあるということだ。

『ドキュマン』のバタイユは、この上と下の「共通尺度」にただ単純に硬化していたわけではない。別な視点で生に呼応しようとしていた。「アルテラシオン（altération、「変質」）」がそれである。論文「プリミティヴ・アート」（『ドキュマン』一九三〇年次、第七号）にこの概念は明示されている。つねに既存のものを他なるものへ変化させる動きを指す概念である。バタイユがまず言及するのは、表現の基底材の変化である。洞窟の壁や紙片に図像を描いた場合、それら壁や紙はそれまでと違って、芸術的な広がりになる。だがバタイユは続けてこう言うのだ。

「実のところ、主要なアルテラシオンとは、素描の基底材がこうむるアルテラシオンではない。素描それ自体が、再現された対象のデフォルメをあらゆる方向に向けて激化させながら、発展し多様性に富むようになるのだ。この発展は、落書きから出発して容易にたどることができる。偶然のおかげで、何本かの奇妙な線から、見たところ何かに類似した表現が浮き上がってくる。さらに線引きを反復することによってこの類似表現は固定化されうる。この段階はアルテラシオンのいわば第二段階だ。つまり、解体された物体（紙、壁）が変質して、新たな物体に、つまり馬や、頭部、人間に成り変わるのである。そしてまた、何度も繰り返して描かれている間に、この新たな物体も一連のデフォルメによって変質していくのである。芸術は、というのもここにこそ否定しがたく芸術があるからなのだが、この意味で相次ぐ破壊によってことをなしていくのである。したがって、芸術がみだらな本能を解放する限り、この本能はサディスム的だということになる[10]」（バタイユ「プリミティヴ・アート」）

単なる線分の落書きから何かしら再現的な図像が現れることがある。その図像をさらに繰り返しなぞれば前よりももっと再現性は増していく。だがこれに満足できなくなると、人は再現的図像を破壊していってしまう。人間の本能は、既存の状態がどのようなものであれ、これに満足できず、変質させていく。その限り、つまり破壊的である限り、サディスム的だとバタイユは見ている。

　こうなると、再現的な表現は後退的であるとは言い切れなくなる。じっさい、解体的な表現であっても、同じような破壊の形式を踏襲し続けるのならば、停滞感を余儀なくされる。ダダイスムが飽きられたのもこのせいだろう。破壊のなかで保守化してしまったのだ。逆にマグリットやバルテュスの再現的表現が新鮮な魅力、新たな恐ろしさを放っていたりするのである。たしかに描き手も鑑賞者も、安らぎを求めて再現的表現に走ることがある。その自由も含めて、絵画は「複雑な活動」であり、無益な消費なのだ。

バタイユの消費の概念は、巨視的に見れば、生産的な行為、保存と蓄積の行為をも含んでいる。人類の行為の全体が無益な消費なのである。人類の歴史それ自体が、行方の分からない消費の流れなのだ。造形芸術の流れは人類史のこうしたさまよいの未来を先んじて示すとバタイユは見ていた。いまだ多くの人間が進歩史観を信じていたときにバタイユはさまよいと揺れ動きの歴史観に立っていた。次章は、彼の予兆的芸術観とともに、この絶えざるアルテラシオンとしての歴史を見ていくことにしよう。

（10） Bataille, « L'art primitif », in *O.C.I*, p.252-253.

第4章　転覆、そして浮遊する空間

はじめに

バタイユは同時代の前衛芸術家たちと広く交友関係を持っていた。ピカソ、ミロ、マッソン、バルテュス、ハンス・ベルメール、ルネ・マグリットなど。これらの人々を通して彼の考察は、しばし前衛の現場から歴史の深みへ入っていった。歴史の見方を変えることによって、前衛芸術の今日的な意義は見えてくるのではあるまいか。それがバタイユの歴史への遡行のモチーフである。本章では彼のこの深みのある前衛芸術への接近の姿勢を取り上げてみたい。

第一次世界大戦（一九一四―一八）が終わったあと、西欧近代文明への憂慮、反省、再建を語る知識人は何人もいた。左翼知識人で小説家のロマン・ロラン（一八六六―一九四四）は「精神の独立宣言」（一九一九年六月）を当時の社会党の機関誌『ユマニテ』に発表して同時代人の歴史認識と現実認識に対して反省を迫った。彼はそれまでの西欧列強の狭隘な国家主義を戦争の元凶とみなし、理性的な西欧精神を国家主義の迷妄から切り離すことを提唱した。この左翼の側からの提言に対しては即座に右翼の側から反応が示された。シャルル・モラス（一八六八―一九五二）が、

「知性党のために」（一九一九年七月）を保守系の新聞『フィガロ』に発表し、西欧の古典主義の伝統に基づいたフランス人の知性を国家再建の基軸に見立てのである。

左右両陣営の代表格によるこれらの発言に、西欧の理性的精神そのものへの批判は見当たらない。詩人で評論家のポール・ヴァレリー（一八七一―一九四五）になると、もう少しラディカルになり、西欧の精神に対する危機意識を前面に出してくる。この点は彼の発表テクストの題名「精神の危機」（『フランス新評論』一九一九年八月号）にすでにうかがえる。だがこの「精神の危機」にしても、テクスト末尾の懐疑の言葉から伝わってくるのは、抜本的な視座の変換ではなく、これまでの西欧精神への愛着とこの精神の再興への不安げな期待である。いわく、ヨーロッパはただ単に「アジア大陸の小さな岬になってしまうのだろうか」。それとも、ヨーロッパは今までのように、「地上の世界の貴重な部分、地球の真珠、巨大な身体の頭脳であり続けるのだろうか[1]」。

『ドキュマン』に集った前衛たちは、既成の左右両翼の思想とも、ヴァレリーのようなアカデミスムの重鎮の知的な懐疑主義とも縁を切ったところで、自由かつ斬新に思索を進めていた。彼らにとって西欧文明は、「アジア大陸の小さな岬」であるどころか浮き島のように根のない浮遊物にすぎず、外部からの予期せぬ力にあっけなく滅んでいく哀れな営みにすぎない。レリスの論文「文明」（『ドキュマン』一九二九年次、第四号）によれば、文明は「水面にできた緑の薄くて汚い広がりであり、時とともに凝固していくが、大きな災害が起きると一掃される」。辛辣な言い方だが、彼はさらにこう続ける。「我々の道徳と礼節の習慣すべて、つまり我々の危険な本能の残虐性を覆っているみずみずしい色彩の外套のすべて、我々が誇りにしている文化の美しい諸形態のすべて――これらの形態のおかげで自分らを〝文明化された〟と言うことができているのだ

——は、ほんのちょっとの竜巻で消滅しかねないのである。ほんの少しのショックで破滅しかねないのである。〔……〕そして、こうした破滅の時には、隙間から恐ろしい野性が現れるがままになる。ちょうど地震によって地獄が開示されるのと同様に、亀裂が野性を開示するのである」(2)

『ドキュマン』の前衛たちの西欧文明に対する見方も、おおよそこのように冷めたものだった。愛着も、再興への願いもありはしなかった。理性的人間を自負する西欧人の内部に恐ろしい野性が宿っていることを冷静に認識していたのである。ただし、その野性の現れと、左翼の革命思想との接点を意識してもいた。はたしてその接点は整合的な接続だったのだろうか。たしかに既存の体制への批判意識を彼らは、既成左翼ではない左翼、ロシア共産党主導の共産主義とは一線を画す左翼と共有していた。一九世紀から続くブルジョワ主導の「理性」的な社会体制を、ロシア共産党公認の教条的なプロレタリアート革命のプログラムにそのまま従って批判するのではなく、フロイトの看破したような人間共通の非理性的な力から、つまり理性的主体の深部であり外部であるところから、転覆させたいと願っていたのだ。この転覆は、したがって、キリスト教の神による歴史計画とはもちろんのこと、プロレタリアートの独裁政権の樹立をもって完了する史的唯物論とも質的に異なっていた。彼ら『ドキュマン』の前衛たちが欲していたのは、良き未来に接続される転覆ではなく、転覆それ自体だった。より正確に言えば、転覆の刹那に見出される生の「如実な実在」(présence réelle)だった。彼ら、とりわけバタイユからすれば、すでにそのような転

(1) Paul Valéry, « Crise de l'esprit », *La Nouvelle Revue Française*, no.71, août, 1919, repris in *Œuvres I*, Bibliothèque de la Pléiade, Gallimard, 1975, p.988.

(2) Michel Leiris, « Civilisation », *Documents*, no.4, 1929, p.221 (Réimpression de Jean-Michel Place).

覆を求める動きは始まっていると見ていた。一九世紀後半からの造形芸術の変化、つまり解体表現の激化は、社会が根本的に変わっていく先駆的兆《きざし》だと見ていたのである。西欧の主体の深部・外部への眼差し、造形芸術の変化への新たな解釈、こういった視点から『ドキュマン』同人の歴史観を語ってみたい。

1　歴史主義の外へ

歴史主義。人間の社会的な営みを歴史という視点から読み解く立場で、一八世紀からその種類は多々あったが、バタイユら一九二〇年代の前衛が第一に問題視していたのは次のような立場であった。すなわち、人間の歴史は、神が作ったプログラムなのではなく、人間自身が意識的に作りあげていくものだという立場、人類史の主体は人間自身なのだという立場である。『ドキュマン』に集った前衛はこれとは根本的に異なる歴史観を持っていた。人類史の主体は人間に限定できないという見方である。一九二九年四月の同誌創刊号に掲載されたバタイユの「アカデミックな馬」は冒頭からして、この新たな見方を提示している(3)。

「一見して動物界の歴史は、驚くべき変容の単純な連続であって、人間の歴史を特徴づける様々な決定、たとえば哲学・科学・経済条件の変化や、政治面・宗教面の革命、暴力と錯乱の時代等々を想起させはしない。そのうえ、これらの歴史上の変化は、第一には、人間の自由に、つまり社会の慣例として人間のものとされている自由に、属している。その人間とは、行動においてあるいは思考において、さまざまな逸脱が承認されている唯一の動物なのである。

だがこれと同じほどに異論の余地のないことなのだが、この自由、つまり人間が唯一の体現者であると自負しているこの自由は、また、任意の一匹の動物も体現しているところなのである。じっさいその動物の特殊な形態は、無数の可能性のなかから無作為の〔自由な〕選択をしたことを表している。この形態が同種の仲間たちによって同じように反復されているということはこのさい重要ではない。馬や虎の驚くべき多様性は、不可思議な決定の自由をいささかも否定してはいないし、それどころか、人は、馬や虎の存在に固有であるものの原則をこの不可思議な決定のうちに見出すことさえできるのである。となれば、恣意的な発想を一掃するために今唯一すべきこととして残っているのは、動物の形態の多様性と、人間たちの存在条件を周期的に覆している矛盾した諸決定との間の共通点を立証することだけなのだ」[4]（バタイユ「アカデミックな馬」）

大方の近代人は、人類史は人類固有の問題だと思いたがる。高度な文明の進展など動物界には

（3）　バタイユのこの論文「アカデミックな馬」は、古代ギリシアのマケドニア貨幣に表された馬の図像とこれを模したガリア・ケルトの貨幣の図像の対比を出発として議論を展開している。この点に関してはすでに拙著『バタイユ　魅惑する思想』（白水社、二〇〇五年）の第六章「ドキュマン」で簡単な注釈を試みている。なお、『死と生の遊び』（魁星出版、二〇〇六年）の「形なき生の方へ――ケルトの美」も参照していただきたい。

（4）　Bataille, « Le cheval académique », in *O.C.*, tome I, p.159.

見受けられないし、そもそもこの進展の起因となった自由への意志からして動物には存在しないではないかというわけだ。人類の発生史としてならば、ダーウィンの進化論があって、動物からの進化として人類を捉えている。しかしこれとて人類を生物の中で最上の地位に優越させていて、動物とのつながりよりも差異を強調している。

バタイユは、近代人の間に定着しているこうした人間中心主義的な人類史の見方を覆すところから議論を立ち上げている。自由というものも人間固有の現象とはみなしていない。人間の世界を動物の世界へ開かせて、そのつながりをバタイユは強調している。生とか力としか呼びようのない、不明瞭な、しかし確実に存在する連続性に論点の基盤を置いている。人類史を動かす主体は、もはや人間にだけあるのではなく、広漠とした生の動きにこそあるというのである。人間の主導権を、より大きな主導権を誇る生のなかの一現象（一幻影と言わずとも）と捉えていたのだ。

動物界に限らず、自然界全般に見られるこの広い生の動きは自己否定的である。つまり自分が作り上げたものをこともなげに破壊してしまうのだ。人間が美しい景観だと感嘆していたその自然の形状を自然自身が気ままに破壊してしまうのである。人間は自分中心の見方から「良き自然」と「悪しき自然」、「良き動物」と「悪しき動物」に分けたがるが、天災にしろ凶鳥にしろ、自然それ自体は、人間の思惑など無視して自律的な動きを呈している。バタイユが念頭に置いている自由とは、このような自然の生の自律的な、そういってよければ気ままな動きのことなのである。自然の自己否定とは、自然が自由であることの一つの兆候であり、証であるのだ。

2　自然の自己反抗と人類史、そして近代造形美術の流れ

自然の自己否定、これはまた美しいものを生み出したかとも思えば、正反対の醜いものを生み出すということでもある。この自由奔放な自己否定、自分への反抗を、バタイユは「アカデミックな馬」で次にように壮大に描き出している。

「この点に関しては、さらに次のことを指摘するのが重要だろう。すなわち、古生物学者たちは現在の馬が鈍重な厚皮動物に由来することを認めているということである。この由来は、醜い類人猿に発する人間の由来と比較できることである。たしかに、馬や人間の正確な先祖について、少なくともそれらの外観に関して見解を定めることは困難だ。だがそれでも、カバやゴリラのような現在のいくつかの動物が、均整のよくとれた動物たちに対して原初的な形態を表しているということに関しては、疑いをさしはさむのは妥当ではない。むしろ、今考察された産出するものと産出されるものとの対比、父と息子の対比を位置づけて、高貴で上品な形象たちが吐き気を催させる下水溝の出口に現れるということを典型的な事態として描くことのほうが妥当性のあることなのである。このように対比的に両極におかれた二つの項に客観的な価値を与えるべきだというのならば、次のように自然を描く必要がでてくるだろう。すなわち自然は、つねにこれら二つの項のどちらかに暴力的に対立しているのであって、そうして自然自身に絶えず反抗しているのだ、と。ある時は、不定形で不確かなものへの恐怖が人間という動物や馬のような均整のとれた形態に到達するし、そうかと思えば、これ続いて、深い喧噪のな

かで、この上なくバロック的で胸をむかつかせる形態が出現したりするのである。人間の生に固有に属すると思われているいっさいの転覆が、じつは、このように交互に違う様相を繰り出す自然の反抗の一様相にすぎないのかもしれないのだ。この反抗は、怒りの衝動で生起する厳密な揺れだと言える。ただし、その場合の揺れは、音を立て、泡を立てながら際限なく続いてきた革命の連続を、恣意的に、ある限定された一時に絞って、嵐の日の一つの波のごとくに眺めてみたときのことなのだが[5]」(バタイユ「アカデミックな馬」)

この引用文の最後の数行の言葉、なかでも「人間の生に固有に属すると思われているいっさいの転覆が、じつは、このように交互に違う様相を繰り出す自然の反抗の一様相にすぎないのかもしれないのだ」は重要である。人類史を自然界の動きへ開いて再考察しようというのだ。これは単なる自然主義への回帰ではない。人間主体の覇権への疑いが根底にある。近代西欧を司ってきた「主体の形而上学」への不信である。人間は人間以外のものに動かされているのではあるまいか。もちろんこの場合の「人間以外のもの」とはキリスト教神のことではない。この神は人間自身の創作物にすぎないというコンセンサスはすでに一九世紀後半から前衛の知識人の間に浸透していた。他方で注意すべきなのは、「人間以外のもの」とはいえ、主体の意識の底に蠢《うごめ》いている何ものか、なのである。ニーチェが「ディオニュソス的なもの」と言い、フロイトが「無意識的欲望」、さらに「エス」と呼んで示した主体の深部と外部に存在している何ものかである。

一七八九年以来、フランスの近代史は革命と反動の繰り返しだった。いや、より正確に言えば、革命が繰り返されても、一過性であり、むしろ反動的な新体制の方が現れて長く続いたということである。すなわち、ざっと追ってみるだけでも、一七八九年七月の大革命と第一共和政(一七九二―一八〇四)、ナポレオンの第一帝政(一八〇四―一四)、王政復古(一八一五―三〇)、一八三〇年の七月革命とそのあとの七月王政(一八三〇―四八)、一八四八年の二月革命と束の間の第二共和税(一八四八―五二)、ナポレオン三世の第二帝政(一八五二―七〇)、一八七一年からの第三共和政(一八七一―一九四〇)と続く。

第一次世界大戦が終わったあとも存続した第三共和政を当時の前衛たちはもはや旧弊で抑圧的な体制と感じていた。フランス大革命がもたらした共和政は不条理な特権階級の支配を覆して理性的な民主政体を築いた点で新しかったかもしれないが、もはや一九二〇年代においては、理性的主体の深部と外部の解放にこそ前衛たちの関心は集中していたのである。革命以前の専制君主体制も革命以後の三度にわたる共和政も、この「人間以外のもの」への抑圧の体制という点で本質的に変わり映えしなかった。為政者たちの美意識、そして近代史を先導した大方の市民たちの美意識において、古典主義がすんなり継承されていったことがその一つの証左だろう。バタイユのいう「建築的な構成」の重視という点で革命前と後のイデオロギーは根本的に同質だったのである。たとえ建築的なその構想の頂点に神や王(あるいは皇帝)を置こうと、自由・平等・博愛を体現する理想の人間像を置こうと、理性的主体の深部と外部は看過され、制度的に、あるいは道徳慣習の面でも、蓋をされ、隠蔽されていたのである。

だがわずかに芸術表現の分野で、一九世紀後半から「建築的な構成」が崩れだし、理性的主体

(5) *Ibid.*, p. 162-163.

の覇権が覆りだしていたとバタイユは見る。二〇世紀に入り、キュビスム、ダダイスム、シュルレアリスムと建築的発想の解体が進んだことを考えると、もはや大いなる社会転覆の時代に入ったのではないかと彼は観測するのである。これらの美術の様式名をあげてはいないが、「アカデミックな馬」の最後の一説はこの意味で引用に値する。

「たしかに、歴史の変化を通してこのような交替的な揺れ動きの方向を辿ることは難しいことかもしれない。ただ時たま、たとえば大侵略の場合に、進歩的な組織化の合理的方法に対して希望なき不統一性が勝るということがはっきり見て取ることができるだけなのである。しかし造形芸術の形態の変質は、しばしば、大いなる転覆の主要な兆候を表している。したがって今日、規則的な調和のすべての原理に対する否定がこうした変革の必然性を証明しに到来しなければ、何ものも転覆されることはないように思えてくるのである。忘れてならないのは、一方で、この最近の否定は、まるで実存の基盤全体が巻き添えにされたかのように、きわめて激しい怒りを引き起こしたということ、他方で事態は、まだよく気づかれていない重大さとともに、つまり人間生活の現状とまったく相容れない精神状態の表れとともに、推移したということである」[6]（バタイユ「アカデミックな馬」）

バタイユは単に自然の摂理に従って、転覆の到来を予測し、また期待しているというわけではない。能動的に転覆を推進しようとしている。引用文中にある「したがって今日、規則的な調和のすべての原理に対する否定がこうした変革の必然性を証明しに到来しなければ、何ものも転覆されることはないように思えてくるのである」は重要である。ここにこそ、つまり「規則的な調和のすべての原理に対する否定」にこそ、雑誌『ドキュマン』の存在意義はあった。考古学、民族誌学、美術を雑誌の主要領域にあげながら、根底でバタイユが問題にしたかったのは、反体制的な転覆の流れをいっそう推し進めるということであった。「まだよく気づかれていない重大さとともに、つまり人間生活の現状とまったく相容れない精神状態の表れ」を図版と文章で顕示して、「変革の必然性」を真に必然たらしめることであった。

3　歴史のモデルを提示するのではなく、歴史の現場を出現させる

一九八三年に雑誌『アレア』に発表されたジャン＝リュック・ナンシーの論文「無為の共同体」は、一九五〇年代にバタイユが行き着いた共同体構想の限界を、バタイユだけの問題にせず、西欧近代の共同体の問題に敷衍《ふえん》して論じた名論である。「脱自」（extase、恍惚とも）の体験によって「主体の形而上学」を脱しながら、それを人々の「共同体」にどう具体的に結びつけるのかという難問《アポリア》に逢着したのが最後のバタイユの姿だったというのである。主体を脱するモチーフと主体の集合体としての共同体のモチーフとの両立の困難さに晩年のバタイユはたどり着き、これに解答を与えられないまま生涯を終えたというのだ。古代社会の供犠の儀式やナチスの大集会での熱

（6）*Ibid*.,p.163.

狂はバタイユに何ら解決のヒントを与えはしなかった。それらの共同体においては熱狂が共同体の存続のために利用されていたからである。古代社会、近代民主主義政体、共産主義政体、全体主義政体、これら西欧社会が経験してきた典型的などの共同体のモデルにもバタイユは同意できずにいたとナンシーは説く。そして最後のバタイユのジレンマはそのまま現代の問題なのだと説くのだ。現代の共同体のモデルはどれも、新たなとはいっても「主体の形而上学」に無反省に根差しているのであって、今やそのような共同体のモデルを安直にあれこれ呈示する場合ではなくなっている。バタイユとともに「共同体を考える」という根源的な次元へ降りていかねばならないというのである[7]。そしてそこで一つのテーゼとしてナンシーは「パルタージュ（partage、分裂と共有の両義を持つ語であり、ナンシーはこの両義の同時的成立に共同体構想の刷新を期待している）」という概念を持ち出す。

ここではナンシーのこの新たな概念について議論を展開しようとは思わない。私が注目したいのは、歴史観に関して一九二〇年代のバタイユはすでに同じように近代西欧の限界に達していたということである。当時の進歩史観、マルクス主義の唯物史観、さらには過去への回帰の夢想も含めて、バタイユは既存の歴史観に真に関心を持たなくなっていたし[8]、またその無関心は新たな歴史像のモデルを呈示することへの疑問にも達していたのである。私はそう考える。せいぜい自然界の自己反抗に人類史を開かせるというところまでしかバタイユは新たな歴史観の可能性を示していない。これは、確固たる歴史像からほど遠い見方だ。明瞭な像に達しえない、頼りなくて定めない歴史の見方だ。別な視点に立てば、読者に自然の自己否定の現場に立ち会わせて、歴史像を安直に立ち上げることの困難さを自覚させる、つまり歴史像の不可能性をともに考えるという地点へバタイユは至ったと言える。体制転覆において彼が求めていたのは、転覆の現場、そこでの生の「如実な実在」が歴史像を立ち上げることを困難にさせていることを、そして既存のあれこれの歴史像が虚構なのだということを、示唆することにあった。ここにこそ、彼の観念論批判の地点、「低い唯物論」の地点、そしてアルテラシオンの美学の発言の拠点があったのである。歴史問題に関しては、そこへ、つまり歴史像構築の不可能性の場へ、バタイユは『ドキュマン』の読者を導きたかったのだと私は考えている。『ドキュマン』一九二九年次、第二号に掲載された論文「サン・スヴェールの黙示録」はこの意味で重要なのだ。

(7) ナンシーによれば、「自分の生きていた世界の極限へ導かれた」バタイユが目にしたのは、「宗教的あるいは神秘的共同体の様々な相貌が過去のものになり、共産主義のあまりに人間的な相貌も閉じられてしまったあとの、この極限の試練のなかで、もはや共同体に対するいかなる顔も、いかなる図式も、いかなる簡単な指標も提供されない」という事態だった。「だが、この世界、ともかくにも変化したこの世界(他の誰にもましてバタイユはこの変化に無関係ではなかった)が我々に共同体の新たな相貌を提示することはないにしても、おそらくそのこと自体が我々に何かを教えているのである。つまりおそらく我々はつぎのことを学んでいるのだ。すなわち、もはや問題になっていることが、共同体の本質を我々に提示して祝うために、共同体の本質を相貌として描く、モデル化するということではなく、まったく逆に共同体を考えるということ、つまり共同体主義者たちのモデルやモデル化を超えて、共同体への執拗な、前代未聞でさえある要請を考えるということだということ、こうしたことを我々に教えているのだ」(Jean-Luc Nancy, *La Communauté désœuvrée*, Christian Bourgois,1986, p.58-59.)

(8) たしかに「低い唯物論とグノーシス」(『ドキュマン』一九三〇年次、第一号)の冒頭付近でバタイユはマルクス主義の弁証法的唯物論(これを歴史観に差し向けたのが史的唯物論)を観念化から免れた唯一の一貫性ある唯物論として評価しているが、その実、この論文および他の同時代の彼の発言からヘーゲル弁証法を基軸とする弁証法的唯物論を支持する論証は見いだせない。彼がテーゼとして積極的に打ち出す「低い唯物論」は、物質界の根源的な力に忠実であり、この力は弁証法的展開の完結を困難にさせる質のものなのである。

図1　『サン・スヴェールの黙示録』より≪大洪水≫

4　大洪水の空間――黙示録の彼方へ

この論文「サン・スヴェールの黙示録」については別なところで詳しく論じた(9)。ここではそのなかの大洪水の図を問題にしたい（図1）。まず黙示録について言えば、第一に重要なのは新約聖書の末尾を飾る「ヨハネ黙示録」である。そこでは、神の歴史計画の最後の場面がヨハネの見た夢のなかの光景として展開されている。その世界終末のヴィジョンには、しばしば旧約聖書「創世記」のノアの洪水のエピソードが重ね合わされた。一一世紀に南西フランスのサン・スヴェール修道院で筆写された黙示録注解本（八世紀にスペイン北部のリエバナの修道士ベアトスによって制作された文書が原典で、その写本は現在までに二六本見つかっている）の第八五葉の全面に描かれた大洪水の絵も、ノアの洪水から発している終末世界の光景である。この図版に寄せるバタイユの解釈を引用しておこう。

「サン・スヴェールのこの絵では次の点に注目すべきだ。とりわけ溺れている人の大画面の図においては決定的な恐怖感が恣意的なデフォルメ表現によって描かれているのだが、予期せぬ陽気な感情が、このページ下にあるヤギの図像、およびページ上の人頭の肉に嘴を食いこませているカラスの図像によって表されているという点である。この一貫性のなさは、人間の自由な反応の極限的な無秩序を指し示している。じっさい、ここで重要なのは、計算づくのコントラストなのではなく、いくつかの宿命的な傾向の結果である理解不可能な――それだけに意義深い――諸々の変容の直接的な表現なのである」[10]（バタイユ「サン・スヴェールの黙示録」）

もはや我々はバタイユが言う「人間の自由な反応」が人間だけの問題ではないことを知っている。相矛盾するものを気ままに共存させる自由は人間と自然界に共通した傾向だとバタイユは考えていた。ただしこれは、「宿命的な傾向」とあるように、人間には容易に避けることのできない傾向なのだ。もちろん、避けがたいとはいっても、神が与える傾向でもなければ、人間が意識的に超越的な理念として自分に自己同一化させている理性的な傾向とも異なる。人間の深部と外部の生の力なのである。その力が「理解不可能な――それだけに意義深い――諸々の変容」を生む。既存のものに予期せぬ「アルテラシオン（変質）」を様々に加えるということだ。それが相矛盾する表象となって、今この図版になっているというのである。恐ろしさと陽気さ、不吉な面と吉なる面、不動性と躍動性、悲劇性と喜劇性などが共存するこの光景こそが転覆の現場にほかならない。この現場は、けっして一元的になって、歴史を一定方向へ発展させたりはしていないの

（9）拙稿「『サン・スヴェールの黙示録』とジョルジュ・バタイユ」、『言語と文化』第八号（二〇一一年一月）、一一―一二八頁。
（10）Bataille, « L'Apocalypse de Saint-Sever », *Documents*, no.2, 1929, in *O.C.,I*, p.168-169.

図２　トゥール（現在ではアッシュバーナムとも）の『モーゼ五書』より≪大洪水≫

だ。人間が設定する、そして人間の創造物である神が設定する、歴史計画を困難にするような、言い換えれば、そんな歴史計画は単なる虚構にすぎないと思わせるような、生の出現が、この転覆の現場にはある。歴史を根源的に考えさせる契機がここに与えられている。

この図像の構成に関してバタイユは今しがた引用した文の直前でこう記している。

「ローエル氏（フィリップ・ローエル『ロマネスク時代の写本挿絵』一九二八年）は正当にも、この絵を『トゥールのモーゼ五書』という国立図書館所蔵の九世紀の有名なフランス写本と比較した。もとより、スペインの彩色絵師たちの作品のなかには、カロリング朝時代にトゥールで発展した絵の流派の影響を明瞭に見て取ることができる。じっさい、この流派において構成はすでに自由であり、建築的な形態から独立している。しかしまだ、サン・スヴェールの《大洪水》を特徴づける粗野な写実主義や悲壮な偉大さは確認できない」（バタイユ「サン・スヴェールの黙示録」)

サン・スヴェールで一一世紀に制作された大洪水の挿絵は背景が四色の層によって構成されている。それに先立つ九世紀の『トゥールのモーゼ五書』においては同じ大洪水の場面の背景が濃淡のある緑で塗られていて、海あるいは圧倒的な水の存在を想起させる(図2)。描かれた人物や動物たちも、古典古代の復興をめざしたカロリング・ルネサンスらしく、再現的なのだ。バタイユがサン・スヴェールの挿絵を指して「粗野な写実主義や悲壮な偉大さ」と形容する所以である。再現の要請がより希薄になっているため、つまり元の光景なりイメージを再現するという縛りがゆるくなっているため、サン・スヴェールの図像は、溺れる人物や跳躍する動物、人頭をついばむカラスがより自由に空間に浮遊し、より劇的な効果を醸し出している。再現ではなく、出現に力点が置かれ、成果をあげているのだ。

結びに代えて

背景に再現的な風景を描かず、単色、あるいはごく少数の色を塗りこめて、その上に描かれた図像に浮遊感を与えるという描き方は、一九二〇年代の前衛絵画の一つの現象でもあった。例えば、ヴァシリー・カンディンスキー(一八六六―一九四四)の一九二六年の作品《いくつかの円》(図3)がそうである。一九一四年までのミュンヘンでの彼の抽象画においても、背景は再現的で

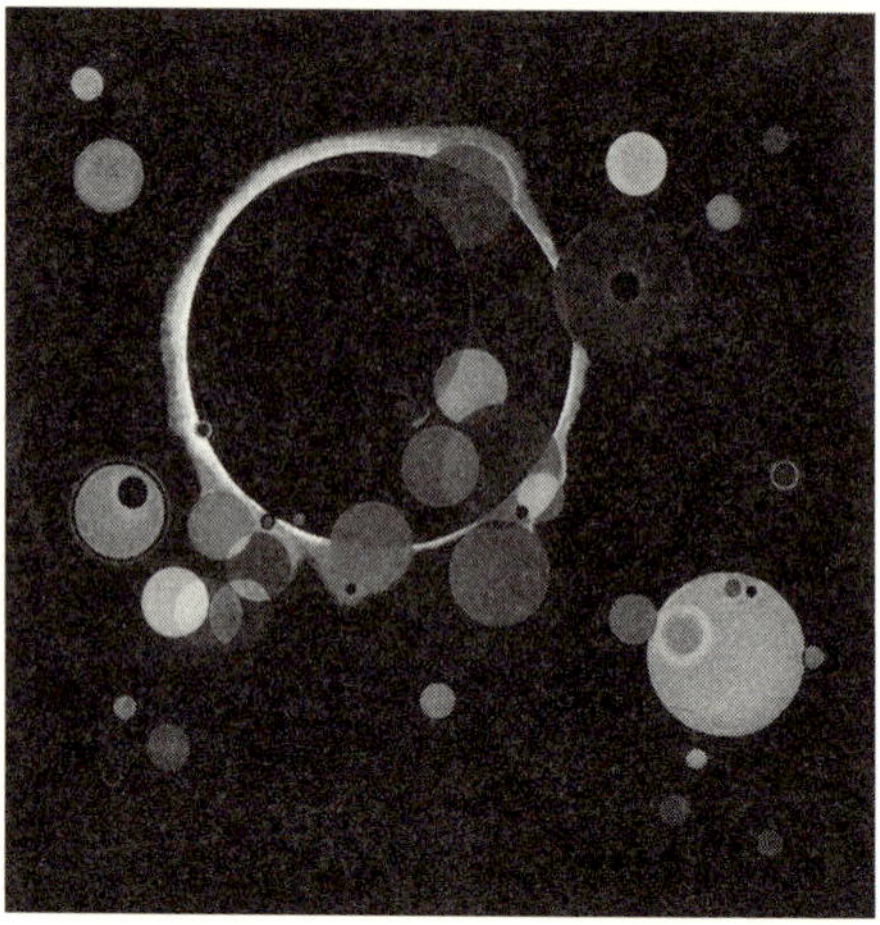

図3　カンディンスキー≪いくつかの円≫ 1926年

はなかったが、しかし多様な図像が、これでもかというほど、ぎっしり描きこまれていて、図像自体に浮遊感はない。黙示録的な終末観は当時の彼の主題であって、しばしばノアの方舟を思わせる図像が画面に描かれている。自分たち抽象画のグループ「青騎士」は救済されるとの思いがそこには読み取れる。つまり画面を覆いつくす図像にしろ、方舟の挿入にしろ、画面に彼の感情が投影されているのだ。画面全体が彼の感情で支配されているのである。その作風が、ロシア革命とその後の社会を経験することで変化する。マレヴィッチやロドチェンコなど幾何学図像を白い背景に浮かばせたロシアの前衛画家たちの影響は否めない。しかしそれ以上に、革命による体制転覆とその直後の市民たちの自由な雰囲気を体で知ったことが大きかったのだ。カンディンスキーの妻ニーナによれば一九一七年から二四年にかけて、つまり「レーニンが亡くなるまで〔一九二四年〕」、ソヴィエト連邦には、芸術家にとって事実天国のような状態が支配していた。誰でも書き、絵にし、自分の立場で主張できると思ったことは何でもすることができた。この絶対的な芸術上の自由が大いなる成果へと拍車をかけ、カンディンスキーも、是非実現の必要があると思われるプロジェクトのために全エネルギーを賭けた[11]」。祝祭的な状況であるが、「略奪者たちを略奪せよ」の合言

JOAN MIRÓ : PEINTURES RÉCENTES

Les quelques peintures de Miró que nous publions ici représentent l'étape la plus récente de ce peintre dont l'évolution présente un intérêt bien singulier. Joan Miró est parti d'une représentation des objets si minutieuse qu'elle mettait jusqu'à un certain point la réalité en poussière, une sorte de poussière ensoleillée. Par la suite, ces objets infimes eux-mêmes se libérèrent individuellement de toute réalité et apparurent comme une foule d'éléments décomposés et d'autant plus agités. Enfin comme Miró lui-même professait qu'il voulait « tuer la peinture », la décomposition fut poussée à tel point qu'il ne resta plus que quelques taches informes sur le couvercle (ou sur la pierre tombale, si l'on veut) de la boîte à malices. Puis les petits éléments coléreux et aliénés procédèrent à une nouvelle irruption, puis ils disparaissent encore une fois aujourd'hui dans ces peintures, laissant seulement les traces d'on ne sait quel désastre. — G. B.

399

図４　『ドキュマン』1930 年次第５号のバタイユのミロ紹介文

葉のもとに労働者が暴徒と化して、ブルジョワを襲撃していたことも忘れてはなるまい。だがそのような多様性の現場を体験したからこそ、カンディンスキーは多様な円が自由に浮遊し、それぞれに輝くこの《いくつかの円》並びに同種の幾何学的な抽象画を作り出せるようになったと思われる。

一九二〇年代半ばからスペイン出身の画家ジョアン・ミロも同じような、図像が単色の背景の上を浮遊する絵画を描き始めている。バタイユは『ドキュマン』一九三〇年次、第七号にミロの最新作に短評を寄せていて、ミロが再現的は画風から「不定形のシミ」のようなものを浮遊させる画風へ解体の度を強めていったことを端的に示しているが、ミロの場合、シュルレアリスム革命を体験し、その転覆のモチーフを内面化し深化させていったことが大きかったのだろう（図４）。

ともかくも、一九世紀後半からの図像世界の変化は、転覆の空間的状況の呈示という点でバタイユには大きな示唆を与えていたのであり、既存の歴史観から原理的に離脱するように彼を促し勇気づけていた。安直に歴史像のモデルを提示するのではなく、歴史の生き生きした現場を再考するように彼を導いていたのだ。単にアナーキズム的発想とは言えない根源的な歴史への要請に彼は従っていた。私はそう思うのである。

(11) ニーナ・カンディンスキー『カンディンスキーと私』土肥美夫・田部淑子訳、みすず書房、一九八〇年、一一八頁。

第Ⅱ部　芸術と哲学

第1章　若きバタイユとシェストフの教え――「星の友情」の軌跡

「不安な思いに懊悩する彼の顔の中に、異様な光が燃え、血走っている彼の眼の中に人々は――彼を破門するために――、狂気の印を見ようとする。彼らは、自分たちのあらゆる理想主義と経験済みの認識論に助けを求める。それらは、彼らの眼前で起こるおそろしい出来事の謎めいた秘密の唯中で心安らかに生きる可能性をじつに長いこと彼らに与えてきてくれたのだ」（シェストフ『悲劇の哲学――ドストエフスキーとニーチェ』近田友一訳）

「不安とは、ネガティヴな、除去しうる苦痛なのではなく、人間にとって本質的な存在の在り方、つまり我々が存在の真正の体験をするのにぜひとも必要な存在の在り方なのだ」（バタイユ「アーネスト・ヘミングウェイの『誰がために鐘は鳴る』について」一九四六年、拙訳『純然たる幸福』所収）

はじめに

第Ⅰ部では『ドキュマン』発表のバタイユの論文が含み持つ文化と歴史の諸相へ考察を進めたが、第Ⅱ部では『ドキュマン』時代（一九二九―三一）のバタイユの芸術思想と哲学との関係を探ってみたい。根源的に芸術のあり方を問い直す若きバタイユにとって哲学とは何だったのか、彼にとっての哲学の意義を考えていきたい。

哲学とはフィロソフィー（フィロ＝愛、ソフィー＝知）、すなわち「知への愛」である。「知」とは「知る」ということであり、その対象はこの世界の根源的な原理に差し向けられる。そのとき、この世界の原理を「知ることができる」と見るか、「知ることができない」と見るかで哲学者の立場は大きく分かれる。一九二〇年代のフランスにおいて哲学の主流は「知ることができる」とする側の人によって占められていた。大学の講義で教授されていた哲学、いわゆる「講壇哲学」を支えていたアカデミックな知識人がその主人公である。これに対して、フランスの大学の哲学科に所属せず、その外で哲学を欲し、学び、考えていた人がいた。そのなかに世界の原理を「知ることができない」と見る人が少なからずいたのである。知ることのできないものへ「知への愛」を差し向けていた人々である。そうなった事情は人によって様々だろう。第一次世界大戦（一九一四―一八）という文明国同士のあいだの非文明このうえない野蛮で残酷な戦い、その根源的な矛盾を心の底に引きずっていた人もいたろうし、個人史においてどうにも解決できない実存の矛盾を抱え、精神医の治療まで受けた人もいただろう。若いバタイユは「講壇哲学」の外部にいて、この両方の事情を背景に「知への愛」を「知ることができないもの」へ差し向けた。そして似たような動機から哲学に専心していた先駆者シェストフからじかに哲学の手ほどきを受けたのである。一九二三年から二年ほどの関係であったが、『ドキュマン』で語られるアカデミックな哲学への彼の批判、そして芸術思想の数々の概念（「不定形の」「異質のもの」「アルテラシオン（変質）」等々）は、シェストフとの出会いなしでは語れない。シェストフの哲学そのものの踏襲という意味ではなく、シェストフの根源的な問いの姿勢が『ドキュマン』時代のバタイユにおいて苛烈に生きているということである。さらにこの姿勢は『ドキュマン』以降も継承されたと私は思うのだ。「地盤喪失」といったシェストフの実存的なテーマが、とりわけ「アルテラシオン（変質）」のテーマになって『ドキュマン』時代のバタイユの実存を貫き、さらに一九三〇年代後半のバタイユにおいては、実存的なゴッホ像の呈示、および聖なるものの体験という宗教的なテーマになって浮上してくるということである。本書第II部で扱うシェストフの問題は第I部での考察を根底において補強し、また第III部を準備するはずである。

ともかくも第II部の第1章ではシェストフとバタイユの出会いと交情の模様を追いかけていく。第2章ではプラトン哲学の受容に焦点をあてて、一九世紀から二〇世紀にかけての講壇哲学と、シェストフおよびバタイユの立場の相違を際立たせていく。プラトンの哲学は『ドキュマン』でも重要な意味を持つ。そのことを第I部第3章でも論じたが、あらためてバタイユの異形のピカソ論「腐った太陽」から確認していきたい。そしてシェストフの切り開いた「知ることのできない」展望がデリダのプラトン解釈にも通じていることを示唆しておく。

第3章では『ドキュマン』発表のバタイユのテクストのなかで最も難解とされる「八〇日間世界一周」に注目して、バタイユの野心を解明したい。哲学の重要なテーマ「存在」と「観照」を、当時人気のあったエンターテインメント芸術に結びつけて語る彼の試みの新しさ、幅、深さを明らかにしたいのだ。

まずはシェストフから入っていこう。

1　シェストフとバタイユ

レフ・シェストフ（一八六六―一九三八）とジョルジュ・バタイユ（一八九七―一九六二）の親交、そして別れの意義を哲学の視点から語ってみたい。[1] 両者の交情はパリで一九二三年から二年ほど続いたが、本章ではその後の両者それぞれの発言にも留意して、考察を進めたい。何が二人を近づけ、何が二人を別離に導いたのか、とりわけ若きバタイユがシェストフのもとを離れた理由は何だったのか、二人の思索の軌道が出会い、やがて分離していく「星の友情」[2] の交点と分岐点を哲学の視点から探ってみたい。

シェストフはユダヤ系ロシア人哲学者。ウクライナの首都キエフで織物業を営む富裕な実業家のもとに生まれた。高校までキエフで学び、大学はモスクワ大学の数学・物理学部に進んだが、帝政当局の監視体制に反感を覚えて同大学の法学部に転じ、結局、故郷にもどってから一八八九年、キエフ大学法学部に博士の学位論文『ロシアにおける労働階級の状態について』を提出した。内容が労働階級に加担して「あまりに革命的」であったために当初は不受理。しかしその後まもなく受理された。兵役を済ませたあと、文学や思想に関心を持ち始め、その種のサークルに加わるが、むしろ倒産寸前の家業の再建に心血を注いだ。一八九五年、これが一段落すると今度は彼自身、精神と肉体を病むようになり、スイスで療養。不安を抱えながら彼は哲学的な思索に耽るようになる。アカデミズムの外で、独学により、哲学の研究に向かったのだ。危機に瀕した自分の在りようを哲学に縋って解き明かしてみたい、そんな切実な思いから哲学にのめり込んでいったのである。こうして彼の危機の時代は一八九五年からおよそ五年ほど続いたわけだが、この時期の初期には、例えばニーチェの『道徳の系譜学』（一八八七年）を読んで精神が動転し夜一睡もできなかったことも経験している。ともかく彼自身の実存の問題と哲学への問いかけは、それこそ生死の際で、密接につながっていたのである。

この危機の時代のさなか、一八九八年に、彼は処女作『シェイクスピアとその批評家ブランデス』を発表する。この著作でシェストフは理想主義に活路を見出したかに見えたが、しかしその後は正反対の方向へ舵を切る。いっさいの希望に背を向ける「不安の哲学」へ入っていくのだ。一九〇〇年発表の『トルストイとニーチェにおける善の観念』はこの転換を告げる最初の著作と

（1）　バタイユとシェストフの関係を扱った先行論文としては以下のものがある。

① Michel Surya : *Georges Bataille, La Mort à l'œuvre*, Librairie Séguier, Paris, 1987, chapitre « Tristi est anima mea usque ad mortem », p.67-74.

② Michel Surya : « L'arbitraire après tout. De la « philosophie de Léon Chestov à la « philosophie » de Georges Bataille », in *Georges Bataille, après tout*, sous la direction de Denis Hollier, Paris, 1995, p.213-231.

③ Philippe Sabot : *Pratiques d'écriture, pratiques de pensée. Figures du sujet chez Breton, Éluard, Bataille et Leiris*, Villeneuve d'Ascq, Presses universitaires du Septentrion, coll. « Problématiques philosophiques », 2001, chapitre « Le souterrain, ou la littérature comme a-philosophie », p.115-123.

④ Jean-François Louette : « Bataille et Dostoïvski via Thibaudet, Gide, Chestov », in *Tangence*, numéro 86, hiver 2008, p.89-103.

⑤ Michel Surya : « Chestov et Bataille : ou bien Dieu ou bien l'histoire », in *Cahiers Léon Chestov*, « Chestov-Bataille », numéro 12, 2012, p.3-28.

⑥ Fabrice Lagana : « Une vue souteraine », *ibid.*, p.29-38.

⑦ Camille Morando : « Chestov et Bataille : L'assentiment à la philosophie de la tragédie », *ibid*, p.41-52.

⑧ Benajamin Sherlock : « Laughter and the Tragic in Bataille and Shestov », *ibid.*, p.53-72.

⑨ Frédéric-Charles Baitinger : « Le jour de la « communication » : Kierkegaard, Chestov, Bataille et la question du péché », in *Cahiers Léon Chestov*, « Chestov-Kierkegaard », numéro 13/14, p.59-78.

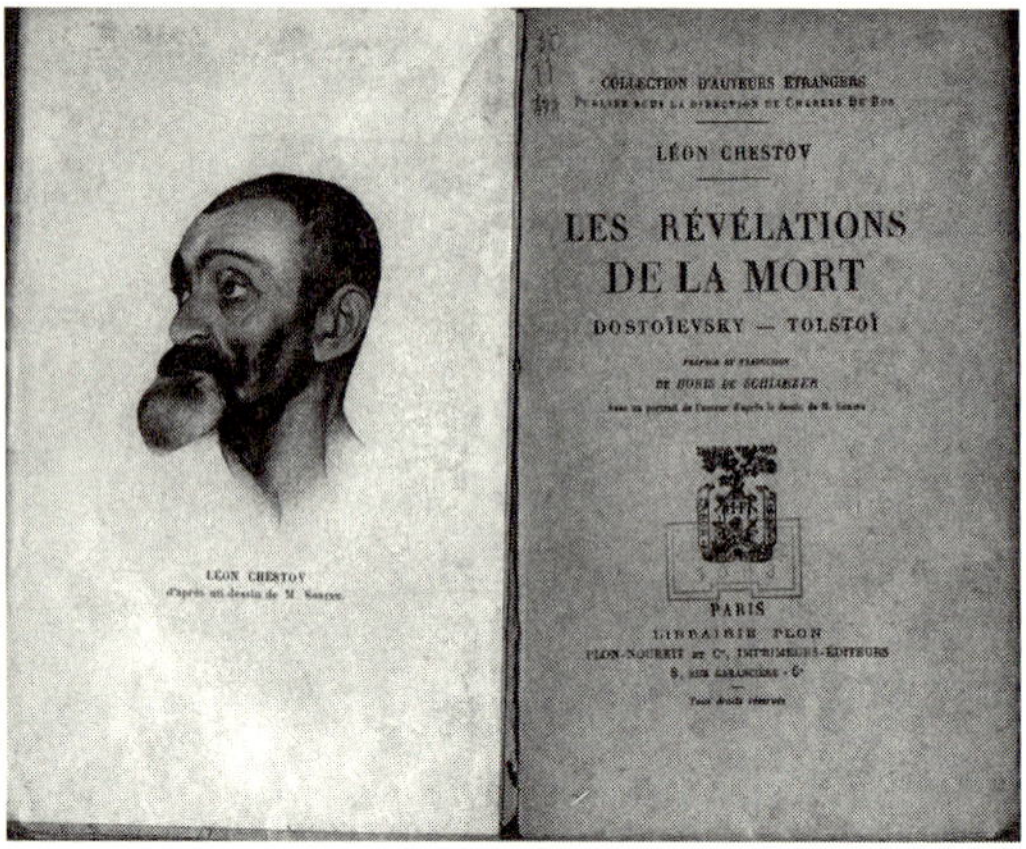

図1　シェフトフ『死の啓示——ドストエフスキーとトルストイ』1923年フランス語版初版本、見開きページ。左ページは1922年制作のSavely Sorinによる

なった。以後、彼は立て続けに『悲劇の哲学——ドストエフスキーとニーチェ』（一九〇三年）、『地盤喪失の神化』（一九〇五年）を発表し、希望なき実存の在り方を神化させていく。つまり、希望も救いもない生に新たな光明を見出して、背理の哲学を立ち上げていくのだ。ただし彼は一八九五年からの危機の時代について何も語らず沈黙を守った。自分の危機の言わば代替表現をシェイクスピアの戯曲やロシア人小説家の登場人物、そしてニーチェの言葉に見出して、不合理主義、反道徳主義をメルクマールとする新たな実存の哲学を表明していったのである。

一九一七年、ロシア革命が起きると、シェストフは思想上の問題でロシアを去ることになる。博士論文で「あまりに革命的」な労働者論を書いていた彼が、プロレタリア革命を機に祖国を捨てることになるのはなぜなのか。週刊新聞『文芸通信』の一九三一年一〇月二四日号に発表された、同紙編集長フレデリック・ルフェーヴル（一八八九—一九四九）によるインタビュー記事「レフ・シェストフとの一時間」での彼の証言によれば、ロシア革命政権側からその根幹の思想すなわちマルクス主義の史的唯物論を支持するように強要され、自分のすべての仕事が否定される危険を感じたのがその理由だという。帝政時代にすら、そんな全面否定をつきつけられたことはなかったのだ、と(3)。

結局シェストフは、一九二〇年に家業をたたんで一家をあげロシアを去る。スイスのジュネーヴに留まったあと、一九二一年四月フランスへ入り、同年一一月にパリ一五区、亡命ロシア人街のサラサーテ通りに移り住むようになる。

彼の哲学者としての名声はロシア国内には行き渡っていたが、フランスでは無名に近かった。しかしボリス・ド・シュラゼールの仏訳で『新フランス評論誌』一九二二年二月号に掲載された論文「ドストエフスキーと自明の理への戦い」は、彼のパリ到来を祝うがごとく好意的な反響を呼び起こした。翌年の一九二三年五月には、このドストエフスキー論の完成版「自明の理の克

(2) この言葉についてはニーチェの次の美しい断章を参考にしている。

「星の友情——我々は友だちであったが、互いに疎遠になってしまった。けれど、そうなるべきが当然だったのであり、それを互いに恥じるかのように隠し合ったり晦まし合ったりしようとは思わない。我々は、それぞれその目的地と航路とを持っている二艘の船である。もしかしたら我々は、すれ違うことがあるかもしれないし、かつてそうだったように相共に祝祭を寿ぐことがありもしよう、——あのときは、この勇ましい船どもは一つの港のうちに一つの太陽の下に安らかに横たわっていて、すでにもうその目的地に着いたように、そして同一の目的地をめざしていたもののように見えたかもしれない。しかしやがて、我々の使命の全能の力が、ふたたび我々を分かれ分かれに異なった海洋と地帯へと駆り立てた。そして、おそらく我々は、またと相逢うことがないであろう——万が一、相逢うことがあるとしても、もう互いを見知ってはいないであろう。さまざまの海洋と太陽が我々を別な者に変えてしまっているのだ！　我々が互いに疎遠となるしかなかったということ、それは我々の上に臨む法則なのだ！　まさにこのことによって、我々はまた、互いにいっそう尊敬し合える者となるべきである。〔……〕されば、我々は、互いに地上での敵であらざるをえないにしても、我々の星の友情を信じよう」（ニーチェ『悦ばしき知識』（一八八二年初版、一八八七年増補版）、二七九番の断章、信太正三訳、『ニーチェ全集8』、ちくま学芸文庫、一九九三年、二九三—二九四頁）。

服」とトルストイ論「最後の審判」を合わせた『死の啓示』が同じくシュラゼールの訳で出版され（図1）、同年六月には『メルキュール・ド・フランス』誌に論文「覚えめでたき人々と恵まれない人々――デカルトとスピノザ」が掲載され、同じ月にパスカル論『ゲッセマネの夜』の仏訳本が刊行されると、シェストフへの評価はさらに高まった。

　続いて一九二五年一〇月には、希望なき哲学への転換点を画した一九〇〇年の著作『トルストイとニーチェにおける善の観念』の仏訳本が上梓される。訳を担当したのは、一八九七年生まれの二人の若者、すなわちシェストフの長女タチヤナとジョルジュ・バタイユだった（図2、図3）。おそらくタチヤナがロシア語から起こしたフランス語をバタイユがフランス語らしいフランス語に修正したのだろう。

図2　シェストフの長女タチヤナ

図3　若き日のバタイユ

ただしバタイユにロシア語の覚えがまったくなかったわけではない。彼は一九二二年にパリ古文書学校を卒業し、パリ国立図書館で司書として勤務を開始したが、東洋語学校にも通いだしてロシア語の習得に向かった。この学習はすぐに断念されたものの、彼はロシアへの関心を持ち続け、ソルボンヌ大学付属のスラヴ研究学院にも通うようになる。シェストフは一九二二年四月からそこで教授として哲学を講じていた。バタイユはスラヴ研究学院でこの哲学者の知遇を得たと思われる。そして今や時の人になりつつある哲学者から厚く扱われ、サラサーテ通りのアパルトマンにも呼ばれるようになり、さらに彼の著作の翻訳を長女との共訳で任せられるまでになるのだ。両者が出会ったのは一九二三年、シェストフ五七歳、バタイユ二六歳になる年のことである。

雑誌掲載の論文「自明の理の克服」、単行本の『死の啓示』で高まる一方のシェストフ人気が青年バタイユを牽引したことは容易に想像がつく。しかし事は単なるオーラの問題ではなかったはずだ。バタイユからしてみれば、目下の自分の内面にじかに関わる本質的な何かをこの初老の

（3）フレデリック・ルフェーヴルはそのインタビュー「レフ・シェストフとの一時間」で開口一番「なぜあなたはロシアを去ったのか」と問うたが、シェストフはこれに次のように答えている。
「なぜならば私はもうロシアで自分の研究を続行することができなくなったからです。何人かの知識人（しばらく前から若者たちが私の本を熱心に読んでくれていました）、彼らはロシア共産党員でしたが、私のところにやって来て、こう語りました。「私たちは政治の世界の革命家です。あなたは哲学の世界の革命家です。私たちはいっしょに仕事をしなければいけません」。そして彼らは私に『鍵の力』（一九一五年の執筆）を出版するように提案したのですが、それには条件が付けられていました。この本の末尾に、一頁でよいから、追加の文章をのせて、私が唯物論と大義を同じくすることを明らかにするという条件でした。言い換えれば、私は、この追加の頁で自分のそれまでの全ての仕事を否定するように求められたということです。誓ってもいいですが、旧体制下でさえ私にそのような提案をしてきた者は一人もいませんでした」（« Une heure avec Léon Chestov », entretien réalisé par Frédéric Lefèvre, *Les Nouvelles littéraires*, le 24 octobre 1931, repris in *Cahiers Léon Chestov*, « The Lev Shestov journal », numéro 7, 2007, p.3).

ロシア人哲学者が深々と語っていたということなのだろう。そしてこの哲学者の方も、哲学畑とはまったく無縁のこの青年の眼のなかに、自分が追いかけてきた最も大切な主題を再確認して、心底、彼を迎え入れる気になったのだろう。本章の題辞に引いたシェストフの言葉を再度用いれば、「不安な思いに懊悩する彼の顔の中に、異様な光が燃え、血走っている彼の眼の中に」世人が簡単に狂気と片付けたがる本質的な何かを見出して、心を動かされたということなのだろう。「地盤喪失」の「悲劇」をまさに今生きて「不安」に陥っている者、そしてこの体験を「哲学」として語る野心に憑かれた者。バタイユはそんな存在としてシェストフの眼前に現れていたと思われる。シェストフは、一八九五年から精神の闇に沈んだ青春晩期の自分の似姿を若きバタイユに見ていたのだろう。

現存するバタイユ宛てのシェストフの書簡は文法的にほぼ問題のないフランス語で書かれている。おそらく、会話となると、発音や表現の早さなどの困難があって流暢なコミュニケーションは無理だったのかもしれないが、シェストフは、そうした表面的な支障を越えて、この若者を、西欧理性の光の哲学から夜の思想の深みへ的確に導いていったと思われる。

バタイユからすれば、その後の思想のゆくえを決定するほどにシェストフの教えは重要だった。「地盤喪失」、「悲劇」、そして「不安」の概念がとりわけ大きな指針になったのだが、本章ではとくに「地盤喪失」に注目していきたい。タチヤナとの共訳を刊行したあとまもなくにバタイユはシェストフのもとを去っていく。その別れにおいても「地盤」は鍵概念になる。何ごとも知に回収するアカデミズムの外で、よりいっそう深く、徹底的に「地盤喪失」を生きてみたいと野心をたぎらせ、しかしそれだけにまた支えを強く欲しもする青年バタイユのラディカルにしてアンビヴァレントな姿勢を今ここに照らし出してみたい。

2 「地盤喪失」と「生の境」

シェストフの哲学において最も重要な概念はまちがいなく「地盤喪失」（ロシア語で「ベスポーチベンノスチ」bespočvennosti）だろう。彼自身、先ほど紹介した一九三一年掲載のインタビューでそう答えている。本人による貴重な定義なので引用しておこう。「あなたの作品の主導概念〔idées directrices〕は何なのですか」とルフェーヴルに問われて、シェストフはこう答えている。

「御質問にお答えするには、拙著『地盤喪失の神化』から出発するのが最良でしょう。ただし、まず断っておかねばならないのは、フランス語の「地盤喪失」〔dépaysement〕がロシア語のこの言葉を不完全に表わしているということです。ロシア語のこの言葉は、「足場を失った人、自分の足下にしっかりした大地をもはや感じなくなっている人」という意味なのです」（ルフェーヴル「レフ・シェストフとの一時間」(4)）

シェストフの『地盤喪失の神化』は一九〇五年にロシアで出版され、一九二七年にシュレゼー

（4） « Une heure avec Léon Chestov », *Ibid*., p.4.

ルの訳によりフランスで出版された。そのときのフランス語題名は、*Sur les confins de la vie – l'apothéose du dépaysement*〔『生の境にて——地盤喪失の神化』〕であった。[5] 正題に付けられた「生の境にて」については後で述べるとして、問題なのは「地盤喪失」が dépaysement と訳されていることである。このフランス語は「環境移動」およびそれに伴う心理的な帰結つまり快（新鮮な心の変化、心機一転）あるいは不快（居心地の悪さ）の気分を指すのが常であり、とりわけ一九二〇年代にはシュルレアリスム運動の影響で美学的な概念として注目されていた。すなわち「ある物体を現実の世界から別の世界へ移動させて意外な効果を発揮させる」という意味で用いられていた。そのかわきりとなったのが、マルセル・デュシャン（一八七五—一九六三）が一九一七年にニューヨークで発表した《泉》である。男性用の便器が美術の展示会場に移されて、まさに超現実的な効果を発揮した例である。

シェストフの「地盤喪失」はそのような移動の結果の意外さよりももっと根源的で実存的な変化を問題にしている。「足場を失う」「自分の足下にしっかりした地盤を感じなくなる」という彼の説明はこのことを言おうとしている。亡命者ゆえの発言だと見る向きもあろうが、ロシアという祖国を立ち去った伝記的事実、いわば彼の外的体験だけでは説明がつかない。祖国をまだ失っていない一八九五年からの精神的な危機のなかで彼はまずこの「地盤喪失」を知ったと思われる。まさしく内的体験であるのだ。心の基盤、精神の拠り所を失うということなのである。

それゆえこの内的体験は「生の境」に位置づけられる。死と接するこの境界領域もまた心理的世界に切り開かれているのであって、空間的な位置取りを具体的に指し示しているわけではない。だがシェストフは、空間の比喩を用いて、この内的体験で見えてくるものをこんなふうに分かりやすくルフェーヴルに説明している。

「生の境は、ほとんど人気のない領域です。大都市の快適な設備を通行人に提供したりしません。電気もガスもありません。灯油の明かりすらないのです。敷石の通りもありません。通行人は手探りで歩かねばならないのです。火が必要になったら、稲光が空に輝くのを待つか、我々の祖先が用いていた原始的なやり方の一つ――つまり二個の火打石をこすり合わせるというやり方――に頼るしかないのです。しかしこのとき突然、束の間の光に照らされて、未知の場が識別されてきます。どんなに心に動揺を感じていても、この閃光のなかで発見したものを記憶のなかに留めておくことが必要です。というのも、すぐにまた新たな光が得られるわけではないのですから。しかしまた、このような一条の光で人はいったい何を見分けることができるというのでしょう。認識欲（我々のなかでこの欲望が十分しっかりしていると仮定しておきましょう）のおかげで生の境をさまよわざるをえなくなった人々の判断が明晰で判明であるべきだなどと要求できるでしょうか。この放浪者たちの行動を都市の中心街の住民の活動とどうやって比較できるというのでしょうか」（ルフェーヴル「レフ・シェストフとの一時間」[6]）

バタイユはこのシェストフの教えを継承した思想家だ。生と死の境に立って、デカルトのよう

（5） *Sur les confins de la vie – l'apothéose du dépaysement*, trad.Boris de Schlœzer, 1927, Paris, Éditions de la Pléiade, 1927.
（6） *Ibid.*, p.4.

に物を明晰判明に認識していくのではなく、まるで火打石の火花で照らし出されたような束の間の、幻影のごとき世界を記憶にとどめ、書き記していったのである。それはまたシェストフ以上の試みだった。自らを語らない先人を越えて、さらに文章表現からも虚ろな輝きが迸《ほとばし》るように、新たな思索の世界を切り拓いていったのである。

3　総体性の体験と記述

バタイユが一九四三年から一九四五年にかけて立て続けに発表した三作の思索書『内的体験』（一九四三年）、『有罪者』（一九四四年）、『ニーチェについて——好運への意志』（一九四五年）は、このような「生の境」で発見される「未知の場」に憑かれた放浪者の記録である。アムステルダムのような近代的な都市を愛したデカルトの明晰判明な認識とその記述からはほど遠い、無秩序な省察と断章の書である。デカルトにとってはもはやどう疑っても疑うことのできない基盤となった公理「私は考える、ゆえに私は存在する」をバタイユは「非 - 知」の力に導かれて越えていく。この公理にある「考える」とは「疑う」ことであり「今現在疑っている私」という存在はもはや疑いようもなく確実に存在しているとデカルトは見なしたのだが、バタイユにおいて「非 - 知」の力、その懐疑の力、未知のものにまで出て行きたいと欲する逆説的な知への欲望は「疑う私」の内部から溢れ出て、この存在が纏《まと》ってきた知の衣つまり既知のもの、さまざまな知識をことごとく引き裂き、剥ぎ落としていく。このときまさに彼は、拠って立つ心の基盤を喪失し、暗黒の広がりしか眼下に見えない状態になる。「足場を失う」感覚に、「自分の足下にしっかりした地盤を感じなくなる」状態に達し、そしてさらにシェストフが好んだ旧約聖書の非業の人ヨブのように全裸になってしまう。『ニーチェについて——好運への意志』の「序文」で生と死の境を全裸でさまよう人を「まったき人」(l'homme entier)、裸のまま全てに開かれている状態を「総体性」(la totalité)としながらバタイユはこう綴る。

「私は善を放擲《ほうてき》し、理性(意味)を投げ捨てる。そして自分の足下に深淵を切り開く。行動と、行動がつじつまつける判断とが、私に遠ざけていた深淵を、だ。総体性への意識は、私にあって、少なくともはじめのうちは、絶望であり危機なのである。私は、行動の展望を捨て去ると、自分が全裸の状態にあることをはっきり思い知らされる。もはや私は、世界の中で、すがるものがなく、寄る辺もない。私は崩れ落ちてゆく。解決策といえば、際限なく支離滅裂に振舞うことのほかになく、唯一好運だけが私をそうした振舞いへ導いていってくれる」(バタイユ『ニーチェについて——好運への意志』「序文」(7))

バタイユの意識はもはや基盤を失っている。彼の存在を下から支えてくれる正しい善も意味もなくなっている。このとき意識は暗闇に放たれたサーチライトのようになって、この「生の境」を、その「未知の場」を、照らし出す。その光のなかに現れるのは世界の今現在の動き、過去の

(7) Georges Bataille, *Sur Nietzsche – volonté de chance*, in *Œuvres complètes de Georges Bataille*, tome VI, 1973, p.21.

いつからとも特定できない人類の動きなのである。

「私は、自分の意識の中で自分の総体性を実現させようとすると、すべての人間が作り出している、巨大で、滑稽な、そして苦しげな混乱にかかわらねばならなくなってくる。この混乱の動きは、ありとあらゆる方向に向かって進んでいる。たしかに理性的である行動（一つの与えられた方向に進む）は、この支離滅裂の動きを横切ってゆく。だがとりも直さず理性的である行動が、私の時代の人類に（過去の人類にも）断片的な形姿を与えたのだ。もしも私が、一瞬、行動の、与えられた方向を忘却するならば、私はむしろ、さまざまな、気まぐれ、嘘、苦悩、笑いからなるシェイクスピア風悲喜劇的総和を見ることになる。だから、一つの内在的な総体性への意識が私の内に現れるといっても、この意識は、四分五裂に引き裂かれたような意識なのだ。つまり結局、全体的な生は、行動の一方向（「方向」の仏語 sens には「意味」という語義も持つ）の彼方に位置するということである。全体的な生とは、人間が世界の中に意識的に存することだということである。ただしこの場合の人間とは、無方向（「無意味」という語義も含まれる）であって、彼自身として存在する以外に為すべきことを持たず、もはや己れを凌駕しえず、行動して何らかの方向を自分に付与しえない、そういう限りでの人間である」（バタイユ『ニーチェについて——好運への意志』「序文」）(8)

この「行動」こそが若きバタイユをしてシェストフの下を去らしめた当の理由なのだが、それは後述するとして、バタイユの著作に頻出するシェイクスピアへの言及は、シェストフが処女作以来、このイギリスの劇作家の言葉をその著作のそこここに散りばめては「地盤喪失」を語った余韻とも受け取れよう。まさにマクベスもハムレットもリア王も「生の境」でさまよった先駆者としてシェストフには認識され、バタイユにとってもそうなった。

ともかくも、バタイユが語るこの人類の「シェイクスピア風悲喜劇的総和」はあまりに広大であり、これを瞬時の内的体験ですべて照らし出し意識の眼で見渡すことはとうていできない相談である。しかし「生の境」で「まったき人」となったバタイユの意識は四分五裂に引き裂かれたまま、この人類の「巨大で、滑稽な、そして苦しげな混乱」と重なり合う。「交流」、「融合」、「連続性」、さらに「至高性」、「聖なるもの」等々の概念でバタイユが名指した重要な状況だ。主体でもなく客体でもなく、主体と客体の完全な消滅でもない曖昧な状況である。そこへバタイユは、気まぐれな「非-知」の力に促されて、そして外部から偶然に落ち来たる運命の「好運」に助けられて、入っていく。

シェストフは、シェイクスピア、ドストエフスキー、ニーチェをもとにして、「地盤喪失」を語ったが、このような壮大な世界像を示すことはなかった。そもそも彼自身の内的体験を披瀝することはほとんどしていない。一八九五年から五年間に及ぶ危機の時代の内的体験を彼は第三者のテクストのなかに見出して語っていった。それは間接的な自己表出だった。バタイユは直接的に自分を、いや自分とは言いがたい広大な何ものかを語っていく。しかもその語り方からまた光が発するように書いたのだ。ちょうど旧石器時代の人が火打石をこすって洞窟の闇のなかで閃光

（8） *Ibid.*, p.20.

を迸らせていたように彼は不器用に言葉と言葉をぶつけて不可解な光をテクストに湧出させていたのである。強いていえばそこにこそ自分の思想史上の位置はあるのかもしれないと、一九五四年の『内的体験』増補版のための一文「追記　1953」にこう記す。

「万が一思想史のなかで一つの場を私に設ける必要がでてくるとしたら、それは、私が思うに、我々人間の生のなかに《推論的現実の消滅》の現象を識別し、しかもこの現象の描写から一条の消えゆく光をかもしだしたことによるのだろう。たしかにこの光は眩く輝きはする。しかしこの光は夜の不透明さを告げている。夜だけを予告しているのだ」(バタイユ『内的体験』「追記　1953」)(9)

最後の一行は注意を要する。夜しか告知しない光の記述とは何なのか。じつはここにもシェストフ以上のバタイユの試みがある。つまり「神化」を許さない思想の厳密さがあるのだ。新しい神を生み出すために、つまり新しい支えを作り出すために、「地盤喪失」の哲学はないはずだ。バタイユはこの点をシェストフ以上に厳しく追求した。文字による表現は、いかんともしがたく、喪失も無も深淵も実体化して、あたかもそれらが確固とした存在を持つかのようにテクストの上でのさばらせてしまう。「推論的現実」つまり理性的で論理的な「行動」によって築かれる支配と抑圧のこの近代社会の現実に、文字はしっかりした礎石になって貢献する。この文字の「力への意志」に対してバタイユは批判の矢を放っているのである。自分の記述は、文字も実体もない漠とした夜に帰っていくべきものなのだ、と。

ここにはモーリス・ブランショ（一九〇七―二〇〇三）の助言の影響を見てとることができるだろう。一九四一年の冬、ブランショはバタイユの思索に「コペルニクス的転回」をもたらした。内的体験に意味を与える外的権威をバタイユは欲していた。神、国家、人類、法、道徳。従来の内的体験は既存の大きな価値に支えてもらうことで正当化されていた。神への愛だから、民族への愛だから、今の心の沸騰は正しいというふうに。バタイユもまた上位概念への執着を断ち切れずにいた。その彼にブランショはこう助言したのだ。その種の固執は推論的思考の所産であり、内的体験はそれ自体が権威なのだと、ただしその権威は体験終了後に罪滅ぼしをしなければならないと。推論的思考は理由をつけて事柄を説明する。これが理由になっているからこの事柄は成立すると説くのだ。理由は基盤になる。外的な権威は基盤になって内的体験を正当化する。その基盤は持続してこそ基盤なのだ。一瞬の内に生起し消えていく権威など何の支えにもならない。バタイユの内的体験は、ブランショの助言を受けて、「非力への意志」へ、基盤も前提もないただの偶然を欲する「好運への意志」へ、転換していった。

ということは、逆を言えば、それ以前のバタイユは何かしら持続的な権威を欲し、堅固な支えを欲していたということである。一九二〇年代から三〇年代にかけて、シェストフはシェストフで、否定神学の系譜から脱しきれずにいた。他方でバタイユは、新たな支えを求めてさまようのである。だが一九二三年から二年間、二艘の船は同じ港に停泊し、言葉を交わし合っていた。ニーチェの言葉を借りれば、両者はまるで「一つの港のうちに一つの太陽の下に安らかに横たわっ

（9） Georges Bataille, *L'Expérience intérieure*, « Post-scriptum 1953 », in *Œuvres complètes de Georges Bataille, tome V*, 1973, p.231.

ていて、すでにもうその目的地に着いたように、そして同一の目的地をめざしていたもののように見えたかもしれない」[10]。

4　同じ港のなかで

一九二三年の夏に交わされた両者の手紙が残っていて、重要な資料になっている。シェストフは自著のドイツ語訳の出版の要件でパリを離れベルリンに滞在していた。バタイユはシェストフ論を書く計画をシェストフ自身に告げる手紙を送り、それにシェストフは優しく応答している。

「拙著に関する研究のご計画、当然のこと、私の興味をたいへんそそります。ご計画は、私が異邦人であるにも関わらず、ヨーロッパの魂にとっては異邦人でないことを証してくれますし、ロシア人と西欧の人々のあいだにいくつか接点のあることを教えてくれます。どうぞ全力をつくして準備なさってください。帰国しましたら、語り合いましょう。そしていっしょに仕事をしましょう」（一九二三年七月二三日付け、ベルリンからバタイユに宛てられたシェストフの手紙[11]）

この後、数行でシェストフは翻訳者シュレゼールの住所を伝えて、コンタクトを取るようにバタイユに勧めている。バタイユの研究の進捗に資するのを期待しているのだ。バタイユの返事は遅れた。精神生活の不調が原因だった。

「先月のお手紙にこんなにも遅れて返信いたしますことをお詫び申し上げます。じつは悩みとふさぎ込みの時期をくぐり抜けていたのです。やっと今になって、あなたのご提案にあるようにボリス・ド・シュレゼール氏に手紙を書いている次第です。それでも今度こそは、以前構想しあなたにもお話した研究論文のプランをかなりしっかり頭のなかに持っております。実を結べるようにまもなく取りかかれると思っております。この研究論文には極めて強い関心を抱いておりますから、なおのことうまく運ぶと思います。じっさいに面白いものができあがるかどうかは分かりません。しかし少なくとも、あなたが前便で語ったロシア人の発想と西欧人の発想の接点を書き続けることができたら幸甚に存じます。あなたがご提案くださったようにお帰りになったらすぐにこの論文についてどうかお話を伺わせてください」(一九二三年八月二九日付け、パリからシェストフに宛てられたバタイユの手紙[12])

この文面にある「極めて強い関心」とはフランス語で un intérêt extrême である。フランス語の形容詞 extrême は「極端な」「極限の」が原義であり、一九四〇年代以降、バタイユがその意識の限界体験を記述するときの常套句になる言葉なのだが、ともかくもシェストフ以上の試みを仕掛けたいというバタイユの野心がほの見える。その反面、気にかかるのは彼の精神の不調だ。一

(10) ニーチェ『悦ばしき知識』二七九番の断章。本章注の(2)を参照のこと。
(11) « Correspondance Léon Chestov – Georges Bataille », transcription de Fabrice Lagana, in *Cahiers Léon Chestov*, no.12, 2012, p.39.
(12) *Ibid*., p.40.

九二〇年代前半のバタイユは信仰の上で過渡期にあった。敬虔なカトリックの信者から無神論者へ成り変わる途次にあったのだ。宗教の地盤を喪失する過程にあったということである。そのきっかけは何だったのか。『内的体験』の第三部「刑苦の前歴」や一九五三年の講演「非‐知、笑い、涙」で語られる彼の証言によれば、神を上回る聖性の体験をしたことにある。もっと詳しく述べれば、笑い、そしてエロスの体験で生じる「脱自」(extase) の体験が、つまり日常の「推論的現実」に捉われた自分を抜け出る意識の体験が、同時に、神学の神を抜け出る体験でもあることを察知したということだ。神学の神が、理性的な自我によってその自己保存のために作られた被造物、それも人間のご都合主義的な理想的似姿にすぎないという事情をバタイユは見抜いたということである。

ではその神の彼方に彼は何を見たのだろうか。神や人間のように形ある実体を結ばない広大な諸力の潮流としか言い得ない何か。さきほどの人類の「シェイクスピア風悲喜劇的総和」もその比喩にすぎない何かである。確実に言えることはただ一つ、捉えどころがなく心の支えにはまったくならないということだ。神の代替物にはならないのである。バタイユの精神の不調はここに起因する。キリスト教神はもはや支えにならない。その彼方に輝く力の渦は神以上の深い魅力で牽引してくる。だがまったく拠り所にならない。一九二三年のバタイユはこのような地点にいた。

もちろんバタイユはそれでただ鬱屈としていただけではない。神以上の何ものかは、彼を、瞬時ではあるが、歓喜させた。一九二三年の七月、彼はイタリアのシエナに旅をして、大聖堂の前で大笑いをし、同時にイタリアのエロスに酔いしれている。

「私は思い出す。そのとき私は、シエナの大聖堂が、広場に立ち止まった私に笑うように駆り立てた、と言い張ったのだった。「そんなことはありえないよ。美しいものは可笑しくない」と言われたが、私はうまく説得できなかった。

しかし私は、大聖堂前の広場で子供のように笑ったのだ。大聖堂は、七月の陽光の下、私の眼をくらませた。

あのとき私は、生きることの快楽に、私がイタリアで知った官能の喜び――それまで味わったなかで最も甘美で巧みな喜び――に、笑いかけていたのだ。そして私は、この陽光に満ちた国では生が、血の気の失せた修道士を『千夜一夜物語』の王妃〔不貞をはたらいて王を女性不信に陥らせた人物。その後王は新たな女をめとっては翌日処刑したが、大臣の娘シェヘラザードは王に夜ごと心楽しませる話を聞かせて巧みに延命をはかった〕に変えて、どれほどキリスト教を愚弄してきたかを見抜いて笑ったのだ。

シエナの大聖堂は、バラ色、黒、そして白色の宮殿の中ほどにあって、大きく、多色で、こんがり焼き上がったお菓子（その味は疑わしい）にそっくりであった」（バタイユ『ニーチェについて――好運への意志』第三部「日記」「一九四四年二月―四月、カップの紅茶、神、愛する存在」）[13]

若きバタイユはこのような笑いとエロスの体験にただ単純に耽っていたわけではない。キリスト教神の彼方に見えるもの、この神が隠していた深い聖性が、哲学の根本問題であると認識して

（13） Bataille, *Sur Nietzsche*, op.cit., p.82.

いたのだ。一九五三年の講演でバタイユは当時を回想してこう述べている。笑いと棄教の第一歩となった哲学者アンリ・ベルクソン（一八五九―一九四一）との会食、そしてその著『笑い』（一九〇〇年）を読んだときの回想である。この哲学者にもこの書物にもバタイユはひどく失望したが、哲学と笑いがラディカルな関係を持つことを掴んだのだ。

「笑いが何であるか首尾よく知ることができたのならば、私はすべてを知ることになろう、哲学の問題を解決したことになろうと思っておりました。笑いの問題を解くことと哲学的問題を解くこととは明らかに同一だと私には思えたのです」(14)（バタイユ「非‐知、笑い、涙」）

発言内容は大雑把な哲学の捉え方ではあるが、しかし若きバタイユが根源的なものを哲学に期待していたことが伺える。シェストフはこの期待に応える哲学者だった。バタイユがシェストフ論を書くように駆り立てられた根本のモチーフも、哲学に対するシェストフのラディカルなアプローチにあったと思われる。もちろん笑いとエロスの体験へシェストフが直接誘ったわけではないし、この体験で開かれる力の聖性と哲学の可能性をシェストフがバタイユに直接に教示したというわけでもなかろう。だが既存のアカデミックな哲学が隠蔽していた深い哲学の地平へシェストフは若きバタイユを導いた。そこから笑いとエロスの聖性への開けはもう目先の事態である。シェストフがその著作で語る深い哲学の在り方はバタイユを深い聖性の入り口に立たせたと言ってよい。例えば、一九二三年五月に出版された『死の啓示』の前半「自明の理の克服」の第一三章にある言葉、すなわち前年の『新フランス評論誌』一九二二年二月号に掲載された論文「ドストエフスキーと自明の理への戦い」にはまだ書き込まれていなかった一節、要するに書物化に際して書きあげられたばかりの一節は、一九二三年の二人の共通の港だった言えよう。やがて二人はこの哲学の港からそれぞれ別の航路へ出ていく。片や西洋キリスト教世界の否定神学へ向けて、片や地域も宗教も特定できない大洋へ。二〇年のさまよいの果てにバタイユは、「非‐知」の潮流と「好運」の風に洗われるだけの、そしてただ光を明滅させるエクリチュールを綴るだけの思想の大海原で、半ば溺れ死ぬように遊ぶことになる。

「今日まで哲学は、少なくとも学問的な哲学、あるいは学問的体裁の哲学は、我々すべての存在〔omnitude〕に対して、あるいは学校用語のほうが好ましいというのであれば、《意識一般》――Bewusstsein überhaupt――に対して、自分を正当化しなければならないと考えてきた。それゆえ哲学は今も堅固な基盤を追求している。哲学は、異論の余地なきものを、決定的なものを、大地を、渇望しているのだ。そして何にもまして、自由、気まぐれ、つまり実存のなかにある異常で、謎めいていて、不確かなものすべてに、哲学は、不信の念を抱いているのである。しかも、哲学探究の真なる唯一の対象がこの異常なもの、謎めいたもの、不確定のもの――これは保証も保護もまったく必要にしていないのだ――であることに哲学は気づきもしないのである。この哲学探求の真なる唯一の対象とは、プロティノスが語って欲したあの《最も重要なも

（14） Georges Bataille, « Non-savoir, rire et larmes » (conférence datée du 9 février 1953), in *Œuvres complètes de Georges Bataille, tome VIII*, 1976, p.221.

の》であり、プラトンが洞窟の奥から垣間見たあの実在であり、スピノザが数学的方法の下に包み隠したあの神のことである。さらに言えば、醜いアヒルの子、ドストエフスキーの地下生活者が、人間たちの建てた水晶宮殿に拳を突き出して脅し、憎悪の舌を見せつけたときに霊感を与えていたあの神のことなのだ。古代の賢人はこう立証している。人は、神が存在すると言うことはできない。なぜならば、「神が存在する」と言ったとたんに、神を失うからだ」（シェストフ『死の啓示――ドストエフスキーとトルストイ』第一三章）(15)

この「哲学探究の真なる唯一の対象」こそ一九二三年から二五年にかけてのシェストフとバタイユが停泊した同一の港である。「自由、気まぐれ、つまり実存のなかにある異常で、謎めいていて、不確定のものすべて」、これこそが彼らの「星の友情」の交点である。

だがこの文面のなかにはすでに両者の別れの原因もほの見える。プラトン、プロティノスという伝来の哲学とロシアの文豪をこの「哲学探究の真なる唯一の対象」で出会わせるのは一見奇抜だが、西洋内に自らを置き入れようとするシェストフの願いが読みとれるのだ。最後の数行の古代人への言及ではその願いが深い所で実現化へ向けられている。この数行でシェストフが指摘しようとしていることは、先ほど引用したバタイユの「追記　１９５３」の末尾の言葉の内容とは、似ているようでまったく正反対である。バタイユは、文字表現においてすら、言葉の実体化を、つまり言葉が自身の指し示した内容を永遠不動の物体のごとくに立ち上げてしまう傾向を、斥けようとしている。神が死んだあとに神の代理物を持ち出す発想を文字の上からも根絶しようとしているのだ。対してシェストフは、神を言語表現から守ろうとしている。神を表わすいかなる言葉も、神を不在にするほどに不純であり神から遠いとする考え方、つまり西欧伝来の否定神学の発想に立っている。シェストフは言語を否定しているのであって、神を否定しているのではない。

バタイユへ宛てた書簡のなかでシェストフが「ご計画は、私が異邦人であるにも関わらず、ヨーロッパの魂にとっては異邦人でないことを証してくれますし、ロシア人と西欧の人々のあいだにいくつか接点のあることを教えてくれます」と書いていたことを想起しよう。ロシア語がパリでは東洋語学校の科目であったことからも分かるように、ロシアはフランスとは異なる文化世界と見なされていた。しかしシェストフは双方を結ぶ「ヨーロッパの魂」に期待している。この魂の重要な要素がキリスト教の神であった（これはたしかにシェストフ一人だけの問題ではなく、ドストエフスキーもトルストイも、いや一九世紀から二〇世紀にかけてのロシア知識人の共通の傾向だったと言える）。なかでも、理論や言葉を否定して神の存在を措定する否定神学は、シェストフにとってロシアと西欧を繋ぐ貴重な思想だった。民族、言語、風土、歴史あらゆる固有の壁を越える天空の架け橋だったのだ。基盤は新たに天空に見出せるかもしれないのである。

ここにシェストフの矛盾がある。「地盤喪失」を語りながら、異邦の地フランスにやって来て、彼は新たな基盤を模索している。他方でバタイユも、一九四一年のブランショの助言からまだ遠いところにいる。新たな聖性に目覚めていても不安げで、何かに支えを求めている。シェストフを新たな権威に見立てて頼ったとは言うまい。だがこの世代の若者を強く駆り立てる理論と行動が現れたとき、バタイユはまるでそれに支えを求めるかのごとく走っていった。

（15） Léon Chestov, *Les Révélations de la mort – Dostoïevsky – Tolstoï*, Paris, Librairie Plon, 1923, p.188-189.

5　別々の航路へ

バタイユは結局シェストフ論を発表せずに終わっている。どこまで書いたのかも不明だ。たしかに、思想家論を書くに先立ってまずその著作の翻訳から思想家の世界に入っていくというのは、外国思想家研究においてよくある道筋ではある。しかし翻訳を終えたあと、バタイユはこの論文に向かうことはなかった。むしろ、論文計画の段階で察知したことを翻訳を通して確認したということなのかもしれない。だから論文を完成させなかった。シェストフの否定神学の傾向を彼は読みとっていた。と同時に、別の道が彼の眼前に現れた。そう推測できる。

タチヤナとの共訳で刊行した一九〇〇年の『トルストイとニーチェにおける善の観念』は先述したようにシェストフの転換点を画す思想書である。前作で処女作である『シェイクスピアとその批評家ブランデス』（一八九八年）からの変化を彼は、ニーチェの『道徳の系譜学』の読後感を基準にこう説明している。一九三一年のインタビューからの彼の証言である。「ニーチェの著作に対するあなたの第一印象はどのようなものだったのですか。それはあなたにとって啓示だったのですか」とのルフェーヴルの問いにシェストフは次のように答えた。

「啓示という言葉が使えるとは思いません。しかし私は『道徳の系譜学』を一気に読んだおかげで、精神が動転し、その夜一睡もできなかったのです。私がこのとき分かったことといったら、ハムレットの詠嘆「時間が留め金からはずれている」が何を意味してるか、だけだったのです。私は希望と絶望の感情を体験しました。まず、時間をしかるべき位置に是が非でも戻さねばならないと思ったのです（これがシェイクスピアとブランデスに関する拙著を産み出させた発想でした）。しかし一〇年後、私は、ニーチェその人ではなく、ニーチェと同じ内的体験を生きたトルストイに関する論文の一つを、次の言葉で結びました〔一九一二年出版の『大いなる前夜』所収の論文「破壊と創造の世界」の最終章「魂の奥底で」の末尾にある言葉〕。「時間が留め金からはずれている。我々は、時間を元の位置に戻そうなどとして指一本動かしてはならない。時間が砕け散るようにしておかねばならないのだ」と」（ルフェーヴル「レフ・シェストフとの一時間」[16]）

「時間が留め金からはずれている」はシェイクスピアの『ハムレット』第一幕第五場の最後にあるハムレットの言葉（The time is out of joint）であり、「今のご時世は関節がはずれている（この世は混乱しきっている）」がこの戯曲での意味内容だが、ここではむしろ時間論と捉えた方がいい。整合的な流れ、つまり人間の理性にかなう流れに時間を戻すべきか否かの問題なのである。将来に設定した人間の理想に向けてきれいに進展していってくれる予定調和型の時間、早い話、人間的な時間。そしてこれとは逆の非理性的な流れ、人間的な時間をこなごなに砕いてしまう偶然に次々侵される時間。ニーチェが「善悪の彼岸」でみた時間である。シェストフは第二作の『ニーチェとトルストイにおける善の観念』以降、後者の時間を取る道へ進んでいった。だが同時に否定神学への傾斜も見せている。同書の最後の一節はニーチェの思想の在り方よりもむしろ、シェストフ自身の思想の変遷を知るうえで重要である。

（16） « Une heure avec Léon Chestov », *op.cit.*, p.12.

「ニーチェの教説《善悪の彼岸》はこの意味で前進のための重要な一歩、大いなる一歩なのである。ニーチェは、善の並外れた要求に直接的に、公然と、反旗を翻した最初の哲学者なのだ。じっさい善は、現実の生の無限の変化にも関わらず、こう求めているのである。すなわち人間たちが善を「すべての始めであり終わり」とみなすようになることを。これはとりもなおさずトルストイの立場なのだが。

たしかにニーチェは、善のなかに悪しきものしか見ていなかったし、人々が善のなかに見出しうる良きもののいっさいをまったく見ていなかった。そうして彼の教説《運命愛》から遠ざかってしまった。ただし彼の感じ方は、ある罪人が、悔悟したあと、自分のかつての罪のなかにただ恐ろしさしか見ることのできないのと似ている。まさにこの点にこそニーチェ哲学の説得力のすべてがある。もしも彼が正しい人のままだったら、我々は彼が何を語っているのか分からなかっただろう。我々は善に対してニーチェが感じていたあの敵意、憎悪、嫌悪の証人にならなければ、彼の教説の可能性を理解することはできないし、幾つかの感情を妥当なものと認めることもできないし、これらの感情を我々の意識のなかに原理のごとく導入させることもできないだろう。善――兄弟愛――が神ではないということをニーチェの体験は我々に教えてくれた。「憐憫を越えるものを何も持たないままただ愛しているだけの人に禍あれ」。ニーチェは道を開いたのだ。憐憫を越えて存するもの、善を越えて存するものを、探し求めねばならない。神を探し求めねばならないのだ」（シェストフ『トルストイとニーチェにおける善の観念』）[17]

ニーチェは「超人」の善行について語っていたとき善の虜になっていた。彼は後年そのことを強く恥じるようになる。彼はそのことを罪のように感じるようになり、善に激しい憎悪をたぎらせた。シェストフのこのニーチェ解釈の妥当性はここでは問わずにおく。指摘しておくべきは、これはシェストフその人の心境に当てはまるということだ。『シェイクスピアとその批評家ブランデス』の理想主義から正反対の道へ入ったシェストフは自分のそうした過去を強く恥じていたということである。そしてほかならないバタイユ自身もまた善への加担を罪と感じる立場にいたことを想起しておかねばならない。引用した一節を翻訳したときバタイユは胸に突き刺さるものを感じたはずだ。じっさい彼がカトリック信仰に入ったのは、第一次世界大戦開始まもなくの一九一四年夏、ドイツ軍が北フランスのランスに迫るなかでのことだった。彼は梅毒病みの父親を一人ランスに残して母親とともにその故郷のオーヴェルニュ地方へ逃避した。父親は翌年ランスで死去している。信仰への道は彼にとって罪の道だった。後年彼はこのことを強く恥じていた。キリスト教の善も愛も彼にとっては憎むべき罪と密着していた。彼を棄教に向かわせた遠因がここにある。

それはともかく、キリスト教の愛の教義を越えて「神を探し求めねばならない」というシェストフの最後の言葉は、否定神学に走る彼の姿を予告している。バタイユは、一九〇〇年のこの著作を訳し終えて、一九二三年の『死の啓示』に見えるシェストフの傾向をその発端から確認したのではあるまいか。そしてこの確認は彼にシェストフのもとを去らせるように促したと思われる。

（17） Léon Chestov, L'Idée du bien chez Tolstoï et Nietzsche, traduit du russe par T.Rageot-Chestov et G.Bataille, Paris ,J.Vrin, 1949, 253-254.

バタイユは「復員兵の世代」の一人として西洋の理性文明とその伝統に深い疑義を感じていた。多くの同時代人を死に至らしめた第一次世界大戦、この「西洋の内乱」を知った若者はもはや西洋自身の文明を盤石の基盤とは思えなくなっていた。そのような若者を中心にダダイスム、そしてシュルレアリスムの文化運動が生起し、さらにシュルレアリストはマルクス主義に接近して西欧の基盤を政治の次元からも覆すことを考え出していた。一九二五年から二七年にかけてのことである。バタイユはシェストフのもとを離れて彼らのほうに近づいていった。およそ三〇年後、一九五〇年代前半の草稿にある回想文を読んでみよう。シェストフへの感謝と別離の事情が語られている。

「シェストフはドストエフスキーとニーチェから出発して哲学を行っていて、私には魅力だった。私は手の施しようもないほど彼と相違していることにすぐに気が付いた。なにしろ当時の私は、根本的な暴力に動かされていたのだから。しかし私は彼のことを尊敬していた。彼の方は、哲学研究に対する度を越した私の嫌悪にショックを受けていた。それでも私はじっと従順に彼の言うことに耳を傾けていた。彼はプラトンの読解で多くの意義をこめて私を導いてくれた。まさに彼に私は哲学の知識の基礎を負っている。しかしこの知識は、この名のもとで一般に期待される知識とは性格を異にしていたが、それでもやがて現実のものになっていった。しばらくして私は、私の世代すべてと同様に、マルクス主義に傾斜していった。シェストフは亡命社会主義者であり、私は彼から離れていった。だが私は彼にたいへん感謝している。とりわけプラトンに関して彼が私に語ってくれたことは、私が傾聴する必要のあったものであり、もしも彼と出会っていなかったのならば、いったい誰が私に同じことを語ることができたのか、分からない。この第一歩以来、怠惰、そして時たま押し寄せる過激さのおかげで私は、シェストフが導いてくれたこの正道をしばしば踏み外した。だが今日私は、彼に耳を傾けて学んだことを思い出して、感動に襲われる。人間の思考の暴力は、思考の完遂でないのだったら何ものでもない。彼はそう私に説いてくれたのだ。私はすでにロンドンで最初からこの暴力の果てを垣間見たのだったが、シェストフの思想は、そこから私を引き離してしまった。ともかく私は彼と別れねばならなかった。とはいえ、当時、いわば悲しき錯乱によってしか自分を表明できなかったこの私に対して彼が払ってくれた忍耐に私は敬服している」（バタイユ「一九五〇年代の草稿」より）(18)

シェストフがバタイユに教えたプラトンはどのようなものだったのだろうか。詳細は今のところ不明だが、先ほど引用した『死の啓示』の一節にあったわずかなプラトンへの言及（「プラトンが洞窟の奥から垣間見たあの実在」）からその一端を窺い知ることができるかもしれない。『国家』の有名な洞窟の比喩の場面である。洞窟の暗闇から出た直後に目にするイデアの世界、それはあまりにまばゆい輝きで、人を盲目にさせる。再び人間の視界は闇に包まれる。シェストフのプラトン解釈は極めて特異であったが、その後のバタイユの思想において現実化したという。「非－知の夜」を輝く夜とも形容するバタイユにシェストフの教えは生きているのかもしれない。若きバ

（18） Notes, *Œuvres complètes de Georges Bataille, tome VIII*, 1976, p.563.

タイユはあまりに性急で知の階《きざはし》を昇りつめる余裕はなかった。「人間の思考の暴力は思考の完遂でないのだったら何ものでもない」。このシェストフの教えを内的体験で実践するまでバタイユは二〇年かかっている。

バタイユはマルクス主義に引かれてシェストフから離れていった。プロレタリア革命の「行動」が彼を誘惑したのだ。未来時に設定された「プロレタリアートの独裁政権」、この「自由の王国」を実現する「行動」にプロレタリアートではなく、キャリア組エリート司書だったバタイユが牽引されたのはなぜか。一九二七年執筆の『太陽肛門』、一九二八年限定出版された『眼球譚』とバタイユは過激なエロスと欲望の世界へ入っていく。その分、支えを必要にしていたのかもしれない。自分を正当化する縁《よすが》を欲していたのかもしれない。一九二〇年代後半から一〇年間の軌跡については章を改めて検討したい。

第2章　プラトンの受容――シェストフ、バタイユ、デリダ

「理想は、構築をして、それでもなお思考の動きを《重苦しくし》ないということなのでしょう。構築をする多くの人がこの動きを重苦しくしていると私は思います。理想はプラトンのように書くことでしょう。プラトンは合理的な建物を建てようと可能な限り努力しましたが、その向こうに何かがあるのです。私にはそう思えるのです……」

バタイユ「シャプサルによるインタビュー」（一九六一）拙訳『純然たる幸福』所収

はじめに

前章の末尾では、シェストフがバタイユに哲学を、それもとくにプラトンの哲学を教示していたことを確認した。バタイユいわく「彼はプラトンの読解で多くの意義をこめて私を導いてくれた」。

ではその後のバタイユ、とくに『ドキュマン』のバタイユはプラトン哲学をどのように受け止めていたのだろうか。手本とすべき哲学として尊重し仰ぎみていたのだろうか。それとも打破すべき対象として批判に終始していたのだろうか。

創刊号に発表された論文「アカデミックな馬」を読むと、バタイユはプラトン哲学に批判的である。そもそも題名からして、アカデミックであることへの批判が込められている。

「アカデミック」の語源は、プラトン（前四二七—前三四七）が紀元前三八七年に学園を開いたアテナイ郊外の神域の名称「アカデメイア」に発する。プラトンの学園もそのままアカデメイアと呼ばれるようになった。プラトンはそこで哲人王を輩出するための教育を施したとされるが、イデア論はもちろんのこと、まず幾何学を重視した。学園の入り口には「幾何学を知らぬ者、くぐるべからず」と記されていたという。幾何学が世界の根本の原理だと考えていたからだろう。その意味で「知ることのできるもの」を「知への愛」に見ていた哲学者と言える。彼の幾何学的世界観は、対話篇『ティマイオス』に語られている。造物主が宇宙の原型（イデア）をモデルにして球体、円軌道、相似など幾何学の要素を用いて宇宙を創成していく神話である。

論文「アカデミックな馬」でバタイユはまったく別の世界観を呈示している。彼の主張によれば、この世界では、幾何学的な生成物と非幾何学的な生成物が交互に現れて終わりなき反復を繰り返す。造形芸術の歴史も、人間の社会もこの反復に従っている。その反復のリズムは規則的ではなく、人間にとって知ることのできないものなのだが、過去の歴史からそのような動きが見て取れる。したがって現在、幾何学的な生成物や図像が尊ばれ、整然たる階層社会が支配していても、長続きはせず、いずれ覆されるとバタイユは期待混じりに語るのである。その転覆の兆しは、不完全ながらも一九二〇年代のダダイスム、シュルレアリスムの造形芸術に見て取れるというのだ。

バタイユはこの反復の世界観と歴史観を示す例証として、形の整った美しい馬の図像（まさしく「アカデミックな馬」）が刻まれた古代ギリシアの貨幣とそれを模倣しながらも醜く解体したガリア・ケルトの図像を対比させている。プラトン哲学は前者の美学と結びつけられていて、やがて覆される運命にあることが示唆されている。馬を幾何学的な生成物の代表格にみなしてバタイユはこう語る。

「馬という動物は、まさしく最も完全で最もアカデミックな動物の部類に入るのだが、ギリシアとガリア・ケルトの二つの表現の間の関係は、このような馬の高貴な形態、正確に計算されたその形態が問題になっているだけに、ことさらに意義深い。この点に関して、次の指摘はいかにも奇妙に思われるかもしれないが、語るに躊躇する理由はないだろう。すなわち、不思議な偶然の一致でアテナイが原産地とされる馬は、プラトン哲学やアクロポリスの建築と同じような意味でイデアの最も完成された表現の一つになっているという指摘である。そして古典様式時代の馬の表象はどれも、ある共通の尊大さをあらわにさせながら、ギリシア精神との深い類縁性を称えているとみなされうるのである。まるで事態は、肉体の形態も、社会の形態も、思想の形態も、一種の理想的な完成態、すべての価値の源である完成態の方へ向かっているかのようなのだ。まるで事態は、これらの形態の進歩的な組成が調和と不易のヒエラルキーを、つまりギリシア哲学が具体的な事象とは関係なしにイデアに固有のものとして呈示しようとしていた調和とヒエラルキーを、徐々に満足させようと努めているかのようなのだ。ともかくも、高貴で揺るぎのないイデアが事物たちの流れを規則づけ方向づけているのを見たいという欲求に従った民族、どの民族にもましてこの欲求に従った民族は、馬の身体を描くことで、この強迫観念を容易に表現することができたということなのである。クモあるいはカバの醜く滑稽な身体だったならば、この精神の上昇に応えていなかっただろう」（バタイユ「アダデミックな馬」[1]）

「野蛮な諸民族の不条理な振る舞いは学問的な尊大さと対立しているし、悪夢は幾何学的な図形と対立している。同様に、ガリアの地で想像された怪物的な馬はアカデミックな馬と対立している」（バタイユ、前掲書[2]）

この対立のうち、バタイユの期待は、前者「野蛮な諸民族の不条理な振る舞い」「悪夢」「怪物的な馬」によって引き起こされる歴史の新たな展開である。

だがこのような視点だけが、バタイユのプラトンではない。題辞に示した彼の言葉にあるように「その向こうに何かがある」と彼は読んでいる。彼が批判的に見るプラトン、つまり合理的な幾何学的世界像の提出者としてのプラトン、学問的な尊大さと結びつくプラトンには、同時代のプラトン像が影響していそうである。対してその彼方に知を開くプラトン、そう言ってよければ「知ることのできないもの」に向けて「知への愛」を差し向けたプラトンにはシェストフの教えが見て取れそうである。このような予感とともに以下、一九世紀の講壇哲学に遡り、そしてシェストフに立ち返って、バタイユのプラトン像の背景を探ってみたい。そしてその後のフランス現代思想とプラトンの関係を示すべく、ジャック・デリダ（一九三〇―二〇〇四）のティマイオス論に触れてみたい。

1　時代の制約

バタイユはフランス現代思想のパイオニアと目される。デリダはそのユニークな後継者とみなすことができるだろう。

フランス現代思想の基本的な特徴としてよく指摘されるのが、理性の覇権に対する批判である。その意味で、イデア論はもちろんのこと人間観、宇宙論においてまで理性を第一に重視するプラトンの哲学は、フランス現代思想の対蹠地にあって、格好の批判の対象だったのではあるまいかとの推測は容易に成り立ちうるだろう。今しがた紹介したバタイユの「アカデミックな馬」を読むと、それも無理なからぬことだという気がしてくる。

だがことはそれほど単純ではなく、バタイユにしてもデリダにしても、その言動は反プラトンでくることはとうていできない。プラトンの哲学に複雑な奥行きを見出し、そこから哲学一般の問題へ、さらに人間の根本的な傾向へ、考察を広げている。そして最終的に「知ることができないもの」へ哲学を開かせようとしている。

もちろん彼らとて時代の子であり、そのプラトン理解は時代の制約を受けていた。これはとくにバタイユにあてはまる。プラトンへの反発という彼の姿勢は彼の時代がそうさせたと言えるのだ。すなわち一九世紀からの講壇哲学を中心にしたプラトン解釈が第一次世界大戦後のフランス

（1）　« Le cheval académique », *Les Œuvres Complètes de Georges Bataille, tome I*, Gallimard, 1973, p.160-161.
（2）　*Ibid.*, p.161.

社会のなかであまりに旧態依然たるものに見えていて、根源的な変化を欲するようにバタイユを導いていたということである。バタイユだけではない。彼を含む「復員兵の世代」と呼ばれる若い世代においてはそうだった。この「大戦争」に駆り出され、理性を誇る近代文明の非理性をいやというほど見せつけられた世代にとって、近代文明が作り上げた既存のプラトン像、既存の哲学像は、ダダイストたちがそうしたように、最初から無効を宣告されてしかるべきものだった。

　この意味でバタイユが、一九一八年の秋、大学進学にあたって哲学科を選ばなかったのは得策だったと言える。彼が哲学の教えを本格的に受けたのは、パリ古文書学校を卒業してパリ図書館司書になり、非アカデミックな哲学者との私的な交流に恵まれてからのことだった。一九二三年、若きバタイユは、レフ・シェストフ（一八六六―一九三八）から、プラトンの哲学を、さらに哲学の基礎を、学んだのである。シェストフは、当時として別格の近代文明批判者であった。それゆえその教えも、当時の大学の哲学科で講じられていたプラトンとも、哲学そのものとも、根本的に異なっていた。ロシアからのこの移民哲学者が繰り出すラディカルな近代批判と斬新な哲学史観はバタイユの思想形成に大きな影響を与えた。

　第一次世界大戦後に近代性批判に目覚めた人々をフランス現代思想の第一世代とすれば、第二次世界大戦（一九三九―四五）後にこれに覚醒した人々はフランス現代思想の第二世代とくることができるだろう。この第二世代もまた時代の制約を少なからず受けた。その制約とは、政治イデオロギーの色合いを帯びた思潮にさらされていたということである。第一次世界大戦後のフランスの思想界と第二次世界大戦後の思想界の決定的な違いは、前者の大戦が似たような政治体制の近代諸国間の戦争であったため、戦後、鋭利な意識の持ち主が近代文明そのものへ批判の矛先を差し向けることができたのに対して、後者の大戦は、民主主義国家群と全体主義国家群の戦いという線引きのなかで行われたため、戦後の思潮も、戦勝国の民主主義を善とし、全体主義を悪とする近代的な構図のなかで繰り広げられたことにある。そして戦勝国のなかでも大きく共産主義陣営と自由主義陣営に別れて思潮の対立が激化した。さらにフランス国内では、最終的に戦勝国になったものの、大戦当初からナチス・ドイツに国家を蹂躙された屈辱とその爪痕（例えば対独協力者への対独抵抗運動側の激しい批判）が色濃く残っていて、国家統一への強迫観念が強く働き、国粋主義の傾向が顕著になっていた。これら政治イデオロギーはおしなべて独善的であり、自らを相対化し批判して共通の基盤である近代文明を捉え直す契機に欠けていた。そのなかでフーコー、デリダなど第二世代の若き思想家たちは、一九四〇年代から六〇年代にかけて時代の思潮の余白にありながらも、なおいっそう深く近代批判を展開するバタイユやブランショら第一世代の著作と論文から多くを学んで、根源的な西欧文明批判へ哲学の地平を切り開いていったのである。

ともかくここではまず、一九世紀から二〇世紀にかけての近代フランスのプラトン受容の特徴を明示することから始めたい。そうすることによってこそ、バタイユとデリダのプラトン理解の斬新さも際立って見えてくるだろうからである。一九二〇年代のバタイユの眼前にあったプラトン像とシェストフの語るそれとがいかに異なっていたか、以下では順次確認していくことにする。

2 近代フランスのプラトン像

二〇一四年一一月、南仏のモンペリエ大学で国際シンポジウム「フランス現代哲学におけるプラトン」が開かれ、その報告論文集『プラトンとフランス現代哲学』も二〇一六年五月に出版された。このシンポジウムでは、シェストフについても、バタイユ、デリダについても発表はなされなかったが、シモーヌ・ヴェイユ、フーコー、ドゥルーズ、バディウなどが論じられ、豊かな内容になっている。報告論文集に添えられた、主催者たち（ロドルフ・カラン、ジャン＝リュック・ペリリエ、オリヴィエ・タンラン）の共著による「序文」が、近代フランスにおけるプラトン像を手際よくまとめていて、参考になる。

彼ら「序文」の書き手によれば、近代フランスのプラトン像は、「フランスのプラトン」（un Platon français）と呼ぶにふさわしいほど、フランス化されていた。ルネ・デカルト（一五九六―一六五〇）を開祖にするフランス近代哲学に合わせて、プラトンが理解されていたということだ。「古代人（l'Ancien）」と「近代人（le Moderne）」の文化の優劣を論じる一七世紀末フランスの「新旧論争」の視点に立てば、近代哲学派にとってプラトンなどれっきとした「古代人」であって問題にならないはずなのだが、例外的にデカルトの先駆者とみなされていたのである。この見方を強力に推し進めた哲学者は、みなフランス公教育の使徒たち、つまり高等教育の哲学担当の教員だった。例えば、ソルボンヌ大学教授ヴィクトール・クーザン（一七九二―一八六七）、パリ近郊ヴァンヴ高校でアランを教えたジュール・ラニョー（一八五四―九二）、ソルボンヌ大学に科学哲学の講座を開いたガストン・ミオー（一八五八―一九一八）、パリのアンリ四世高校教員になるアラン

（一八六八―一九五一）らである。「序文」の共著者たちは、これらの名前を列挙したあと、こうまとめる。

「結局、彼らフランスの哲学者にとってプラトンは、『ティマイオス』において幾何学者としての神をテーマに打ち出していた関係上、さらにまた「現象を救う」(sôzein ta phainomena) という科学上の綱領を唱えたことでも知られているので、例外的な「古代人」として、つまりデカルト的近代性の遠い先駆者として、認知されえたのだ。したがってフランス哲学にとってのプラトン哲学はじっさいにはデカルト哲学の延長にすぎなかった、あるいはそのいくつかの表情のひとつにすぎなかったのである」(『プラトンとフランス現代哲学』「序文」(3))

『ティマイオス』は、プラトン後期の対話篇であり、造物主たる理性神がモデル（原型）を手本に球体や円など幾何学を駆使しながら、天球を創造していく神話である。「現象を救う」とはプラトンに帰せられる言葉(4)で、天体現象を単に学問的に観察するだけでなく、造物主の理性的精神とその営みを仰ぎ見ることをも求めている。このような天文学や幾何学など学問を重視し、至高の神へ考察を進めるプラトンが一九世紀フランスの講壇哲学者たちには称揚され、自分たちの基

（3） *Platon et la philosophie française contemporaine –Enjeux philologiques, historiques et philosophiques.* Sous la direction de Rodolphe Calin, Jean-Luc Périllié et Olivier Tinland. Éditions Ousia, 2016, p.9.
（4） これには諸説あって、『オックスフォード希英辞典』の sozein の項目によれば紀元五世紀のプロクロスの『天文学的諸理論の概要』第五章一〇が出典元となる。

盤をなすデカルト哲学に接続されていたのだ。精神（理性、神）と身体（自然物、物質）のデカルト以来の二元論、そのじつ後者の世界に対する前者の世界の発展と覇権を欲する一元論に、プラトンの哲学は吸収されていった。

そのなかで「序文」の執筆者たちが特筆するのはヴィクトール・クーザンの果たした役割である。彼は、対話篇全編を初めてフランス語に翻訳する偉業を成し遂げたのだが（全一三巻を一八二二年から一八年かけて出版）、そのさい各対話篇の翻訳に「概要」（«Arguments»）を添えて自分の哲学的立場「折衷的精神主義」（spiritualisme éclectique）から注釈をほどこした。そうしてプラトンを自分の思想圏へ取り込んでいったのだ。「プラトン哲学の植民地化」を進めたのである。

クーザンの精神主義は、キリスト教神を精神の頂きに仰ぎはするが、神秘主義とも経験主義とも異なり、合理主義に近かった。第三共和政に入りこの傾向がよりいっそう顕著になっていく。「序文」の執筆者たちによれば、先ほど紹介したジュール・ラニョー、ガストン・ミオー、さらに数学者で科学史家のポール・タンリ（一八四三―一九〇八）、フランス観念論派の代表格レオン・ブランシュヴィック（一八六六―一九四四）らによって、近代科学の進歩に貢献するプラトン像が提起されるようになるのである。

「二〇世紀に入ると、フランス学派（ポール・タンリ、ガストン・ミオー、レオン・ブランシュヴィック）において、現実世界を数学的に描きだす、明らかにプラトン的な記述が再評価されるようになる。それゆえ、プラトンは、伝統的な認識論とは一線を画した、科学哲学としての認識論〔エピステモロジー〕の誕生に同道することになるのである」（前掲書(5)）

一九世紀末から二〇世紀初めにかけて、「現実世界を数学的に描きだす」ことが、フランスのプラトン解釈の主流であった。いやプラトンばかりではない。哲学そのものが、数学的世界観を提示すると信じられていたと言えるかもしれない。科学、産業、それらを支える近代国家がどんどん進展していくこの時代において、哲学に期待されていた世界観も、秩序と法則を本質とする世界観、理性の努力によって解読され、説明されうる世界の見方であった。

3　シェストフからバタイユへ

第一次世界大戦は西欧近代文明の矛盾を露呈させた。理性の進歩を世界に向けて掲げ実証してみせていた文明国家同士がその最新の成果を長距離砲や毒ガスに結実させて非文明このうえない残虐な殺戮行為に四年間専心したのである。

だが、それにもかかわらずフランスは戦勝国としてこの「大戦争」を終えたため、為政者はもちろんのこと、文化人の大半も、未曾有の死者をだしたこの戦争の淵源を、自国の文明に立ち返って深く反省することはせず、戦前と同様に理性への信頼を維持していた。

こうしたなかでパリに現れ、ラディカルに西欧文明批判を展開したロシア人哲学者レフ・シェストフは特異な存在であり、その発言はアンドレ・ジッド（一八六九—一九五一）ら当時の尖端的

（5）*Platon et la philosophie française contemporaine*, *op.cit.*, p.8 et p.20.

な知識人から注目された。若いバタイユもシェストフに牽引された一人である。一九五〇年代のバタイユが一九二三年頃のことを振り返って記した文章を確認しておこう。前章でも紹介したが、貴重な告白なのでもう一度引用しておく。それによれば「シェストフはドストエフスキーとニーチェから出発して哲学を行なっていて、私には魅力だった。私は手の施しようもないほど彼と相違していることにすぐに気がついた。なにしろ当時の私は根本的な暴力に突き動かされていたのだから。しかし私は彼のことを尊敬していた。彼の方は、哲学研究に対する度を越した私の嫌悪にショックを受けていた。それでも私はじっと従順に彼の言うことに耳を傾けていた。彼はプラトンの読解で多くの意義を込めて私を導いてくれた。まさに彼にこそ、私は哲学の知識の基礎を負っている。しかしこの知識は、この名のもとで一般に期待される知識とは性格を異にしていた。それでもやがてこの知識は現実のものになっていった」（バタイユ「一九五〇年代の草稿」[6]）。

バタイユにとってシェストフはドストエフスキーとニーチェから哲学を立ちあげていたがゆえに、魅力的であった。作品から言えば、彼の初期の代表作『悲劇の哲学――ドストエフスキーとニーチェ』（一九〇三）がすぐに思い浮かぶ。シェストフがバタイユをパリ一五区サラサーテ街のアパルトマンに招いて二年にわたり私的に講じたプラトン哲学が具体的にどのようなものであったのかは、今日のところ資料も何もないため、不明である。しかしシェストフの著書から推し測ることは可能だ。例えばこの『悲劇の哲学』には次のような文章が見いだせる。

「観念論は二千年以上もの昔から存在している。だが近代までその役割は比較的重要ではなかった。じっさいプラトンその人においてさえ、つまり形式的には観念論という高き教説の父であり祖先とみなされるプラトンにおいてさえ、その思考と論法のなかにいくつも矛盾が見出せるのである。その矛盾は、我々の時代が到達した純粋な観念論から彼の教説がひどくかけ離れていることを教えてくれる。例えば、神を擬人化して捉える発想は、彼の推論のなかにたいへん顕著であって、それゆえに我々現代の科学の専門的知識を摂取しはじめたばかりの学生でさえ、プラトンの対話篇を読むと、見下ろすような笑いを何度も禁じ得なくなる。現代の我々から見れば、プラトンは未開人なのだ。すべてを一元化する我々の原理を彼は何一つ知らないからである。アリストテレスも天と地をまだ分けていた。いやこう言うべきだろう。真の、純粋な観念論は、ここ二世紀の産物だということだ。この観念論は、一元論的世界観とともに進展したのである。この一元論的世界観は今日、科学のなかにどんどん定着している」(シェストフ『悲劇の哲学』[7])

二〇世紀初頭の西欧社会において科学への信頼は絶大なものがあった。たとえ人知で計り知れない事柄に出会っても、その事柄は、科学者が理性の努力を積むことによって近い将来必ず解明されると信じられていたのである。シェストフが言う「一元論的世界観」とはこのことを指す。つまり「未知なるもの」対「既知のもの」、「不合理」対「合理」、「矛盾」対「整合」などの二元

(6) *Les Œuvres Complètes de Georges Bataille, tome VIII*, Gallimard, 1976, p.563.
(7) 邦訳と仏訳を参照して訳出した。邦訳は、近田友一訳『悲劇の哲学——ドストエフスキーとニーチェ』(現代思潮新社、一九八八年、七頁)を、仏訳(初出は一九二六年)は、Léon Chestov, *La philosophie de la tragédie – Dostoïevski et Nietzsche*, traduit du russe par Boris de Schloezer (nouvelle édition présentée et annotée par Ramona Fotiade, Le Bruit du temps, 2012, p.39) を参照にした。

論を立てていても、十分な実験・観測・検証を行えば、「未知なるもの」は遠からずそれが何であるか明らかにされて「既知のもの」に組み入れられ、不合理も矛盾もきたさなくなるというのだ。

この一元論的な見方は科学だけでなく哲学にも「観念論」の名の下に浸透しているとシェストフは見る。真・善・美がその対立項と二元を形成しているように見えても、最終的に勝利を得て支配権を握るのはこれらの高い理念の方になってしまうというのである。そしてシェストフに言わせれば、プラトンは形式的には「観念論」の開祖とされるが、史上のプラトンはこのような理性の力を信じる一元論者ではなかった。デカルトの先駆者としてプラトンを近代哲学の系譜に位置付けるフランスのエリート講壇哲学者たちとはまったく逆に、この在野の哲学者は、ヨーロッパを東端から眺め渡して、プラトンを近代社会における「未開人」だと言ってはばからない。神を擬人論的に使用するプラトンの論法は、科学の道に入り始めた大学生ですら失笑するというのだ。『ティマイオス』の宇宙論などは造物神（デミウルゴス）を主人公にした神話にすぎない。

しかしシェストフは、こう語っても、プラトンを貶めているわけではなく、逆に、近代の与り《あずか》知らない根源的な二元論を説いた哲学者と称えたいのである。一言で言えば、理性の他者、理性の圏域に回収されない「他なるもの」を説いていたというのだ。シェストフの野心は、近代の一元論からプラトンを救いだすことだけにとどまらない。哲学そのものをも救出することに向けられていた。理性の根源的な他者に西欧の哲学を開かせたかったのである。

彼は、一九二一年一一月パリでの生活を始め、翌年から旺盛に執筆活動を再開し、一九二三年には優れた翻訳者ボリス・ド・シュレゼールの助けを得て、そして彼自身フランス語に堪能だったことが奏功して、著作や論文をフランス語で次々に発表した。ロシア語よりも先に出版された作品も出てくる。例えばパスカル論だ。おりしもこの年すなわち一九二三年がブレーズ・パスカル（一六二三―一六六二）の生誕三〇〇年にあたり、それに合わせてシェストフは果敢にも、近代的なパスカル像を打破する著作を上梓した。その『ゲッセネマネの夜――パスカル哲学試論』は、デカルトとともに近代科学の祖にして国民的な合理主義思想家に奉り上げられていたパスカル像を打ち消して、まったく違うパスカル像、すなわち理性の光の届かない夜のなかで震えながら救いを求めるパスカルの姿を提示した。

ゲッセマネとはイエスが最後の晩餐ののちに祈りに耽ったエルサレム近郊のオリーヴ園の名称である。逮捕、そして処刑へ続く運命を予知してか、イエスは、この園で惰眠を貪る弟子たちをよそに夜を徹して神に救済を懇願した。そのイエスをシェストフは一七世紀のパスカルの現実の姿に重ね合わせるのだ。そしてシェストフ自身もまた、これら先駆者と同様、夜に覚醒していた。いや彼ら以上に、周囲の人々に働きかけて覚醒を迫ったと言うべきだろう。相変わらず理性の万能を信じて疑わない大方のフランス人のその眠りを覚ますべく、シェストフは彼らの国民的思想家がいかに人知を超えた夜へ哲学を開かせようとしたのか、示していくのだ。このパスカル論末尾付近の一節には近代哲学について、そしてパスカルの哲学が真に対峙していたものについて、こう語られている。

「哲学は、何によっても乱されない休息のなかに、つまり不安な幻影のない深い眠りのなかに、最高の善を見出す。それゆえに哲学は、理解できないもの、謎めいたもの、神秘的なものを、自分自身から用心深く遠ざける。そして自分が用意した答えに沿わない疑問を退ける。パスカルは逆に、我々の周囲の理解できないもの、神秘的なもののなかによりよき実存の証しを見出す。彼には、生を単純化するためになされるいかなる試みも、未知のものを既知のものへ還元するためになされるどんな試みも、けしからぬものに見えたのだ」（シェストフ『ゲッセマネの夜』(8)）

バタイユは、このように実存の証しを理性の他者に、「理解できないもの」に、「神秘的なもの」に見ていくシェストフの教説に、情念の暴力を抱えながらも、静かに耳を傾けていた。たとえシェストフの与える哲学の知識が「この名のもとで一般に期待される知識とは性格を異にしていた」としても、いや逆にそれだからこそ、若きバタイユは老シェストフのもとに足繁く通ったのだ。

4　理性の他者に目覚める理性

バタイユとの交流が始まった一九二三年にシェストフはパスカル論のほかに『死の啓示――ドストエフスキーとトルストイ』と題する、これもまた西欧近代の文明人に覚醒を迫る書をフランス語で発表している。そのなかで彼は、あるべき哲学探究の対象についてこう披瀝した。前章でも引用した一節だが、重要な発言なので再度紹介しておく。

「今日まで哲学は、少なくとも学問的な哲学、あるいは学問的体裁の哲学は、我々すべての存在（omnitude）に対して、あるいは学校用語のほうが好ましいというのであれば、《意識一般》――Bewusstsein überhaupt――に対して、自分を正当化しなければならないと考えてきた。それゆえ哲学は今も堅固な基盤を追求している。哲学は、異論の余地なきものを、決定的なものを、大地を、渇望しているのだ。そして何にもまして、自由、気まぐれ、つまり実存のなかにある異常で、謎めいていて、不確かなものすべてに、哲学は、不信の念を抱いているのである。しかも、哲学探究の真なる唯一の対象がこの異常なもの、謎めいたもの、不確定のもの――これは保証も保護もまったく必要にしていないのだ――であることに哲学は気づきもしないのだ。この哲学探求の真なる唯一の対象とは、プロティノスが語りかつ欲したあの《最も重要なもの》（to timiotaton）であり、プラトンが洞窟の奥から垣間見たあの実在であり、スピノザが数学的方法の下に包み隠したあの神のことである。さらに言えば、醜いアベルの子、ドストエフスキーの地下生活者が、人間たちの建てた水晶宮殿に拳を突き出して脅し、憎悪の舌を見せつけたときに霊感を与えていたあの神のことなのだ」（シェストフ『死の啓示』[9]）

シェストフは眠りと覚醒の視点から独自の哲学史観を打ち立てる。「堅固な基盤を追求してい

（8）次の仏訳（一九二三年初出）から訳出した。Léon Chestov, *La Nuit de Gethémani, Essai sur la philosophie de Pascal*, traduit du russe par J.Exempliarsky, Édition de l'éclat, Paris, 2012, p.109-110.

（9）邦訳と仏訳を参照して訳出した。邦訳は、植野修司・天野和男訳『魂をたづねて――死の啓示』（雄渾社、一九七五年、二〇三―二〇四頁）を、仏訳は Léon Chestov, *Les Révélations de la mort – Dostoïevsky – Tolstoï*, traduit.et préface de Boris de Schloezer (Paris, Librairie Plon, 1923, p.188-189) を参照にした。

る」哲学、「異論の余地なきものを、決定的なものを、大地を、渇望している」哲学、「何にもまして、自由、気まぐれ、つまり実存のなかにある異常で、謎めいていて、不確かなものすべてに、不信の念を抱いている」哲学。この哲学は、デカルトに始まる近代哲学であり、理性が理性的なものに閉じこもる眠りの哲学にほかならない。逆に、この「実存のなかにある異常で、謎めいていて、不確かなものすべてに」目覚めている哲学、実存の外部にもそのようなものを知覚し理性を開かせた哲学の系譜としてシェストフは、プラトン、そしてプロティノスを挙げている。パスカル、ニーチェ、さらに文学か哲学かの伝統的な識別を超えてドストエフスキーもこの系譜に入れている。後者の系譜に対するシェストフの視野は広い。一九二九年に出版された論文集『ヨブの秤の上で』の第二部第一三章「死と眠り」の一節を引用しておこう。

「プラトンの純粋なる後継者に限らず、犬儒学派の人たちやストア派の人たちでさえも――私はもはやプロティノスのことを述べているのではない――おのれのあらゆる理念と真理とをもった現実、夢なる現実の催眠術的な力から逃げ出そうとしていたのである。洞窟に関するプラトンの説話や、総ての人間は愚かしい狂人に等しいというストア派の人たちの言葉を思い出してみるがよい！　プロティノスの霊感に満ちた恍惚を思い出してみるがよい！」（シェストフ『ヨブの秤の上で』(10)）

通常の人間、とくに近代人は、自分自身の生活の安寧と安逸のために理念や理想を立ち上げているのだが、シェストフに言わせれば、こうした生活において理性は覚醒しているように見えても、その実、理性の外部から何の刺激も受けずただ寝入っている。これら理念や理想は、先述した一元論化をもたらす観念と同様に、睡眠状態に見る夢のようなものなのだ。「我々は誰もが、多かれ少なかれ、生きながら眠り続けているのである。我々は誰もが〔……〕空間を機械的に動いているだけの夢遊病者にすぎないのである」（同右書）[11]。こうした人は、たとえプラトンの『国家』にある有名な洞窟の説話を読んだとしても、これをただ文面通りに理解するだけなのだ。つまり洞窟の壁に映る影を見て暮らす囚人の世界を我々の視覚世界の喩え、その囚人がある日洞窟の入り口に連れていかれ太陽の輝きに目を眩ませる話をイデア知育の必要性を説く比喩[12]と理解するだけで、満足してしまう。シェストフは、洞窟の生活を自己閉塞した理性の睡眠、太陽の光輝に向けた登高を根源的な他者を欲する理性の覚醒の動きと捉えるのだ。

シェストフはプラトン以上にプロティノス（二〇五—七〇）を好んで語った。プロティノスは言わずと知れたプラトン主義者だが、シェストフの視点では「プロティノスが語りかつ欲したあの

（10）『ヨブの秤の上で』第二部の邦訳は『死の哲学――儚きものの哲学』の題名で雄渾社より植野修司訳で出版されており、この邦訳三〇頁を参照にした。仏訳は Léon Chestov, *Sur la balance de Job, pérégrinations à travers les âmes*, traduit du russe par Boris de Schloezer (nouvelle édition présentée et annotée par Isabelle de Montmollin, Le Bruit du temps, 2016, p.256) を参照にした。

（11）前掲書、二六頁。

（12）プラトン自身、「比喩」という言葉を用いて洞窟の話をこう説明している。「今話したこの比喩を全体として、先に話した事柄に結びつけてもらわなければならない。つまり視覚を通して現れる領域というのは、囚人の住まいに比すべきものであり、その住まいのなかにある火の光は、太陽の機能に比すべきものであると考えてもらうのだ。そして、上へ登って行って上方の事物を観ることは、魂が〈思惟によって知られる世界〉へと上昇して行くことであると考えてくれれば、ぼくが言いたいことだけは〔……〕とらえそこなうことはないだろう」（田中美知太郎訳『国家』第七巻 517B ～ C、岩波文庫、下巻、二〇〇二年、一〇一―一〇二頁）

《最も重要なもの》(to timiotaton)」もまた、理性の根源的な他者なのである。この謎めいた概念《最も重要なもの》[13]は、結局のところプロティノスの体系の最上位に置かれる「一者」のことと解してよいだろう。「一者」は、「神」、「善」と規定され、下位の存在に向けて太陽のように光と生を発出する、形も定かならない神秘的な何ものかである。プロティノスにとって哲学の究極の段階は、この「一者」との神秘的合一である。もちろん彼にとっても哲学は「知への愛」なのだが、この段階の「知」はもはや「知る」ことではなく、「見る」ことすなわち「観照」であり、しかも主体である人間の魂の目が客体である「一者」の眼差しと同じになる、恍惚状態(エクスタシスすなわち「脱自」)での「観照」なのである。[14]これに応じてエロースに導かれる「知への愛」も通常の理性の束縛を超えて、「恋に狂う英知」、「神酒に酔って」思慮を失ったときの英知[15]」になる。

バタイユがシェストフから直接に伝授されたプラトン、およびプロティノス以降の西欧の哲学は、およそこのような理性を超えた異形の「知への愛」だったと見てよい。この「覚醒」の哲学の系譜にシェストフが犬儒学派まで含めたことは注目に値する。「犬のように」破廉恥に暮らして、古代の都市生活者を挑発していたこの哲学の流派は、若いバタイユの暴力的な情念を刺激し、思想形成に影響を与えたと思われる。先ほど引用したバタイユの回想によれば、シェストフから学んだ哲学の基礎知識は「この名のもとで一般に期待される知識とは性格を異にしていた」が、「それでもやがて現実のものになっていった」。犬儒学派に刺激されたとして、具体的にバタイユはこれをどのように現実化したのであろうか。

5　太陽を正視する

バタイユが本格的に自分の思想を発表するようになるのは、雑誌『ドキュマン』（一九二九―三〇）においてである。本章冒頭で触れたことを確認しておくと、「アカデミックな馬」で披瀝されるイデア批判、整形美批判をもってして、バタイユはプラトンの対蹠地にいると単純に理解すべきではないだろう。そして『ドキュマン』に散見される、哲学への次のような批判の言葉も、哲学そのものへのバタイユの批判とするのは早計だろう。

「アカデミックな人々が満足するためには、世界は形を帯びていなければならないのだろう。すべての哲学は、存在するものにフロックコートを、それも数学的なフロックコートを、着せるという目的しか持っていない」（バタイユ「不定形の」[16]）

（13）シェストフの言う「プロティノスが語りかつ欲したあの《最も重要なもの》」とは、『エネアデス』第一巻第七論文「ディアレクティケーについて」の第五節にある言葉「哲学とは最も重要なものではないだろうか」に由来する。

（14）『エネアデス』第六巻第七論文「多数のイデアについて、善について」の第三四節から第三六節にかけては、彼の哲学の極致が語られているのだが、そこに照らして補足すれば、「最も重要なもの」とはプロティノスの体系の最上位にある「一者」のことである。

（15）プロティノス『エネアデス』第六巻第七論文第三五節、田中美知太郎訳『プロティノス全集』第四巻、一九八七年、四八三頁。

（16）«Informe», *Les Œuvres Complètes de Georges Bataille, tome I*, Gallimard, 1973, p.217.

「驚く人はいないと思うが、哲学という言葉を発しただけで、哲学の儀礼が始まってしまう。哲学者たちは、抽象的宇宙のセレモニーを司る主人なのであって、空間はどんな状況であってもこう振舞うべきだというあり方を指示してきた。

だが残念なことに、空間は不良少年のままだった。空間がやらかしたことを列挙するのは難しいほどだ。人がペテン師であるのと同様、空間は不連続なのだ。空間の父親である哲学者はこれを大いに嘆いている」（バタイユ「空間」）[17]

これらの発言は、先述した一九世紀からの講壇哲学の幾何学重視のプラトン解釈、科学主義的な哲学観が背景にあるのであって、西欧哲学全般への批判と受け止めては拙速のそしりを免れない。

そのうえで、ここで注目したいのはバタイユの太陽への愛である。これは、シェストフとの関係で言えば、プラトンの洞窟の説話に淵源すると言ってよい。洞窟を出て「太陽を正視する」という問題がバタイユにとっては重要で、そこからシェストフの二分法に近い立場に立って、一元論的な観念論を批判していくのである。

その言い回しは、犬儒派のように挑発的で、内的な暴力の発露を感じさせるが、本質的な点に向けられている。


「太陽は、人間の次元で話すのならば（つまり正午の概念と合致する限りで話すのならば）、最も高められた概念である。その意味では太陽はまた最も抽象的な物体なのだ。というのも、正午という時間に太陽を直視することなど不可能だからである。直視できないという人間の目の無能力ゆえに必然的に太陽を去勢せざるをえない人、そういう人の精神のなかで太陽の概念を完全に描きだすためには、今ここにある太陽が、数学的な静謐さと精神の上昇という意味を詩的に帯びると言うことが必要になる。逆に、とにもかくにも、じっと太陽を直視する場合には、ある程度の狂気が想定されるし、太陽の概念も意味を変えることになる。というのも、光のなかに現れ出るのは、もはや生産ではなく、消失つまり燃焼なのだから。この燃焼は、心理的には、白熱状態のアーク灯から発する恐ろしさによってかなりよく表現される。じっさいのところ、直視された太陽は、精神的な射精、唇に吹き出た泡、てんかんの発作に等しい。前者の太陽（直視されていない太陽）は完全に美しい。これに対して人が注視する太陽は、不気味なほどに醜いとされる」（バタイユ「腐った太陽」[18]）

繰り返しになるが、実際の白昼の太陽を善のイデアの比喩だとする解釈、すなわち『国家』で披瀝されるソクラテスの説明を文面通りに受け取る解釈は、太陽を直視していない人の観念的な解釈となる。この場合、太陽は「生きながら眠り続ける人」の都合に合わせて美化され、抽象的な存在になって、生産的に役立てられる。ギラギラ輝いていて視覚を錯乱させ気分を悪くさせる生身の太陽、醜くて腐ったような太陽は、隠蔽されるのだ。プラトン自身が太陽を直視するタイ

（17）«Espace», *op.cit.*, p.227.
（18）«Soleil pourri», *op.cit.*, p.231.

プの哲学者だったとして、[19] つまり理性の外部に理性を開くタイプの哲学者だったとして、そうなると太陽が比喩として示す善のイデアは、人間の次元で通常理解されている善の概念とはまったく異なってくるのではないだろうか。我々が考える善と悪の見方の彼岸にこそ善のイデアはあるということになりはしないだろうか。おそらくプロティノスはその点を汲んで「一者」の概念をイデアの上に神秘的に立ち上げたのだろう。プラトンからプロティノスへの善の観念の継承についてはここでは扱いきれない重要なテーマであり、稿を改めて考えてみたい。

他方でまた、プラトンが太陽を直視するタイプの哲学者だったと仮定して、バタイユが犬儒学派よろしく大胆に「精神的な射精、唇に吹き出た泡、てんかんの発作」などと言い出した問題に哲学を開くつもりはあったのかという疑問は誰しも持つだろう。だがプラトンは奥が深い。「おかしなものと思われているもの」、「たとえば毛髪、泥、汚物、その他およそ値打ちのない、至極つまらないもの」にまで理性を開く必要性をわきまえている。[20]

6 パロディの力

バタイユは、直視するまでに太陽を欲する愛を、シェストフとは違う角度で考えてもいた。この愛に彼はパロディの力を見ていくのである。パロディとはこの場合、愛する対象を愚弄して、対象の既存のあり方を解体し、対象の内実をさらけ出させ、これと交わろうとする試みのことである。対象を変質させたうえで、これと交わる。パロディはまさにアルテラシオンの一つの在り方である。

もともとパロディとは二次的な表現形態である。すでにある物体を茶化したり、貶めたりするところに面白みがある。では太陽をパロディ化するとはどういうことなのだろうか。どうしてそれが愛と言えるのだろうか。

正視された結果でない太陽、つまり抽象的で、美しくて、「数学的な静謐さと精神の上昇という意味を詩的に帯びる」太陽は、生身の太陽に被せられた仮面のようなものであって、これを笑って破砕し、その奥の恐ろしき素面を露呈させるのは、太陽の実相への愛だと言える。もちろん美しい仮面だけが、太陽の仮面ではない。どのように表現しても、たとえば「腐った太陽」と表現しても、その言葉は抽象的な概念と同じほどに固定的になり実体化して、生きた太陽の不確かさを隠蔽してしまう。だから太陽に与えられたいっさいの既存の言葉、説明、イメージ、つまりあらゆる表象をパロディによって笑って解体してこそ、現実の太陽と交わる道は開かれる。バタイユはそう考えていた。

一九二七年一月に執筆され一九三一年一一月に出版された『太陽肛門』の主題がそこにある。いや『太陽肛門』だけではない、この四年の期間に収まる『ドキュマン』もパロディを重要なテーマにしていた。創刊号に発表された「アカデミックな馬」は考古学の論文の変質であり、パロディなのだ。それはちょうど図版として掲載されたガリア・ケルトの馬の図像が古代ギリシアの

(19) プラトンは太陽の直視には「慣れ」が必要だと説いている。つまり太陽を直視できるということだ。『国家』第七巻 515E ～ 516B を参照のこと。
(20) 『パルメニデス』130C ～ E を参照のこと。

馬の図像の変質であり、パロディであるのと同じことだろう。固体として硬化してしまった既存のものの変質的表現。これは既存のものをただ否定して排除するのではなく。逆に、既存のものを深く愛して、交わりたいという欲望の現われなのだ。『ドキュマン』時代のバタイユの芸術思想はここに本質がある。次章で彼の論文「八〇日間世界一周」をもとにもう一度考えてみよう。今は『太陽肛門』の冒頭の断章を引用して、バタイユの壮大な世界観を紹介しておきたい。物と物、物と人、人と人を、ただ冷たく連結させることに慣れてしまった我々近代人には異様に見える世界観だが、中世、そして古代においては常識だったのかもしれないのである。

「世界が純粋にパロディであるのは明白なことだ。つまり人が目にする事物はどれも他の事物のパロディなのである。そうでない場合、事物は同じままであって、その姿にはがっかりさせられる。

省察に忙殺された頭脳のなかを文章がただ循環するようになってからというもの、全面的な同一化が行われるようになった。というのも繋辞のおかげで各文章が一個の事物を他の事物に結びつけるようになったからだ。とすれば、思考が、アリアドネの糸を持って、思考自身の迷宮の中を進んでいくとして、もしも人が今、こうしてこの糸が残していった道筋の全体を一望のもとに見渡すことができたならば、すべてが明瞭に結びつけられている光景を目にすることもありえよう。

とはいっても、言葉を結ぶ繋辞は肉体の交接に劣らずに欲情をかきたてる。だから「私は太陽である」と書いたとたんに、私は完全な勃起に見舞われる。なぜならば、繋辞の動詞 être は、愛の熱狂を運ぶ伝達手段なのだから」（バタイユ『太陽肛門』[21]）

一行目から面食らう世界観が提示されている。愛欲によって既存の存在物と似て非なるものを生み出していくのがこの世界の基本的なあり方だという主張である。これに反して、同一物を生み出す傾向もありはするが、興ざめだというのだ。そしてその後者の傾向を促進している最たるものこそ、人間の頭脳によってなされる省察だとなる。事物を論理的に整合化して、際限なく繋げているというのである。これはまさしくシェストフの言う理性の眠り、すなわち自己閉塞に陥った理性の行う思考のあり方なのだが、この思考を支えている重要な言語表現が繋辞だとされる。繋辞の代表格はフランス語の動詞 être（英語の be、ドイツ語の sein、ラテン語の sum、古代ギリシア語の einai）で、「AはBである」すなわちA＝Bという等号関係を成立させている。この動詞はまた「存在する」という意味も持ち、名詞化して「存在」あるいは「実在」という意味も持って、哲学の世界観の基本になっている。

ハイデガーの存在論に倣って言えば、バタイユの世界観において「存在者」の「存在様態」は既存の「存在者」をパロディ化することである。整合化して論理的繋がりを形成していくのではなく、滑稽な、似て非なるものになって既存のものを愚弄し、その物的に硬化した様態を破ることである。そうして既存のものの生き生きした存在様態を、つまり愛欲に動かされたあり方を露呈させるのである。ここで生じる両者の関係は、プロティノスが欲する究極の段階での神秘的合

（21） *Les Œuvres Complètes de Georges Bataille, tome I*, Gallimard, 1973, p.81.

一とは異なる。合一ではなく、また完全な分離でもない曖昧な関係なのだ。既存のものとそのパロディ的存在は、別個でありながら互いに求めあっている。この奇妙な関係の典型がバタイユによれば太陽と肛門だとなる。肛門は太陽のパロディであり、太陽を欲しているのだが、秘められた位置を余儀なくなされている。肛門は太陽を欲しつつも夜なのだという言葉でこの異様にして不可解なテクストは終わっている。(22)

この幻想の当否を問うても意味はない。むしろ注目すべきは、「実在」を表しもする繋辞の言葉が、等号関係の役割におさまらない情念の余剰を抱えているということだ。«Je suis le soleil»(「私は太陽である」)という表現の中間にある être 動詞が、対象への激しい愛欲を帯びているというのである。これは、中世のフランス語、その元のラテン語において繋辞という言葉(copule; copula)が「交接」「性交」の意味を持っていたことからも推測できるように、バタイユ個人の想念というよりは、近代以前の西洋言語における繋辞の傾向だったのかもしれない。とすればプロティノス、プラトンの古代ギリシア語の繋辞、そして実在概念も接合への愛欲をはらんでいたのかもしれないのである。少なくともバタイユは、古文書学校で近代以前の文献を読み込んで、そのような実感を得ていたのだろう。近代的ではない言語の面に鋭敏に感性を反応させていたのかもしれない。

7 「コーラ」へ

デリダはバタイユのテクストを丹念に読み込んで、そこに論理の展開に支障をきたす余剰を感じ取っていた。伝統的な哲学の概念を用いていても、そこには、意味の連鎖を脱していくバタイユの意図と情念が働いていると、デリダはそのすぐれたバタイユ論「限定経済から全般経済学へ――留保なきヘーゲル主義」（『エクリチュールと差異』（一九六七年）所収）で説いている。[23] シェストフ流に言えば、理性の外部に「覚醒」したエクリチュールである。デリダはこの視点でプラトンを読んでいった。彼のプラトン論は初期と中期に分かれる。初期では『グラマトロジーについて』（一九六七年）や『散種』（一九七二年）に収められた論考において、エクリチュール（書かれたもの）に対するパロール（発話された言葉）の優越を説くプラトン（『パイドロス』）を俎上に乗せて、「現前の形而上学者」と批判するのだが、それだけがデリダのプラトンではない。デリダの中期の『コーラ』（初出は一九八七年）では、テクストのなかで行論上、不整合をきたすプラトンの概念に注目して、この知性重視の哲学者と目される哲学者の思索の深さを開示している。

その概念とは表題にもなっている「コーラ」（Khôra）で、これは『ティマイオス』のなかに登場する。邦訳では「場」という言葉が与えられている。[24] この対話篇は先述したようにプラトンの

（22）　この点に関しては拙訳『太陽肛門』（景文館書店、二〇一八年）の訳者解題を参照していただきたい。
（23）　デリダのこの論文に関しては岩野卓司氏による「「真面目な」バタイユ――バタイユからデリダへの「継承」について」、『言語と文化』第一〇号別冊、二〇一三年三月、二三六頁）が好論である。
（24）　この言葉自体は『ティマイオス』52A に語られ、種山恭子氏および岸見一郎氏の邦訳では「場」、Léon Robin のフランス語訳では «place» となる。

宇宙論であり、造物神（デミウルゴス）がモデル（原型）に似せてこの宇宙（天球、つまり当時は天動説であり、地上から全天までの世界を指す）を創造していく神話である。南イタリアでピュタゴラス派の影響を受けたとされる天文学者ティマイオスを直接の語り手にしてプラトンは自説を展開する。そのやり方はたいへん慎重だ。モデルについて直接語る哲学の言説は真なる言説であるのに対して、宇宙すなわちモデルの似姿に関する言説は「本当らしさ」の言説であり、真実度において劣るとされる。したがって宇宙創成の神話は哲学の下位に置かれるわけだ。「コーラ」はこの神話の中ほどで登場する定義しがたい概念であり、哲学の理性的言説からさらに遠ざかっている。しかしだからといってプラトンはこの概念を軽視したわけではなく、その不合理性にこだわって思索をめぐらしている。デリダはそこにプラトンの「覚醒」を見ていくのだ。プラトン自身が語り、後世のプラトン主義者、近代のプラトン解釈者がプラトン哲学の前提として重視する二元論（ただしその二元性は表面的であり一元論に収束する）、たとえば今しがた言及した「モデル（原型）」と「似姿」、「哲学的言説」と「神話」、「英知界」と「感覚界」といった二元論を疑い、その根底へ遡行しようとするプラトンを摘出するのである。だがまず「コーラ」に対するプラトン自身の説明に耳を傾けよう。

ティマイオスによれば、造物神はモデルを手本にして質料すなわち四元素（火、水、土、空気）を素材にして、個々の存在物を作っていったわけだが、このときの制作には媒介となる「場」が必要だった。英知的存在の「モデル」と感覚的素材のあいだに存する中間的な「場」、そこから目に見える個物が生まれていったというのだ。「コーラ」とはこの「場」のことなのだが、何度か繰り返されるティマイオスの説明は、苦しげである。「捉えどころのない厄介な種類のもの」

（49A）と吐露したりする。「モデル」を第一に、生滅流転する個物を第二に設定したあと第三に「コーラ」についてこう述べる。

「そして、さらにまた三つ目に、いつも存在している「場」の種族があります。これは滅亡を受け入れることなく、およそ生成する限りのすべてのものにその座を提供し、しかし自分自身は、一種の擬（まが）いの推理とでもいうようなものによって、感覚には頼らずに捉えられるものなのでして、ほとんどの所信の対象にもならないものなのです。そして、この最後のものこそ、われわれがこれに注目するとき、われわれをして、「およそあるものはすべて、どこか一定の場所に、一定の空間を占めてあるのでなければならない。地にもなければ、天のどこかにもないようなものはしょせん何もないのでなければならない」などと、寝とぼけて主張させる、まさに当のものにほかなりません。じっさい、われわれはこうした夢見心地の状態にわざわいされるために、寝とぼけていては把握できないような、真に存在しているものについても、眼を醒まして、いま挙げたような区別のすべてや、その他これに類した区別を立てて、真実を語ることができなくなるのです」（プラトン『ティマイオス』52A〜C）[25]

「コーラ」は、造物神が「モデル」に典拠して天球の存在物を制作するための「台座」のようなものである。ほかに、「すべてのものの印影の刻まれる地の台」「養い親のような受容者」「母」

（25）種山恭子訳『ティマイオス』52A〜C、『プラトン全集12』、一九七五年、八四頁、岩波書店。

「乳母」と形容されるが、これらの比喩（「場」や「台座」も含めて）は、天球のなかの存在物、つまり「モデル」を写した「似姿」（「模像」）とは根源的に異なるのだ。手本がないのである。正体不明のものの比喩なのである。「擬（まが）いの推理」[26]の所産と言ってもいい。それだけではない。「コーラ」は「寝とぼけた」誤解をも生み出す。目に見える存在物を中心にして世界観を形成してしまう過ちを生むというのだ。目に見えないものは存在しないとなると、英知の結晶である「モデル」も造物神も諸イデアも存在しないということになる。それまでプラトン、そしてティマイオスが立ててきた二元論の「区別のすべて」が考慮されなくなってしまうのだ。「目に見えないもの」への理性の覚醒が、「コーラ」による「擬（まが）いの推理」によって妨げられ、理性は眠りへ陥るというのである。

8　デリダの洞察

デリダの洞察はここから深く展開される。このような根源的な反省を生み出す力が「コーラ」にはあると論じるのだ。プラトン自身を、彼の哲学の前提へ、あれらの二元論の識別へ向かわせるというのである。議論の出発点へ、いやさらに出発の手前まで意識を引き戻し、この宇宙論の全体、プラトン自身の哲学の全体を眺めさせる地点まで引き戻す力が「コーラ」にはあるというのである。少々長くなるが、彼のこのプラトン論の最終章のパッセージを引用しておく。「コーラ」をめぐる「擬いの推理」がフランス語訳では「私生児の推論」となっていることを念頭に置いていただきたい。「英知界」と「感覚界」などの明確な二項の組み合わせからなる二元論を「正常な夫婦」と喩えて、そこから逸脱するのが「コーラ」をめぐる思考だというのである。

「事態をもう少し高みから眺めて捉え直してみよう。いや、この言い方はこう言い直してもいい。つまり、原理的な二項対立によって議論を進めて、起源および一つの正常な対の関係をともに重視していく哲学の、確信に満ちた言説の手前へと戻っていこう、と。要するに、起源に先立つもののほうへ我々は舞い戻っていく必要があるということなのだ。この起源に先立つものとは、我々から哲学の確信を奪い、しかも同時に、不純で、危うくて、私生児的で、雑種混交的な哲学的言説を我々に求めてくるものなのである。これら不純などの特徴はけっしてネガティフなものではない。これらの特徴は、ある言説の信用を失墜させて、その言説が哲学より劣っているなどといった単純な見方をもたらしはしない。その言説はたしかに真なる言説ではなく、本当らしい言説にすぎないかもしれないが、しかしそれでも必然性に関して必然的なものを語っているのである。じっさい、この対話篇全体の突拍子もない難解さは、この二つの様態の違い、すなわち真なるものと必然的なるものの違いに発しているのである。ゆえにここでは大胆であることとは、起源のさらに手前へと、誕生する以前へと、つまり必然性のほうへと、遡っていくことなのだ。この必然性とは、産み出すものでも産み出されたものでもない。哲学を担うものなのだ。つまり結果としての哲学、すなわちここでは二項対立（英知的なものと

(26) Léon Robin のフランス語訳では «une sorte de raisonnement bâtard»「一種の私生児的な推論」となる。

感覚的なもの）のイメージとしての哲学に「先立ち」（過ぎ行く時間に先行し、歴史以前の永遠の時間にも先行し）、しかもそのような哲学を「受容する」ものなのである。この必然性（コーラはその上に乗せられた名称なのだ）はあまりに無垢であるので処女の相貌さえ帯びてはいない」（デリダ『コーラ』）(27)

プラトンは『ティマイオス』において何度か話を中断させて、二項対立の出発点へ議論を遡行させている。プラトンにそうさせる必然性にデリダは注目し、「コーラ」をその必然性の名称と捉えているのである。デリダに即していえば、哲学の根底へ出て哲学を丸ごと問い直させる力、彼の言葉で言えば「脱構築」の力を「コーラ」に見ているのである。一九世紀から二〇世紀にかけての近代フランスの講壇哲学においてはプラトンはデカルト以来の近代哲学の系譜の先駆者に位置づけられていたのだが、デリダにおいては近代哲学そのものを相対化する起源以前の、起源の外の、哲学者に見立てられている。

そのようなラディカルな捉え方をもたらしたものこそ、まさにエクリチュールへのデリダの鋭敏な感性であったと思われる。テキストに記された概念も比喩も理論立ての道具として無批判に使用し運用して眠り続ける近代の哲学解釈者とは違って、デリダは、書かれた言葉の重層性に、意味と脱‐意味の二面に、目覚めていたのだ。『コーラ』の冒頭に戻ろう。

「コーラが我々に到来する。それも、名称として。そしてひとつの名称がやってくると、その名称は、名称以上のものを、名称の他者を、端的に言って、他者そのものをすぐに語りだすのだ。名称はまさしく他者の侵入を告知しているのである。この他者の告知はいまだ未来を約束しておらず、なおのこと、誰かを脅《おびや》かしたりはしていない。この告知は誰一人約束せず、脅かしもしない。誰それという人称に対して、この告知はいまだ無縁のままなのだ。唯一、逼迫という事態を名指しているだけなのである。約束という約束の、ありうるすべての脅威の、神話・時間・歴史と、無縁のままなのである」(デリダ『コーラ』(28))

概念のなかに概念の他者の到来を察知する感性が重要である。安らかな未来を約束したり、不安な将来を示して威嚇する人間的な、「人称的な」メッセージに染まっていない他者である。「あまりに無垢であるので処女の相貌さえ帯びてはいない」という先ほどのデリダの引用文の末尾の言葉はこのことを指す。人間の外部への目覚めを説いたシェストフの要請がここにも生きている。

結びに代えて

以上、理性の外部への目覚めというシェストフがもたらした視点から、バタイユとデリダのプラトン解釈を検討してみた。この二人の解釈で浮き上がってきたのは、比喩なり概念なり、書か

(27) Jacques Derrida, *Khôra*, Galilée, 1993, p.94-95.
(28) *Ibid.*, p.15.

れた言葉の重層性である。バタイユにとって「太陽を見る」という言葉は、イデアを観照することの単なる比喩に留まらない。たとえプラトン自身が比喩だと言明していても、その比喩は、近代人の言語使用にあるようなきっぱりとした識別、つまり本質的事柄（イデアの観照）を指し示すための道具的な表現といった識別の上に位置づけられた比喩とは違っていたのかもしれない。フーコーが『言葉と物』（一九六六）で論じたように、一七世紀西欧の古典主義文化で確立した再現表現（représentation）の考え方、つまり「物」と、それを再現した「言葉」との区別を明確に立てる考え方より以前の関係、すなわち「物」と「言葉」が曖昧に未分化の状態にある関係にプラトンのテクストも立脚していたのかもしれないのである。「イデアの観照」という事柄（物）と「太陽の観照」という比喩（言葉）は渾然と繋がっていたのかもしれないのだ。バタイユの「パロディ」、そして「繋辞」は、二元論的識別の壁を壊す、しかしそれでいて完全に一体化しない曖昧な関係を「物」と「物」、「言葉」と「物」に見ている。バタイユは、その意味でプラトンが拠って立っていた世界観と言語観を継承していたと言える。そしてそれを犬儒学派よろしく過激なかたちで近代人に呈示していたと言える。生身のプラトンを近代人に開示していたということである。

他方でデリダは、近代の解釈者がそのまま受け入れてしまう概念上の二元論的識別を、「コーラ」をめぐるプラトン自身の逡巡から、相対化していく。二元論の起点よりもさらに根源へ眼差しを向ける力を「コーラ」に見て取っている。こちらもまた、プラトン自身のなかに近代的見方を覆す面を発見して、近代人に呈示していたのである。

「比喩」の問題は、フランス現代思想では、クロソウスキーの「模像」（シミュラークル）、イヴ・ボンヌフォワの「形象的思考」に関わってくる。他方で「コーラ」はデリダを介して、現代建築の分野に影響を及ぼした。合理的機能性を重視するモダン建築とは異なって、ポストモダン建築は、有用性に回収されない空間を積極的に切り拓いた。「コーラ」の力は、そうした建築を推進する一役を担ったのである。これらの点については稿を改めて論じてみたい。ともかくもフランス現代思想におけるプラトンは、題辞に引用したバタイユの示唆「プラトンは合理的な建物を建てようと可能な限り努力しましたが、その向こうに何かがあるのです」にあるように、自分自身の合理的体系を反省的に見つめ、同時にその彼方をも見つめるヤヌスの二面を持つ哲学者と、それも、決定的な自分を呈示しえないさまよえるヤヌスと、認識されていたと言ってよいだろう。

第3章　存在と観照――バタイユの論考「八〇日間世界一周」をめぐって

はじめに

本章では、バタイユが一九二九年一〇月『ドキュマン』第一年次第五号に発表した論考「八〇日間世界一周」をもとにして、シェストフが伝授した哲学をバタイユがどのように展開していったのか。その展開が彼の芸術思想とどのように関係していたのか。これらの点を探っていく。

その際とくに、「存在」と「観照」という哲学の概念に注目する。理由は、第一にこれら二つの概念がこの論考で重視されていることにあるが、第二には、前章二つで見てきたように、シェストフが特異な仕方でバタイユにこの二つの概念を伝授したことにある。特異な、というのは、「存在」に関していえば「地盤喪失」という実存の危機的な在りようをバタイユに伝えたことを意味し、また「観照」については「太陽を見る」というプラトンの要請、およびプロティノスが説いた、光り輝く「一者」を脱自のなかで見るという神秘体験がともどもにバタイユに伝えられたことを意味している。そして第三には、バタイユ自身のその後の思想展開において両概念が重要な位置を占めていることにもある。その萌芽というか最初の歩みがこの「八〇日間世界一周」

図１　『80日間世界一周』のシャトレ劇場のポスター（1921年、マロドンとギレの作）

と題する論考には凝縮されている。バタイユ固有の歩み出しがじつに濃密に、暗示に満ちて語られているのだ。そのためこの論考は『ドキュマン』きっての難解なテクストになっており、一章を割くに値する内容になっている（本書の末尾に拙訳を資料2として付したので参考にしていただきたい）。本章ではしたがって、カント、ルソーなどこの論考の背後にある哲学者の考えをできるだけ仔細に追っていく。そして『ドキュマン』の芸術思想との接点をパロディ概念に求めていく。すでに本書で何度か語られている概念だが、ここで今一度、バタイユの芸術思想と哲学を結ぶ橋として注目したい。

芸術ということで、ここで対象になるのは大衆演劇である。バタイユは大衆の享楽だからといってこれを軽視する貴族趣味は持ち合わせていなかったし、また大衆に迎合する偽善的な民主主義者でもなかった。近代芸術の一形態としてこれを見つめている。

その大衆演劇とは何なのだろうか。この論考のタイトル「八〇日間世界一周」からすぐに想起されるのは、フランスの作家ジュール・ヴェルヌ（一八二八—一九〇五）が一八七三年に刊行した同名の小説であろう。だがバタイユがここで問題にしているのはこの小説それ自体ではない。パリのシャトレ劇場で当時上演中であったショーである（図1）。

ヴェルヌは一八七四年にこの小説を劇作家アドルフ・ダンリ（一八一一―九九）とともに五幕物の戯曲にアレンジし（話の大筋は同じだが登場人物を増やし、新たな場面も付加した――例えば大蛇の潜む洞窟の場面）、パリのポルト＝サン＝マルタン劇場で上演した。音楽と踊りの付けられたこの出し物は、たちまち人気を博し、パリ市民の関心の的になった。一八七四年一一月七日から一八七五年一二月二〇日まで間断なく上演され、その回数は四一五回にのぼっている。一八七八年にはパリ万国博覧会に合わせて、舞台背景がいっそう豪華になり、さらなる注目を浴びた。一八八〇年代からはパリのシャトレ劇場で上演されるようになり、第二次世界大戦（一九三九―四五）の始まるときまで同劇場で繰り返し演目にのぼり、そのつど成功を収めた。

バタイユがこの論考を発表した一九二〇年代末は、第一次世界大戦（一九一四―一八）後のアメリカ文化ブームを受けてミュージカルやジャズがパリで人気を得ていたころである。おそらくこれに乗じて『八〇日間世界一周』も一種のレヴューショーとしてパリ市民から新たに注目を浴びていたにちがいない。この出し物にバタイユが一文を寄せてもおかしくない時代背景があったのである。

では、なぜこのような娯楽の催しに哲学が関係してくるのか。それもバタイユ自身、愚劣このうえないと形容している出し物に、である。論文中の彼の言葉によれば、この出し物の下らなさは次のごとくであった。まず踊り子たちは衣装からナフタリンの香りを舞台上に漂わせ、その舞台背景の装飾は「まがいものの驚異」で満ちた「ボール紙製の不快な世界」。「ブランド商標のようなこの出し物は三幕一四景からなり、そこに現れるのは、沈むにしろそうでないにしろ数隻の蒸気船、インディアンと、ボーリングのピンを倒すような虐殺とがついてまわる大陸横断鉄道、未亡人を焼くための薪の山（たいへん詩的なインドで）、機械仕掛けの蛇が何匹もいる巨大な洞窟（小さな子供にしてみれば、晴れ着のまま地下室に閉じ込められるのよりもっと腹立たしい状況だ）である――こういったことすべて、この葬式の道具立てすべて、つまり偽の詩人、偽の預言者、偽のロバ、偽のライオンを偽の墓穴に埋葬すること。こういったことすべてが、おそらく『八〇日間世界一周』による地球のバカバカしい戴冠式の挙行には必要なのだろう」（バタイユ「八〇日間世界一周」）(1)

愚劣な地球の戴冠、缶詰のラベルのように地球を覆う軽薄な光景の連続こそが、バタイユの思索のポジティヴな対象であり、彼の思想を新たな次元へ差し向ける起爆剤であった。本章の中心的な検討課題もこの点を明らかにすることにある。地球の愚劣な再現に対するバタイユの賛意の哲学を探ること、低劣な変質に対する彼の肯定の真意を探ることにある。

言い換えれば、哲学に対するバタイユの野心を問うていきたいのだ。この野心を、ただ哲学の対象を娯楽にまで拡大したと説明しただけでは、むろん不十分である。哲学に対する根源的な批判意識と期待が当時のバタイユには激しく渦巻いていて、この論考を書かせたのだ。伝統的な哲学へのラディカルな批判意識と新たな哲学への強烈な期待。「八〇日間世界一周」は短いながらきわめて本質的な問題を提示している論考なのである。

ただしその提示の仕方は尋常な論述になっておらず、読解に難儀する。雑誌『ドキュマン』（一九二九―三一）に発表されたバタイユのテクスト（長短合わせて三六本に達する）は、どれも容易には解読できないが、そのなかでも最も読みづらく理解しがたいのがこの論考である。その理由の一端も彼の考える「存在」と「観照」に関係していそうである。新たな哲学者は、今まで哲学者が見てこなかったものを観照して新たに存在しだす。変質した哲学者になって存在しだすのである。その在りように文章も関係していそうなのだ。書き方もまた新たな存在様態の現象であるかのようなのである。本章では、彼の書き方、いわゆるエクリチュールの問題、つまり「存在」のあり方としての文字表現の問題にまで立ち入ってみたい。

1 「存在する（être）」ことの哲学

この論考「八〇日間世界一周」において、バタイユは、冒頭の文章から être という言葉を原形のままで、なおかつイタリック体強調を付しながら、用いている。論考全体では四度このように強調付きで être が登場する（拙訳では繰り返し表現を用いているため、さらに多くなっている）。その数は、この論考の短さ（『ドキュマン』誌の紙面でたった三頁、それも一頁はシャトレ劇場のポスターに全面割かれているため正味二頁しかない）を考えると多いと言えるし、じっさいによく目立っている。バタイユがきわめて意図的に、そして示唆的に、この言葉を用いていることがわかる。

では、être なる語をバタイユはどのような意味で用いているのだろうか。冒頭の一文、(2) および

（1） «Le Tour du monde en quatre-vingts jours», *Œuvres Complètes de Georges Bataille , tome I*, Gallimard, 1973, p.192.

（2） «Ceux qui n'ont pas encore admis leur situation imbécile, consistant à *être*, mais seulement en tant que jouet de circonstances cacophoniques, à la surface d'un astre vraisemblablement dépourvu de toute issue, sont depuis longtemps fatigués de contempler, soit le spectacle grandiose de la mer diurne ou nocturne, soit le spectacle des ouragans traversés de tonnerre, soit encore le spectacle parfaitement absurde et déconcertant qu'on a sur les hauts sommets». *Ibid.*, p.190.

その次の文[3]においては、動詞的な意味（「存在する」「存在するということ」）で用いられ、三度目は定冠詞がついて名詞的に「存在」という意味（「存在に関する省察全般」（toute réflexion sur l'*être*）[4]）で用いられている。論考末尾の文章に現れる四度目の être も動詞として用いられているのだが、表現として曖昧なところがある。「存在する」という意味と「何々は〜である」という繫辞の意味とが不明瞭に重ねられているからだ。不明瞭にというのは、être のあとに中断符号（…）が用いられ、そのあとに繫辞の対象とおぼしき名詞句が三つの塊になって並んでいるからである[5]。

だがいずれの場合も、être は「存在者」という意味で用いられてはいない（強いて言えば三度目の「存在に関する省察全般」の「存在」はこの「存在者」の意味を含んでいるのかもしれないが）。フランス語としてよく用いられるのはむしろこちらの方であり、生き物、人間、個物という意味を担っている。

哲学の分野では、古代ギリシアから「存在」は主要な概念として登場するが、とくに一九二〇年代ではそうだった。ただし動詞的な意味が強調されてのことである。つまりバタイユがこの論考を発表したころ、つまり一九二〇年代末は、ハイデガーの『存在と時間』（一九二七年）をかわきりに「存在」の概念がとりわけ動詞として、つまり「存在者」と同義に用いられることへの批判意識をともなって、「存在する」「在る」という意味で注目され始めた時代である。「存在者」の「存在」、つまり「存在者」が現実にどのように存在しているか、その実存の在り方に注目が集まりだしていたのである。

その意味でハイデガーはキェルケゴールの「実存」概念を新たに復活させた哲学者でもあるが、バタイユもこの論考で「実存」（existence）という概念を意識的かつ慎重に用いている。すなわち現代の尖端的な哲学者が直面するのは「人間の至らなさ（そのどれもが出来そこないの実存の憂慮すべき兆候なのだが）が次から次に溢れ出てくるような精神の麻痺でしかないようなのである」[6]とし、この「実存」という語に注をつけて、実存それ自体がもともと出来そこないなのではなく、そうなる元凶があるのだと説明を加えている。以下、その説明である。

「もちろん実存はそれ自体において出来そこないになるというわけではない。実存に課すのが適切だと判断された義務との関係でそうなるということなのだ。したがって、結局、実存を衰弱させるのは実存それ自体ではなく、自然（つまり無関心さであり、盲目的な順応主義がないということ）が不快感や失意を催させるものに見えるように巧みに作り上げられた公式のプログラムなのである」（バタイユ「八〇日間世界一周」原注）[7]

（3） «Ils reconnaissent d'ailleurs que l'extrême timidité vis-à-vis de l'homme, qui poussait à chercher la clé du problème partout où l'homme était absent, pouvait très facilement passer pour une évasion hors d'un véritable bagne, en sorte qu'on aurait trouvé la liberté sans laquelle *être* est un leurre inavouable». *Ibid.*, p.190.

（4） «Mais comme chaque parti pris reconnu incline à prendre le parti opposé, la frénésie avec laquelle on avait lié les éléments les moins humains de l'univers à toute réflexion sur *l'être*, se renouvellera sans aucun doute dans un sens contraire, au bénéfice cette fois de nos inavouables ou innommables aberrations, à condition cependant qu'elles ne soient pas brillantes...». *Ibid.*, p.191.

（5） «...tout cela est probablement nécessaire pour célébrer le couronnement gâteux de la Terre par un *Tour du monde en quatre-vingts jours* et pour nous éclaircir sur quelle chose c'est pour un monsieur européen d'*être*...le porte-parole d'innombrables sanglots morveux, le héraut d'une fête solennelle (au milieu des ballets à musique), de la somnolente joie d'avoir tout réduit à la mesure de quelques charmantes paroles (qui sont comme le lait, qui tournent à l'aigle) et en définitive le signataire d'un article à coucher dehors ». *Ibid.*, p.192-193.

（6） *Ibid.*, p.191.

（7） *Ibid.*, p.191 [note].

先走って言えば、この実存の弱体化とその元凶たる「公式のプログラム」（programme officiel）への批判がこの論考の底に流れる基調であり、バタイユが当時の前衛知識人および芸術家と共有していた新たな思潮であったのだ。では「公式のプログラム」とは何か。バタイユによれば、「自然（つまり無関心さであり、盲目的な順応主義がないということ）が不快感や失意を催させるものに見えるように巧みに作り上げられた」プログラムとなる。言い換えれば、自然界に対してであれ人間に対してであれ、その自発的な力の発露を人間の都合に合わせて道徳的に善し悪しの価値づけをして選別する企てのことだ。寄宿中学校の授業プログラムもこれに含まれるし、アカデミックな文化環境を牛耳っていた古典主義美学もこれに含まれるだろう。教育の場だけでなく労働の場、生活の場を導いている未来志向の建設的発想もこれに相当するだろう。このプログラムが義務化して精神を衰弱させるとバタイユは見ている。とりわけ近代人の精神、その実存の在りようが問題になっているのであり、「実存」と「存在」に関するバタイユの問いかけがハイデガーの哲学にのみ限定しえない理由がここにある。バタイユは、より大きな、より根源的な思潮のなかにいる。自然と人間の力の自由な発露に覚醒した前衛たちと、「実存」と「存在」の見方を共有している。

ともかく、「八〇日間世界一周」はハイデガーの存在論を直接念頭に置いて書かれた論考ではないし、そもそもバタイユには、このドイツの哲学者と思索の関係を密接に取り結ぶ意図などありはしなかった。しかし、だからといって、バタイユは当時の哲学の余白に位置していたわけではなく、「実存」と「存在」への新たな問題意識を、ハイデガーと共有しうる地点で、いやハイデガーよりももっと深い地点で、持っていたということである。つまりハイデガーの存在概念、実存概念すらも一つの近代的な現れにすぎないと思えてしまうところで、バタイユは思索していたということだ。そしてそこにいたのは彼一人ではない。『ドキュマン』の同人や新進の芸術家など前衛の文化人もいたのである。さらにシュルレアリストたちもそこに含めていいだろう。バタイユは彼らと、ときに激しく反目しながらも、新たな思潮を共有していた。その共生感に支えられながら、彼は、書き手として、新たな思潮へ、そういってよければ近代を掘り下げる批判的思想へ、読者を降下させようとしていた。「八〇日間世界一周」はそのようなコンテクストのなかで書かれた論考なのである。

2　見る（voir）

次に「見る」という動詞に注目してみたい。バタイユが「存在する」ことと根源的に関わる行為として「見る」を重視しているからである。

ただしこの論考で「見る（voir）」という動詞が強調されているのは、原注の次の文章においてだけである。「だが願わくば、彼が拒んで、こういったもののすべてを見る、こういったもの以外なにも見ないということを続けてほしい」（バタイユ「八〇日間世界一周」原注）[8]。ここで指示されている「こういったもの」とは、直接的には直前の文章において語られている「胸をむかつかせる

（8） *Ibid.*, p.191 [note].

もの、下品さ、目やにのついた目、そしてあの目つき、つまり人があえて考えようとはしないこと（それほど人は見栄っ張りで醜く平板なのだが）を伝えているあの目つき」(9)を指しているが、さらにその前の文章で語られている事柄（三つの内二つは聴覚に関わる事柄であるが）とも関連性がある。すなわち「自然は徐々に彼の頭を錯乱させはじめる」(10)としたあとで具体的に列挙されている事柄、つまり「欠落」や「妄執」や「身体上の醜さ」と関係していると彼すなわち寄宿中学生が思ってしまう母親の腹鳴、通りがかりの人の表情、偶然耳にした会話である。

この寄宿中学校生は、授業のカリキュラムを丸暗記して自然蔑視の見方に染まっているゆえに、こうしたことをネガティヴに捉えてしまう。つまり、「欠落」や「妄執」や「身体上の醜さ」に関係づけ、拒否反応を示してしまうのだ。本文にある「出来そこない実存の兆候」がこの拒否反応であり、それはまた近代人の「精神の麻痺」を表す「至らなさ」でもあるとバタイユは言い立てる。授業のカリキュラムとは近代を支配するプログラムの一形態にすぎない。先ほど引用した原注の文言をもう一度引くと、このプログラムとは「自然（つまり何にも無関心であり、盲目的な順応主義がないということなのだが）が不快感や失意を催させるものに見えるように巧みに作り上げられた公式のプログラムなのである」(11)。寄宿中学校を卒業した暁には、近代のプログラムから離れて、自然をあるがままに受け入れ、格別な喜びを見出してほしいというのがバタイユの願いである。いわく「彼がこうしたことを糧に生きて、そこに悲しげな喜びを、喜びのなかで最も人を錯乱させる喜びを見出してほしいものだ。たとえそれが彼の知っていること（つまり彼が暗記したこと）への憎悪に発するとしても、である。そして、それもこれも、神のイメージが、どんな形態であれ、もう二度と彼の眼前に現れないようにするために、ということなのだ」（バタイユ「八〇日間世界一周」原注(12)。

「神のイメージ」とはいささか唐突な印象を与えるかもしれないが、キリスト教の神およびこれに類似した超越的存在が、そしてこれに発する道徳的抑圧の思想が、近代の「公式のプログラム」の根底にあるとバタイユは見ているのだろう。自然に対する偏向的な見方はもとをただせばキリスト教神に、キリスト教の教義に、行きつくと言いたいのかもしれない。ともかくバタイユは、「見る」行為をキリスト教的な拘束から解放して、「喜びのなかで最も人を錯乱させる喜び」へ近代人を導いていこうとしている。彼からすれば、「存在する」とは、自由な境地でそうした喜びを生きることなのだ。

3　崇高なものを観照する

本文の冒頭のパラグラフでバタイユは「観照する（contempler）」という動詞を用いて、「見る」ことと「存在する」こととの関連を問題にしている。

「観照」（contemplation）は古代ギリシアの「テオーリア」（θεωρία）に淵源を持つ哲学用語で、神

（9）　*Ibid.*, p.191 [note].
（10）　*Ibid.*, p.191 [note].
（11）　*Ibid.*, p.191 [note].
（12）　*Ibid.*, p.191 [note].

的な現象、神々（あるいは神）の現れを見るという意味である。冒頭の一節には「存在する」ことに「観照する」という事態が関係づけられて示されている。

「存在する〔être〕とはいっても、脱出口が全くないように見えるこの地球の表面で、ただ騒然としたその場その場のおもちゃとしてだけ存在するという愚劣な状況。こんな状況をいまだ認めてこなかった人々がいるのだが、彼らはだからといって、昼あるいは夜の海の雄大な光景や、雷鳴を轟かせる暴風雨の光景や、山頂の高みからのまったく不条理で度胆を抜くような光景を観照する〔contempler〕ということにはもうずっと前からうんざりしてしまっている」（バタイユ「八〇日間世界一周」[13]）

この一節においてバタイユの念頭にあるのは、おそらくカントの『判断力批判』の第一部第一編第二章「崇高なものの分析論」に書かれてある観照の問題だろう。大洋の雄大な光景や、雷、嵐、山頂からの目のくらむような眺めなどは、バタイユの後年のテクストならば、聖なる体験の対象として肯定的に扱われそうなところだが、ここではそうした崇高な眺めの観照は、もはやうんざりさせる営為とみなされ、否定的に色づけされている。なぜなのか。

その理由はおそらくこうだ。すなわち、カントの『判断力批判』のなかで展開されている崇高なものの観照の議論においては、いまだ主体への根源的批判が稀薄だということなのだろう。バタイユが主体に期待する解体の力、彼の言う「小死」、「部分的な消滅」を招来する力がカントによっては明示されていないからだと思われる。これは言い換えれば、「存在すること」に対するバタイユの次の定義にまだカントの観照が達していなかったということである。バタイユから見て、まだ受動的な観照に留まっていたということなのだ。以下は、一九四七年に発表された彼のテクストだが、存在と観照に関する重要な一節なので引用しておく。

「この「存在」[être]、よりよく言えば、われわれが横目で避けるようにして（眼が太陽の輝きを見るときと同様に）眺めたがっている、われわれのなかのこの未知なるもの、これは、それ自体において恐ろしいものなのだろうか。わずらわしいものなのだろうか。たしかにそうなのかもしれない。哲学者たちの「我考える、故に我在り」だとか「存在」だとかは、紙の純白さのような最も特徴のない、最も意味に乏しい事態なのだ。しかしほんの軽い衝撃でこの事態は狂乱へ変わる。突如真っ赤に激高し、それまで自分が名指すことのできていた事物たちの明晰判明な静謐さに無関心になる「存在」――この突然の無関心によって「存在」は、自分の在りようである奔流、輝き、叫びの可能性を明示する――は、稲妻のように噴出するエネルギーなのであり、同時にまたエネルギーの噴出故に生じる死の危機への意識でもある。存在する[être]ということは、強い意味では、観照する（受動的に）ということではなく、行動するということでもない（というのも行動することによってわれわれは将来の目的のために現在の自由な振舞いを断念してしまうからだ）。存在するということは、ほかでもない、荒れ狂うということなのだ」（バタイユ「人間と動物の友愛」[14]）

（13）*Ibid.*, p.190. 原文は本章注（2）。

カントはたしかに美しいものの観照と崇高なものの観照を識別して、前者を「平静な観照」(ruhiger Kontemplation)、後者を「心の運動(動揺)」(Bewegung des Gemüts) と特徴づけている。[15] 前者の観照がなぜ平静なのかというと、それは、カントの見方に従えば、美しいものが主体の外部に客体として存在していることによる。美しいものを前にして主体は、構想力(事物を一つの形に統合する感性的能力)と悟性(カテゴリーに分類して捉える知的能力)を自由に戯れさせて美しい客体の経験を理解していくのだが、あくまでその契機が客体として主体の外部にあるため、主体は平静さを保つことができる。これとは逆に、崇高なものの観照は、第一に主体の内部の出来事だとカントは考えている。つまり主体の内部における構想力の破綻という否定的な事態が契機になっているというのである。[16] しかし、この破綻ということでカントが想定している「心の運動(動揺)」は、バタイユが主張しているような「狂乱」、「奔流、輝き、叫び」、「荒れ狂う」といった激しい存在様態ではない。主体が実存的に危機にさらされる経験ではないのだ。主体は安全なところにいて、むしろ自分の内部に理性の能力を、真の人間性を、あらたに発見していくのである。自然界の脅威を前にして主体はそれを上回るものを自分のなかに見出していくというのだ。以下、『判断力批判』の重要な文章である。

「急峻に張り出した、いわば威嚇するような岩石、電光と雷鳴をともなって大空に湧きあがり近づく雷雲、すさまじい破壊的な威力のかぎりを尽くす火山、惨憺たる荒廃を残して去る暴風、怒濤逆巻く際限のない大洋、強大な水流の高い大瀑布などは、これらのものの力と比較してわれわれの抵抗の能力を取るに足らないほど小さなものにする。しかし、われわれが安全な場にいさえすれば、それらの眺めは恐るべきものであればあるほど、ますます心を引きつける。そしてわれわれは、これらの対象を好んで崇高と呼ぶ。なぜなら、これらの対象は魂の強さを通常の程度を超えて高揚させ、われわれのうちにあるまったく別の種類の抵抗の能力を発見させて、この抵抗の能力が、自然の外見上の全威力に匹敵しうるという勇気をわれわれに与えるからである。

というのも、われわれは、自然が測り知れないことについて、また自然の領域の美観的量評価に釣り合った尺度を探るにはわれわれの能力が不十分であることについて、われわれ自身の制限を見出したのであるが、それにもかかわらず、われわれは、同時にわれわれの理性能力について非感性的な別の尺度を見出したのであり、この尺度は、あの無限性そのものを単位とし

(14) «L'amitié de l'homme et de la bête», *Formes et Couleurs*, no.1,1947, in *O.C.,XI*,p.168, 拙訳「人間と動物の友愛」、『純然たる幸福』所収、ちくま学芸文庫、二〇〇九年、六三頁。

(15) カント『判断力批判』第一部第一編第二章「崇高なものの分析論」(§24)、『カント全集』第八巻『判断力批判』上、牧野英二訳、岩波書店、一九九九年、一一六頁。なお原文は次の版を参照した。*Kritik der Urteilskraft*, Philosophische Bibliothek, Hamburg : F. Meiner , 1974.

(16) 『判断力批判』の次の一節が参考になる。「自然の美しいもののためには、われわれは、われわれの外に根拠を求めなければならない。しかし崇高なもののためには、たんにわれわれの内に、そして自然の表象のうちへと崇高性をもちこむ考え方の内に、根拠を求めなければならない。」(同書(§23)、一一五頁)。なお、「自然の表象のうちへと崇高性をもちこむ考え方」に関してはカントは「詐取」[subreption「すりかえ」とも]という論理学の用語を用いてこう述べている。自然における崇高の感情は、われわれ自身の使命に対する尊敬であり、われわれはこの尊敬を、ある種の詐取(われわれの主観のうちの人間性の理念に対する尊敬を客観に対する尊敬と取り違えること)によって、自然の客観に対して証明するのである。」(同書(§27)、一三〇頁)。いわば主観的判断を外部へ投影することであり、フロイトの「投影」を先取りしていると言える。

て含み、この尺度と比べれば自然におけるすべてのものは小さいような尺度である。したがって、われわれの心のうちには、測り知れないあり方をする自然そのものに優る卓越性すら見出したからである。それと同様に、自然の力の抵抗しがたさもまた、自然存在者としてみられたわれわれに対して、われわれの自然的な無力を認識させるのではあるが、しかし同時に、われわれを自然の力に依存しないものとして判定する能力と自然に優る卓越性とをあらわにする。われわれの外の自然によって脅かされ、危険に陥らされることがありうる自己保存とはまったく別の種類の自己保存は、この卓説性に基づいている。その際、たとえ人間は、あの（自然の）威力に屈服しなければならないとしても、われわれの人格のうちの人間性は、おとしめられずにいるのである。このようにして自然は、われわれの美観的判断では恐怖を引き起こすかぎり崇高と判定されるのではなく、自然がわれわれの力（この力は自然ではない）をわれわれのうちに呼び起こすのであるから、崇高と判定されるのである」（カント『判断力批判』[17]）

一見して、荒ぶる自然は人間にとって圧倒的な脅威である。だが、人間の内部の理性に立ち返れば、それはたいした事態ではない。どれほど人間に無力感を味わわせても、いずれ人間の理性は理不尽な自然の動きを科学的に解明していくだろう。自然は有限であり、理性は無限に発展していく。カントには人間理性への深い信頼がある。

バタイユは自己の内部に、未知なるものとして「荒れ狂う」存在を見出した。それは理性ではないし、理性によって把握することもできない。不可知であり、また善悪の道徳とも無縁である。それはしかし自然界の力と通底する何ものかなのだ。荒ぶる自然とコミュニケートする何ものか、いや「在る」という事態なのである。

対してカントは、自己の内部に外部の自然と別種の力、人間固有の力を見出していく。人と自然は、カントにおいて、根源的に対立し、しかも最終的に卓越するのは人間の理性の方だと見なされている。そしてさらにカントは、道徳との結びつき、言うところの実践理性との関係をも見ていく。

「他方〔崇高であること〕は感性に反抗するが、これに反して実践理性の諸目的にかなう主観的根拠に関係する」（カント『判断力批判』）[18]

「われわれの外の自然やわれわれの内の自然（たとえばある種の情動）において、われわれが崇高と呼ぶものもまた、感性のある種の障害を道徳的諸原則によって克服する心の力としてのみ表象されるのであり、またこのことによって関心をひくのである」（カント『判断力批判』）[19]

情動に関してカントは「熱狂」（Enthusiasm）をも崇高とみなしている（「美観的には熱狂は崇高である」）[20]。しかし無情動（アパシー）の方がよりいっそう崇高だとするのだ。

(17) 同書（§28）、一三五―一三六頁。
(18) 同書（一般的注解）、一四五頁。
(19) 同書（一般的注解）、一五〇頁。
(20) 同書（一般的注解）、一五一頁。

「自分のゆらぐことのない諸原則に断固としてしたがう心の無情動〔apathie, phlegma in significatu bono 無感動、よい意味での粘液質〕ですら崇高であり、しかもはるかに優れた仕方で崇高である。なぜなら、無情動は同時に純粋理性の満足を味方につけているからである。このような心のあり方だけが高貴と呼ばれる。（高貴という）この表現は、その後になって、たとえば建築物、衣服、書体、身のこなしなどの事柄にも適用される」（カント『判断力批判』[21]）

カントはバタイユの「狂乱」（frénésie）から遠ざかる一方である。情動を鎮め、科学的な認識を推進する純粋理性と、道徳的行為へ向かわせる実践理性の牙城である深層の自我、デカルトの「考える我」を深化させたこの自我に覚醒していくことこそが崇高だというのだ。そうして建築物から身のこなしまで、高貴なる古典主義美学の進捗を後押ししようとしているかのようである。科学、道徳だけでなく美学の分野においてまで、近代の「公式のプログラム」を哲学のサイドから下支えし、近代人によるその義務化を暗に助長しているかのようである。これではバタイユに否定的に捉えられてしまう。「八〇日間世界一周」の冒頭で語られる人々、つまり近代社会の「その場その場のおもちゃ」として「存在する」ことに同意できずにいる人々とは、バタイユと思索の方向を一にする尖端的な哲学者のことなのだが、彼らは、カント流の崇高の観照には「もうずっと前からうんざりしてしまっている」とある。まさにそう思わせる近代への傾斜がカントにはあるようなのだ。ただしバタイユにとってのカントはそれだけではない。バタイユはカントの崇高論から重要な見方をいくつも継承し、自らの思想の礎にしている。「無関心」、「内的経験」、「限界」等々、別な機会にカントの影響の考察を進めたい。が、今はもうしばらく「八〇日間世界一周」に留まって、その冒頭の一節に注目してみたい。二番目に être が強調されているくだり、孤独な散歩者が問題にされるくだりを見ていこう。

4　孤独な散歩者の夢想

「八〇日間世界一周」の冒頭の一節の後半部分ではルソー流の隠遁者の夢想が俎上にのせられている。彼らすなわち近代の尖端的な思索者たちはこの種の夢想にも同道できないというのだ。

「他方で彼らは、人間に対して極端に臆病になって、人間のいない至る所に問題解決の鍵を探し回るといった態度が、まるで監獄のようなこの現実からの脱出になりうると、かつてきわめて安直にみなされていたということも承知している。そうして脱出すれば人は、あの自由を見つけだせるにちがいない。存在するということが恥ずべき疑似餌（魚などをおびき寄せるルアー）にならないために必要なあの自由を、見つけだせるにちがいないと思われていたのだ。ところが今やもっと明らかになったのは、そうして脱出した何人かの孤独な散歩者たちが、実際は、ただ疑似餌から疑似餌へさまよっていただけだったということなのである。この孤独な散歩者たちは、食べすぎて（あるいは飲みすぎて）、消化不良に襲われたため、招待客たちをよそに

(21)　同書（一般的注解）、一五一頁。

窓を開け夜を眺めて、一瞬気分を楽にする育ちのよい主《あるじ》に似ている。しかしそれでもまだこの主は顔色が青いままで、数瞬後にはまた会場に引き返し、招待客たちのなかで、どんな突飛な表出によっても自分の激しい不快感があらわにならないように努めていなければならないのだ」（バタイユ「八〇日間世界一周」[22]）

人間に対して極端に臆病になって、人里離れたところで孤独な散歩に耽る。晩年のルソーはたびたびそんな生活を送り、『孤独な散歩者の夢想』を執筆した（ただし執筆場所はパリ）。カントの観照からルソーの夢想へ、一見して飛躍しているが、カントがルソーを尊敬していたことを思えば理解できなくはない。ルソーの『エミール』（一七六二年）はカントの愛読書だった。ルソーの遺作『孤独な散歩者の夢想』（一七八二年）に対してもカントは好感をもってこの作品を読んでいたようだ。じっさい『判断力批判』の崇高論のなかには、晩年のルソーを思わせる人間嫌いと隠遁生活への傾斜を擁護する一節が見出せる。

「人間嫌いに対する素質は、多くの思慮深い人間のうちに年を重ねるにしたがって現れるのがつねである。この人間嫌いは、好意に関して言えば、十分に博愛的ではあるが、しかし長年の悲しい経験によって人間について満足することから遠く隔たっている。こうした人間嫌いを証拠だてているのは、隠遁への性癖、人里離れた田舎でくらそうとする空想的な願望、あるいはまた［……］他の世間に知られていない孤島で少数の家族とともに生涯を送ることができたらという夢想の幸福である」（カント『判断力批判』[23]）

カントによれば、この人間嫌いが経験する憂愁は崇高だということになる。というのも、もともと博愛の道徳的精神を持ちながら、それが「長年の悲しい経験によって」破綻をきたしたからである。人間の内面における構想力の破綻が崇高の経験の発端であるのと同様に、まずもって人間の内面において人間の自己矛盾を経験しているがゆえに厭世家の憂愁は崇高だというのだ。美の経験の契機が主体の外部にあるのと同じく悲しみの原因が外部にあるのならその悲しみは感傷的な共感にすぎないが、主体の内部に原因があるのならば崇高だとカントは考えている。

「私はただ、次のことを意図して以上の注解を付したのである。それは、憂愁（意気消沈した悲しみではなく）もまた、道徳的諸理念のうちに根拠をもつとすれば、雄々しい情動に数え入れられるが、しかしそれが共感に基づき、そうしたものとして愛すべきものでもあるとすれば、たんに感傷的な情動に属していることを注意させるためであり、このことによって前者の場合にのみ崇高である心の調和に気づかせるためである」（カント『判断力批判』[24]）

ではルソーの孤独な夢想はどのようなものだったのだろうか。しばしば実存主義の先駆的表現とみなされる『孤独な散歩者の夢想』「第五の散歩」の一節を引用しておこう。佐々木康之氏の名訳に典拠するが、原文で existence なる語が用いられている箇所は「実存」と改訳しておいた。

(22)　«Le Tour du monde en quatre-vingts jours», *Ibid.*, p.190.
(23)　カント『判断力批判』前掲書（一般的注解）、一五六頁。
(24)　同書（一般的注解）、一五七頁。

スイスのビエンヌ湖に浮かぶサン・ピエール島（現在では湖岸と続いてしまった）での夢想である。ルソーはそこに一七六五年九月一二日から一〇月二五日まで滞在した。

「だが、過去を思い起こす必要も、未来を先取りする必要もおぼえず、魂がそこですっかり安息でき、そこに自分の全霊を集中することができるほどの、しっかりした居所を見出せるような状態、そこでは魂にとって時間はなんの意味ももたず、現在がいつも持続していながら、持続がはっきり知らされることもなく、継続のあともまったくないし、いかなる欠如や享有の感覚も、快楽や苦痛の感覚も、欲望や恐れの感覚もいっさいなく、あるのはただわれわれの実存〔existence〕の感覚だけであるような状態、そしてこの実存感だけで魂が全面的に充足できるような状態、そんな状態がもしあるとすれば、それが続くかぎりは、そういう状態にある人は幸福な人と呼んでよいだろう。幸福といっても、この世の快楽のうちに見出される幸福のような、不完全で貧弱で相対的な幸福ではなく、十分で完全で充足した幸福、魂のうちに、満たす必要を感じるような欠落感をまったく残さない幸福なのである。こうした状態こそ、サン＝ピエール島で、あるときは舟と波まかせに舟ぞこに寝そべりつつ、あるときは波の立ち騒ぐ湖の岸辺に腰を下ろし、あるときはほかの美しい川や小石の上をさらさら流れるせせらぎのほとりに坐って、一人きりの夢想にふけっていたとき、私がよくおぼえたものなのであった」（ルソー『孤独な散歩者の夢想』「第五の散歩」(25)）

ここに語られているのは、先ほどのカントの言葉を借りれば、「無情動」の境地である。カント自身、ヘレニズム哲学・ストア派の「アパシー」〔アパテイア ἀπάθεια、「心の平安」〕とも言い換えていた境地だ。カントにおいても、そして今問題になっているルソーにおいても、注目すべきは、この実存の感覚が深い自己への感覚と重なっているということだ。そしてさらに注目すべきは、ルソーが引き続き、この境地をキリスト教の「神」〔Dieu〕と関係づけていることである。過去と未来への執着から切り離された今この時の平安な心境、情念をかき乱す外的要因をいっさい断ったこの深い自己の境地、この境地への満足をルソーは神の自己充足に匹敵すると考えている。

「そのような境地にあれば、人はなにを楽しむのか。自分の外にあるものはなにも楽しみとならず、ただ自分自身と、自分自身の実存〔existence〕のほかに楽しみはなにもない。そういう状態が続くかぎり、人は神〔Dieu〕のように己れ自身に充足する。他のいっさいの情緒をとり払われた実存感は、それ自体、満足と安心の貴重な感覚であって、たえず私たちをこの実存感からそらしに来て、この世でのそういう心地よさを乱してしまうあらゆる官能的、世俗的な影響を自分から遠ざけることのできる人にとっては、この感覚だけで十分、この世での実存〔existence〕が貴重で感動的なものとなることだろう。しかし大部分の人は、のべつ幕なしに情念に心をかき乱されていて、こういう状態をほとんど知らないし、味わったことがあっても、ごく短い時間のあいだに不完全に味わったにすぎず、漠としたあいまいな観念しかもっていな

（25）ルソー『孤独な散歩者の夢想』「第五の散歩」、『ルソー選集4』『孤独な散歩者の夢想』佐々木康之訳、白水社、二〇〇四年、七四頁。なお原文は次の版を参照した。*Œuvres complètes tome I*, Bibliothèque de la Pléiade, Gallimard, 1959.

いから、彼らにこの状態の魅力などわかるわけがない。現今のような世の仕組みでは、人々はつねに新しく生じてくる欲求を満たすため活動的な生活を義務として送らねばならないのに、それがこういうけっこうな陶酔境にあこがれて、活動的な生活が嫌になったりしては、よくないことでさえあろう。しかし、人間社会から切り離され、もうこの世では、他人のためにも自分のためにも、役に立つ善いことはなにひとつできない不幸な人間であれば、このような状態のうちに、すべての人間的な幸福の償いとなりうるもの〔dédommagements 埋め合わせ、補償〕を、運命や人間に奪われる心配のない償いを、見出すことができる」(ルソー『孤独な散歩者の夢想』「第五の散歩」)(26)

ルソーは自分の時代において「他人のためにも自分のためにも、役に立つ善いことはなにひとつできない」ことに後ろめたさを覚えている。道徳感情が心の内部にあって、隠遁生活と齟齬をきたしているのだ。カントは、こうした事態に崇高の観念の発生現場を見出した。「八〇日間世界一周」のバタイユは、逆に、「招待客たちをよそに窓を開け夜を眺めて、一瞬気分を楽にする育ちのよい主《あるじ》」を連想する。哲学者が社会から隔絶して瞑想にふけることに関してバタイユはさらにこう毒舌をふるっている。「悲しげな形而上学者たちはまるで童貞であるかのように——曖昧このうえない微笑によっても、露骨な涎《よだれ》によっても汚されたことがないかのように——あくまで論述にこだわっていた。」(「八〇日間世界一周」)

同時代の社会から遠ざかったことに負い目を感じつつもルソーは、そのようにしてアパシーの境地にいる自分の実存に満足している。それは神の自己充足と同じだというのだ。無時間的な境地、そういってよければ永遠的なものに触れる安らかな境地。ルソーはこうした自分の境地から神の姿、在り方、本質を想像するのである。バタイユからすれば、このような見方、つまり「神人同形同性説」「擬人観」(anthropomorphisme)には人間の疲労しか見出せないとなる。『内的体験』(一九四三年)の彼によれば、そこには、「存在する」という事態を、あるいは「時間」の具体相を、生きられない衰弱した人間の在り方しか見出せないとなる。

「神は神自身をじっくり楽しむとエックハルトは言った。ありうることだ。しかし神がじっくり楽しんでいるものは、神が神自身に持つ憎悪なのだと私には思える。それは、この世には匹敵しうるもののないような憎悪なのだ(この憎悪とは時間のことだと私は言ってもよいのだが、そうすることで私は物憂くなる。私は自分が泣くときにこの憎悪を感じるのであって、何も分析するつもりはない)。もしも神がほんの一瞬でもこの憎悪に背いたならば、世界は論理的で、理解可能なものになり、馬鹿でも説明できるようなものになる(もしも神が自分を憎悪しなくなるならば、世界は衰弱していて、愚劣で、論理的なものになる)。〔……〕「万物は神を万物の原因、原理、目的として認めている」と発言することのなかには、次のようなことが含まれている。ひとりの人間が、存在するという事態にもはや耐えられなくなって、恩寵を求めるようになり、まるでもう何もできなくなって寝込むように、へとへとに疲れて失墜状態に身を投じるということである」(バタイユ『内的体験』第四部「刑苦への追記」、第I章「神」)[27]

(26) 同書(「第五の散歩」)。

カントは、自然が混乱していてどれほど人間を途方にくれさせても、いずれ人間の理性でその動きは解明できると期待していた。これは、バタイユの辛辣な言い方によれば「世界は論理的で、理解可能なものになり、馬鹿でも説明できるようなものになる」ということだ。世界がそうなるのは、畢竟《ひっきょう》、人間の方で生命の力が萎《な》えているからにほかならないとなる。「存在する」とは「荒れ狂う」ことであり、これに耐えられない人間が理性主義的な「神人同形同性説」に走ってしまう。論理的に整合性あるものとして、人間と世界（神）を同一視してしまうのだ。

だが他方で、「荒れ狂う」という存在様態は、人間だけでなく、世界においても見出せる事態である。「荒れ狂う」あるいは自己憎悪、絶えざる自己否定という点で人間と世界（神）は相同だという見方が成り立つ。その意味でバタイユもまた「神人同形同性説」に立っている。彼言うところの「引き裂かれた神人同形同性説」（anthropomorphisme déchiré）である。神も世界も人も、その存在様態の本質は、荒れ狂うということであり、一定の自分のあり方に満足できない自己憎悪の連続、自己否定の繰り返し、既存の自分を引き裂くことの反復ということになる。

「私の構想は、引き裂かれた神人同形同性説である。私は、存在するものの総体を、隷属関係で麻痺した実存に還元し同一視したくはない。私という野生的な不可能性に、つまり自分の限界を避けることができず、さりとてそこに留まることもできない不可能性に、同一視したいのだ」（バタイユ『有罪者』「友愛」の章、第三節「天使」）(28)

バタイユの言葉は複雑だ。世界が愚劣であるという彼の言い方は文脈によって正反対の価値づけになる。すなわち片や、論理的な整合性を本質とする世界、「馬鹿でも説明できるようなもの」となる単純な世界が愚劣とみなされ、片や「公的なプログラム」から逸脱する不合理な世界が愚劣とみなされる。ただし後者の場合には、ただ愚劣として否定されるだけではなく、肯定的な展望も開かれている。寄宿中学校を卒業して、自然蔑視の授業プログラムから解放された若者が、不合理な自然の自己表出に「悲しげな喜びを、喜びのなかで最も人を錯乱させる喜びを見出してほしい」と期待されているように。『八〇日間世界一周』のショーも後者の愚劣さを表現しているとバタイユは見ている。彼によれば、世界はそう表現されることをずっと以前から望んでいたというのだ。

5　時間、存在、「突飛な表出」

論考「八〇日間世界一周」のなかには読み手の関心を強く引く表現がちりばめられている。難解なのだが、驚嘆させる表現だ。例えば、地球を主題にした愚劣なショーを地球はじつは待っていたと言い立てる一節である。

(27)　Bataille, *L'Expérience intérieure*, O.C.,V, p.120-121.
(28)　Bataille, *Le Coupable*, O.C.,V, p.261.

「ずいぶん前からこの地球は、こんなまがい物の驚異をまといながら、一フランス人の陽気な執事〔『八〇日間世界一周』の登場人物パスパルトゥー〕の計り知れない愚劣さに駆け巡られるのを待ち望んでいたのではなかったか。それはいったいどのくらい前からなのか？　何億年も前からなのかもしれない」（バタイユ「八〇日間世界一周」(29)）

度胆を抜くような時間の長さである。「何億年も前から」ということは人類が現れるずっと前からということだ。バタイユの「時間」は人間を中心にした近代的な時間概念ではない。理性的主体としての人間の外部に流れる、あるいはその奥底に意識されないまま流れる非論理的な、計測困難な何ものかである。「存在」は「荒れ狂う」。そしてそのまま、つまり不合理な動きを呈し続けながら、「時間」の流れを成している。バタイユにおいても「存在」は「時間」なのだ。だがハイデガーのように、人間が主体的に形成していく時間ではない。「世人」のなかに「頽落」し本来的な自分を見失っていた実存が、自らの死を自覚して、自分固有の実存の在り方に覚醒し、その未来像の絶えざる到来に促されながら、意識的に自己形成していく個の存在様態としての時間ではない。繰り返しになるが、バタイユの「存在」と「時間」は、理性的主体の外部に、あるいは意識しえない内奥に、捉えどころなく流れている何ものかである。しかもこの「存在」-「時間」は、主体の外部から、内奥から、表出して主体を混乱させる。この論考「八〇日間世界一周」にあるバタイユの表現によれば、「突飛な表出」（manifestation insolite）である。シュルレアリスムのテーマでもあったこの予期せぬ現象がバタイユにおいては「存在」と「時間」の顕現の在り方となっている。

この「突飛な表出」は、これまでの理性的な崇高の思索者や上品な孤独な夢想家には耐え難い現象であるが、一九二〇年代末の前衛の哲学者ならば、これを受けいれるとバタイユは考えている。論考「八〇日間世界一周」で彼は、ルソー流の孤独な散歩者をパーティの慎み深い主に喩えたあと、こうつなげている。

「これほどに完璧な慎み深さに人は、当然驚くにちがいないし、少なくとも哲学の分野でなら今やこうした突飛な表出が大きな快感をもたらすはずだと思うにちがいない。いずれにせよ、澄んだ大気、大空、高山、大海原はもはや形而上学的瞑想の舞台背景、それも倉庫に入れられボロボロになった舞台背景にすぎなくなっている。深い淵の外へ飛び出すためには、今ではともかく他の跳躍台を探し出さねばならないのである」（バタイユ「八〇日間世界一周」[30]）

「今やもう、一個の悪趣味でさえ、一つの破廉恥な行為でさえ、ちょうどランプの明かりが昆虫を引き寄せるように狂的に、不幸に、哲学者（正確にいえば哲学者の戯画像《カリカチュア》）を魅惑せずにはいない。他方で、この悲しき戯画的人物の希求にもっともよく応えているのは、せいぜいのところ、日ましに甚大になっていく人々の精神の麻痺でしかないようなのだ。人間の至らなさ

（29） «Le Tour du monde en quatre-vingts jours», *Ibid.*, p.192. 拙訳は次の文のうち最初の文を二つに分けて訳出した。«depuis combien de temps cette Terre aux fausses merveilles n'attendait-elle pas d'être parcourue par l'incommensurable stupidité d'un jovial valet de chambre français? depuis des millions de siècles, semble-t-il 3.

（30） *Ibid.*,p.190.

(そのどれもが出来そこないの実存の憂慮すべき兆候なのだが)が次から次に溢れ出てくるような精神の麻痺でしかないようなのである」(バタイユ「八〇日間世界一周」[31])

同時代の最前線にいる前衛の哲学者はもはや既存の哲学者の戯画的存在になっている。近代の哲学者のパロディとして存在しているのだ。このパロディ化の問題については後で述べることにする。ともかく、この前衛の哲学者は、「突飛な表出」への感性を持っているのだが、周囲に見出すのは、多くの場合、「出来そこないの実存の憂慮すべき兆候」なのだ。精神を麻痺させた近代人の群れなのである。

彼ら近代人の精神麻痺の元凶は、既述のとおり、「公式なプログラム」である。このプログラムつまり企て、計画、企画の根本にあるのは、近代の時間概念にほかならない。人間的な時間概念。人間の理性的能力の指標ともなりうる時間である。

その点でまさしく『八〇日間世界一周』というタイトルにある「八〇日間」という言葉は、近代的な人間中心の時間概念を表わしていると言える。それは「世界」と対立関係にあって、世界を支配しようとしている。つまり『八〇日間世界一周』という題名には八〇日という時間と世界という空間が対置されていて、しかも一周という言葉によって八〇日という時間に含まれる人間的な意味合いが、人間の優越が、強調されている。いかに人間の力がすぐれているか、その卓越が八〇日という時間表記に示唆されているのだ。技術的な進歩によって地球上という空間がたった八〇日間で走破されるようになったという進歩、こういってよければ西欧近代文明の技術が刻々と地球(世界、自然)を制覇していく驚異的な進捗ぶりが示唆されている。時間の表記は、人間の進歩を告げる掲示である。

この小説『八〇日間世界一周』を邦訳した鈴木啓二氏は巻末の「解説」で当時すなわち一九世紀の人々の考え方を、小説の作中人物の言葉や知識人、詩人の言葉を交えて、次のように興味深く紹介している。

「「地球は小さくなった」。銀行家のゴーティエ・ラルフ〔『八〇日間世界一周』の登場人物〕は、直前になされたフィリアス・フォッグ〔『八〇日間世界一周』の主人公〕の指摘に賛意を表しながらそのように言う。「いまや、一〇〇年前の一〇倍以上の速さで、地球を一周することができるのです」。

ローマ時代からルイ一八世の時代まで、人々は一〇〇キロメートルを移動するのに、ほぼ同じだけの時間を要していたという。蒸気機関の発達は移動の速度を圧倒的に増大させ、同時に、人々の距離や時間に関する感覚を一変させる。速度の圧倒的な増大が、移動する空間や距離の感覚を次第に弱め、旅は、「時間」へと還元されていくのである。

『鉄道の歴史』〔一八六三〕の著者バンジャマン・ガスティノは当時次のように書いていた。「距離はもはや観念上の存在でしかない。空間はすべての現実性を欠いた形而上学的観念でしかない」。一方、一八四三年のパリ＝オルレアン、パリ＝ルーアン線の開通に際して、フランスに滞在していたハインリッヒ・ハイネもまた次のように記している。「我々の見方、考え方

（31） *Ibid.*,p.191.

の中で、いかなる変化が今生じつつあるか。我々の時間や空間に関する基本的観念すらが揺らいできているのである。鉄道によって、空間は消滅し、我々にはもはや時間しか残されていない」（鈴木啓二「解説」、『八〇日間世界一周』）(32)

この小説『八〇日間世界一周』の醍醐味の一つは、八〇日間で世界一周という最先端の「プログラム」の実現に向かった近代人の野心が何度も世界の側からの「突飛な表出」によってくじかれそうになるところにある。主人公のフィリアス・フォッグは「数学のような正解さ」を持った几帳面このうえない人物で、その意味では近代人の代表格だ。その彼が、八〇日間で世界を一周するという当時としてはきわめて大胆な賭けに出て、ロンドンを発つところからこの小説は始まるのだが、海の嵐や大陸の原住民の襲撃など予期せぬ事態に次々見舞われていく。そしてその都度、惜しみなく私財を投じて、難局を切り抜けていく。イギリスに戻ったときには、大資産家であった彼は全財産を失っていた。この点では非近代的な「常規を逸した紳士」（l'excentrique gentleman）なのだ。

結局彼は、定刻に五分遅れてロンドンに到着し、近代の賭けにやぶれたかと思いきや、太平洋上の日付変更線を西から東へ横切ったため一日得をしていたことに気づかされる。八〇日間での世界一周はみごと果たされたのだ。地球が丸く、東から西へ自転していることが功を奏したわけで、地球の側からの「突飛な表出」は最後には近代人へのプレゼントとなったのである。そして小説の末尾は、もはや物の獲得に血道をあげる近代人の野心をいさめるがごとく、こう結ばれる。

「こうしてフィリアス・フォッグは賭けに勝った。彼は八〇日でこの世界一周を成し遂げた。そのために彼は、客船や鉄道や馬車、ヨット、商船、橋、象など、ありとあらゆる交通手段を用いた。この常規を逸した紳士はこの旅にあたって、冷静さと正確さという彼の素晴らしい長所を発揮した。が、その結果はどうであったか。彼がこの長旅で獲得したものは何であったか。彼がこの旅から持ちかえることのできたものは何であったか。

獲得し、持ちかえったものは何一つとしてない。人はそう答えるかもしれない。たしかに何一つなかったのである。あの魅力ある一人の女性、たとえそれがどれほどありえそうにない話であれ、彼をこの世の男性のうちで、最も幸福な男にしたあの女性を除いては。

そもそも人は、得られるものがもっと少なかったとしても、世界一周の旅に出かけるのではなかろうか」(ヴェルヌ『八〇日間世界一周』[33])

この女性はインドで巡り会ったアウダ夫人である。サティー(死んだ夫の後を追って妻が殉死させられる儀式)の犠牲になるところをフォッグが救出した女性で、その後ロンドンまで彼に同道することになる。手に入れたのは、近代人が欲する金銭や物品、財や領土ではなく、精神的なものだったというわけだ。バタイユから見れば、この結末もまだ、精神麻痺の近代人に向けた話にすぎない。「公式のプログラム」で疲れはてた心を癒す程度の話にすぎないのだ。この小説が好評

(32) 鈴木啓二「解説」、『八〇日間世界一周』岩波文庫、二〇〇〇年、四五五―四五六頁。
(33) ヴェルヌ『八〇日間世界一周』鈴木啓二訳、岩波文庫、二〇〇〇年、四五三―四五四頁。なお、原文は以下の版を参照した。Jules Verne, *Le Tour du monde en 80 jours*, «Le livre de poche», Librairie Générale Française, 2000.

を博した原因の一つもこのへんにあったのだろう。つまり、前代未聞の冒険談でありながら、最終的には、いやアウダ夫人の救出など随所に、衰弱した近代人を慰撫する優しき道徳性が保証されていて、読者はその安心感に支えられていたということだ。

他方でバタイユはパロディ化された『八〇日間世界一周』、つまり舞台の出し物として上演された『八〇日間世界一周』には別なものを見出していた。「存在」の「突飛な表出」を、それもパロディというかたちで表出する「存在」の在り方を見出していた。

6　世界とパロディ

初期バタイユの存在論においてパロディは重要な意味を持つ。アルテラシオンとも関係している。「存在」は、既存の在り方を否定して、別様になって現れるというのだから。既存のものを笑い飛ばす生気溢れるものに変化して現れるというのだ。ただし、笑い飛ばしてただ否定しさるというのではない。バタイユのパロディは愛欲に満ちている。既存のものと新たに結びつこうともしている。この世に新たに生み出されたものは本来的に「存在する」ということだ。愛欲に溢れて、既存のものを変質させてまでこれと結びつこうとしている。唯一人間の頭の中でだけ、その理性的思考においてだけ、新たなものは非本来的に存在して、愛欲を失い、既存のものと同質化してしまう。新たなものは既存のものと等号関係を結んでしまうのだ。芸術表現はこんな愚かな論理的表現を笑って、新たなものに「存在」を回復させる。世界がそうしているように、アルテラシオンを実現する。前章で私は、『太陽肛門』の冒頭の一節を引用して、こうしたことを示しておいた。一九二七年に執筆され、一九三一年に出版された幻想的なテクストである。そこで語られている壮大な世界観を一九二九年の論文「八〇日間世界一周」のバタイユにそって今一度まとめてみよう。

世界は「存在する」。それは「荒れ狂う」エネルギーの絶えざる流れとその表出である。過剰なエネルギーゆえに「突飛な表出」を繰返すが、表出それぞれの表象は次々に前の表象のパロディを形成していく。既存のものに対して、笑い、差異、そして結合への情念を表わして現れ出るのである。地球は何億年も前から、そんな生成を繰返してきた。小説『八〇日間世界一周』が愚劣な出し物『八〇日間世界一周』に変質して出現するのも、この生成の一環にほかならない。伝統的な哲学者が「哲学者の戯画」になって現れて、精神的に麻痺した近代社会に相対峙する事態も、このパロディ化を進める世界の一現象なのである。

文章も、世界を根底的に表現しようとするならば、そのような笑いと差異と結合愛を繋辞で表わしていかねばならない。そのときのエクリチュールすなわち書く姿勢は、もはや省察のための論理的な文章に頼る姿勢ではない。「推論的言語」(discours、コジェーヴのヘーゲル講義を受講した後(一九三九年後)にバタイユはこの語を多用するようになる)に頼る姿勢ではない。『太陽肛門』のような詩的で幻想的でバーレスクな断章の創作である。それはまた「見せる」(donner à voir)[34]ための創作、

(34) バタイユの重要な詩論「石器時代からジャック・プレヴェールへ」(一九四六年)において「見せる」(donner à voir)が詩の表現の最も適切な定義だとされている。その際、「見せる」対象は個物ではなく、感性が捉える「存在するもの」(ce qui est)とされている。

観照のための創作になる。論理的整合性への逸脱を示して、世界と人の深奥が透けて見えるようにするのだ。文章からも「荒れ狂う」存在が透視できるような書き方、まさに存在論的な書き方をするということである。

論考「八〇日間世界一周」が難解であるのは、こうしたバタイユの文章表現への姿勢による。孤独な散歩者はパーティを催す上品な主《あるじ》にパロディ化され、踊り子とボール紙の背景装飾からなる出し物『八〇日間世界一周』の舞台は缶詰のラベルにパロディ化されていく。主《あるじ》も缶詰も、読者を困惑させる奇想天外な表出である。だが最後の一節について言えば、パロディ化が自由に作動していないかのように見えるのだ。たしかにこの論考の他の文章と同様にこの末尾の一節も読解に窮する。しかしそこには他の文章にはない自嘲あるいは苦笑いが見てとれるのだ。論考を書くバタイユ自身「ヨーロッパの一男性」へのアイロニーと言ってもいい。論考という形式上、繋辞に省察のための同一化を担わせる要請があり、それに従う自分がどうにも歯がゆくてならないという書き手の苦々しい笑いが賓辞（述語）の列挙になっているように見えるのである。

「こういったことすべて、この葬式の道具立てすべて、つまり偽の詩人、偽の預言者、偽のロバ、偽のライオンを偽の墓穴に埋葬すること。こういったことすべてが、おそらく『八〇日間世界一周』による地球のバカバカしい戴冠式の挙行には必要なのだろう。そしてまた、つぎのことを我々に明示するためにも必要なのだろう。つまりヨーロッパの一男性が、鼻水たらした無数のすすり泣きの代弁者になって……存在する。何らかの魅力的な言葉（じきにすっぱくなる牛乳のように存在する言葉）に見合うようにすべてを還元してしまった夢うつつの喜びを（ミュージカルの只中で）伝える壮麗な祭典の伝令使になって……存在する。そしてまた、わけのわからない奇妙きてれつな論文の署名者になって……存在するといった事態が何の上で起きているのかを我々に明示するためにも必要なのだろう、ということだ」（バタイユ「八〇日間世界一周」[35]）

「鼻水たらした無数のすすり泣きの代弁者」、「壮麗な祭典の伝令史」、「わけのわからない論文の署名者」、これらの賓辞はみなバタイユを指していると思われる。代弁者、伝令使、論文書きとは別な在り方をして、現代社会の愉快なパロディになりたいのだが、そうなれずにいる苦渋が読みとれる。この論考「八〇日間世界一周」の冒頭の表現を借りれば、「ただ騒然としたその場その場のおもちゃとしてだけ存在するという愚劣な状況」にバタイユは耐えている。充血した亀頭のような太陽に対して「真夏に、自分自身真っ赤な顔をして」、その輝きを「見る」[36]というパロディ的存在の愛欲に徹しきれないもどかしさを彼は感じている。出し物『八〇日間世界一周』と彼の論考「八〇日間世界一周」とではるかに前者の方が、何億年も前からの地球の生成に忠実だと言える。バタイユはその落差を噛みしめている。繋辞 être のあとに中断符（……）が入る

（35）　«Le Tour du monde en quatre-vingts jours», *Ibid.*, p.192-193.

（36）　『太陽肛門』は一九三一年に一〇〇部限定で出版されたが、そのときの予約申し込みパンフレットに書き込まれていた文章より。なおその原文全体は次の通りである。«Si l'on craint l'éblouissement au point de n'avoir jamais *vu* (-en plein été et soi-même le visage rouge baigné de sueur-) que le soleil était écœurant et rose comme un gland, ouvert et urinant comme méat, il est peut-être inutile d'ouvrir encore, au milieu de la nature, des yeux chargés d'interprétation; la nature répond à coups de cravache, aussi galante que les jolies dompteuses qu'on admire aux devantures des librairies pornographiques.» (*O.C.*, *I*, p.644)

のは、『太陽肛門』の彼の文言「動詞 être は愛の熱狂を運ぶ運搬物である」に劣るからだろう。現代社会の中で苦吟するバタイユを「見せる」一節だと言える。あるいはむしろ、ここに不可能な書き方に向かったバタイユを見るべきなのかもしれない。論考のなかに詩の表現を持ち込む不可能性に挑んだ尖端的な思想家の営為を見るべきなのかもしれない。

結びに代えて

不可能性は思想家バタイユの生涯を貫くテーマである。根源的に対立する二つの領域のはざまで、二つの領域の境界線上で、絶えず揺れ動く思想家。それがバタイユである。先ほど引用した『有罪者』の神人同形同性説に関する文章にバタイユがこう自分を紹介していたことを想起しよう。「私という野生的な不可能性」、「自分の限界を避けることができず、さりとてそこに留まることもできない不可能性」。

一九五七年出版の『エロティシズム』の「結論」でも厳密な二律背反が問題になっている。禁止が支配する領域とそれを侵犯して見えてくる遊びの領域との対立である。禁止の領域とは我々の日常生活の領域であり、理性と労働と言語によって成り立っている。哲学は原則として禁止の領域で営まれるが、その根源的な問いかけの姿勢を貫いていくと、侵犯の可能性に相対峙するようになる。バタイユはそう考えている。そして彼が哲学に期待しているものは、この侵犯の可能性を生きて、遊びの領域を観照するということだ。しかしそのとき哲学、そして言語はどうなってしまうのだろうか。「存在」と「観照」の問題に立ち至りながら、彼はこうまとめている。

「哲学の瞬間は、労働と禁止の瞬間の延長である。この点に関して、私は詳しく述べるつもりはない。だが哲学は、進展していくと（自分の動きを中断させることができないと）、侵犯に相対峙するようになる。もしも哲学が、労働と禁止（両者は調和しており補いあっている）の基盤から侵犯の基盤へ移るとすれば、哲学はもはや現にあるような哲学ではなくなり、哲学への愚弄となるだろう。

労働と比較すると侵犯は一つの遊びである。

遊びの世界では哲学は解消する。

哲学に基礎として侵犯を与えること（これこそ私の思考の有り方だ）、これは、言葉を、沈黙した観照に置き換えることである。これは、存在の頂点で存在を観照することなのだ。言葉が消滅するなどということはかつて一度も起きはしなかった。そもそも推論的言語が頂点への入り口を明示しなかったとすれば、頂点への接近ははたして可能であっただろうか。だが、頂点への入り口を表現する言葉は、決定的な瞬間には、つまり侵犯それ自体が侵犯の運動のさなかに、侵犯に関する推論的説明に取って代わるときには、もはや意味を持たなくなるのである。が、これは、最高の瞬間があれらの連続して現れていた文章に付け加わるということでもある。ともかく、この深い沈黙の瞬間に——この死の瞬間に——存在の一体性が、体験の激しさにおいて明示される。その激しさのなかで存在の真実は、生からも生の対象からも解き放たれるのである」[37]（バタイユ『エロティシズム』）

バタイユの厳密な二元論によれば、禁止の世界を侵犯し超脱する瞬間、言うところの「体験の決定的な瞬間」においては、言語は消滅し、哲学も消えてゆく。だが、この言葉なき沈黙の瞬間においては「存在の頂点で存在を観照すること」が可能になる。この場合、「存在の頂点」とは個々の人間的存在の限界のことだろう。そしてそこで観照される「存在」とは、世界と人間の根底で荒れ狂っていて、突発的に表面化し形象化するエネルギー流のことだろう。バタイユはこの「存在」をここでは「遊びの世界」と言い換えている。

言語はせいぜいのところ、この世界の入り口を示す程度のことしかできない。言葉による芸術表現つまり詩の言語は、バタイユによれば、言語のなかで最もこの世界に肉迫している入り口である。そして哲学の言語である推論的言語が最もこの世界から遠い入り口とされる。バタイユにとって尖端的な哲学は、この困難をわきまえつつ、論理的な推論および推論的言語を侵犯して遊びの世界へ迫ろうとする試みだ。そしてその哲学は、自らを愚弄しながら否定して、哲学者に、いや哲学者ならざる哲学者、つまり既存の哲学者を脱した「戯画的哲学者」に、「存在」の定めない世界を観照するように誘う。彼の「非‐知の哲学」「逆説的な哲学」とはそのようなものだ。「八〇日間世界一周」のなかでバタイユが肯定的に呈示している哲学、つまり「突飛な表出」に「大きな快感」を覚える哲学も、この一九四〇—五〇年代のバタイユの哲学に近いものと言ってよい。

言語について再確認すれば、「非‐知の哲学」の言語はどれほど侵犯されて混乱をきたしていても、遊びの世界の入り口でしかない。しかしその侵犯の素振りでこの世界を示唆している。パロディ化は、従来、哲学の場にふさわしい表現とみなされたことはなく、その意味で「存在」と

「観照」を問題にした論考「八〇日間世界一周」においてバタイユがパロディ表現を用いたことは「遊びの世界」へ誘う侵犯の素振りだと言える。侵犯の混乱ゆえの難解さは本人も認めるところだ。先ほど引用したこの論考の末尾の表現「わけのわからない奇妙きてれつな論文の署名者」に彼のその自覚が見てとれる。ただしその言い回しは尋常ではなく « le signataire d'un article à coucher dehors » という原文にもパロディ表現が駆使されている。「わけのわからない奇妙きてれつな」という表現 à coucher dehors は、見た目には「戸外で寝る」「外泊する」という原義がすぐに飛び込んでくる表現である。難解さ、奇妙さという意義のパロディ化が表出していて、しかも作者が外部を志向していることが感得されるのである。論考という枠組みのなかで苦吟するバタイユの粘り強い努力だといえよう。もちろんこの場合の外部とは、「遊びの世界」であり、たとえば愚劣このうえないレヴューショー『八〇日間世界一周』の舞台である。それを新たな哲学者、「戯画的哲学者」は観照せよとバタイユは誘っているわけだ。芸術表現にパロディの意義を見出し、これに自らを開く姿勢こそ哲学者に求められるというのである。

論考「八〇日間世界一周」は、哲学のサイドから、荒れ狂う「存在」を「見せる」入り口の試みである。哲学的な表現として「存在」の「観照」の入り口を表わしたバタイユ最初期の試みの一つだとひとまず結論づけておきたい。

(37) *L'Érotisme*, Conclusion, *O.C.,X*, p.269.

第Ⅲ部　『ドキュマン』からの変化

第1章　ゴッホ論のゆくえ

「今こちらはとても輝かしい陽光で、強烈な暑さだ。風がないので、僕の絵の制作にはうってつけさ。この太陽、この光、うまく言い表せないのでただ黄色と言うほかはない。薄い硫黄色、淡いレモン・イエロー、黄金の色。何とこの黄色は美しいのだろう。北国がどんなところかこれまで以上に分かるような気がする。ああ、君がこの南仏の太陽を見て感じる日の来ることを願っているよ。」

（一八八八年八月一二日頃に南仏のアルルで投函され、パリの弟テオに宛てられたゴッホの書簡。批判版ゴッホ書簡全集での番号六五九。原文フランス語）

はじめに

『ドキュマン』時代のバタイユの芸術思想はその後どのように変わっていったのだろうか。バタイユは一九五〇年代にマネ論とラスコー論を出版しており、それらは『ドキュマン』と繋がりを持つ重要な変奏曲と言えるのだが、しかし本書のこの第Ⅲ部ではより直接的なエコーに耳を傾けてみたい。画家としてはゴッホを第1章で取り上げ、第2章では「現代精神」(l'esprit moderne)の概念に注目する。いずれも一九三一年『ドキュマン』第二年次第八号、バタイユが編集長を務めた最後の号で扱われている。

この号に掲載された彼のゴッホ論の題名は「供犠的身体毀損とファン・ゴッホの切り落とされた耳」である。かなり長文の論考だが、核心部分の内容をかいつまんで紹介しておこう。

中心に置かれた題材は、一八八八年一二月にゴッホがアルルで起こした「耳切り事件」である。これをバタイユは、フランス社会学の供犠論、さらに彼自身の「異質学」に拠りながら解釈している。バタイユによれば、人体にしろ人間の共同体にしろ、それを構成する要素は組織のなかで有益な役割を担って同質化しているのだが、供犠とは、その構成要素を、なかでも重要な要素を、当の組織から切り離して異質化し、神々へ捧げる行為にほかならない。その神々も太陽のように、自己供犠を無益に繰り返して異質なものを放出しており、それゆえに信仰の対象になっている。ゴッホが耳を切り落としたのはまさに神々しい自己供犠、供犠的な身体毀損なのだ。しかも彼は異質化したその身体の一部を、アルルの娼家へ封筒に包んで持っていった。これはある意味で通常の供犠以上の供犠だった。つまり多くの場合、供犠は神々からのご利益《りやく》を期待して行われ、神々の放つ異質なもの（陽光、稲妻、雨水など）を農耕などに役立てて社会へ同質化している。この点で供犠は呪術にほかならない。ゴッホは自分の切り落とした耳を、娼家という社会のなかの異質な場へ贈与して、この供犠を、同質化に終結する呪術のサイクルから解き放ち、異質性の方向へ差し向けた。バタイユのゴッホ論はこのような主張で終わっている。

ここで問題になっている「耳の切り落とし」という切断行為をバタイユはさらに「アルテラシオン（変質、変容）」という概念に接続している。人体にきれいに収まっている耳は同質的だが切り落とす行為はこれを異質なものへ「変質」させる。「まったくの他なるもの」へ、「聖なるもの」へ、変容させる。芸術表現の奥義もそこにこそある。重要な箇所なので引用しておこう。神話に語られるプロメテウスの身体毀損（天空の火を盗んだ刑罰として肝臓を鷲《わし》についばまれるようになったこと）をゴッホなど精神錯乱者のそれに関係づけたあと、バタイユはこう論を進めている。

「こうした比較検討を続けていくと、贖罪だとか罪滅ぼしといった目的のために供犠の制度を用いることは、二義的だと見なされるし、人格の根源的なアルテラシオンという基本の事実だけが心にとめられるようになる。この場合のアルテラシオンは、近親者の死、通過儀礼、新たな収穫物の聖食などの集団生活に見られるどのアルテラシオンとも限りなく関係づけられそうである。ともかくも、こうした行為は、異質な要素を解き放つ力、人格の日常の同質性を打ち破る力を持つところに特徴がありそうだ。つまりこうした行為は、嘔吐がそうであるように、一般の食物摂取に対立しているということである。本質的な面で考えてみると、供犠とは、一人の人間なり一個の集団なりに摂取されたものを投棄することにほかならないのだ」（バタイユ「供犠的身体毀損とファン・ゴッホの切り落とされた耳」[1]）

ここで言われる「投棄」と「異質なるもの」の関係は曖昧である。つまりすでに体内なり共同体なりに「異質なもの」として存在しているものを外部に放擲《ほうてき》することが問題になっているのだ

（1） Georges Bataille, «La mutilation sacrificielle et l'oreille coupée de Vincent Van Gogh», Documents, 1931 §(deuxième année), no.8, in *Œuvres Complètes de Georges Bataille, tome I*, Gallimard, 1973, p.269.

ろうか。これは具体的に言えば、体内の異物や大小便を排出すること、社会の不平不満分子の追放や狂人の隔離・疎外に相当する事態だろう。この場合、アルテラシオンは原則、起きていない。もともとの異質性が強まるということはあるかもしれないが、バタイユ自身が言う「根源的なアルテラシオン」は生じていない。ゴッホはどうだったのだろうか。アルルでの「耳切り事件」以前まで、彼はまがりなりにも人格の面で同質的統一性を保ち、社会のなかで暮らすことができていた。彼の人格の内部に収まっていた欲望を弟のテオや一般市民の前であらわに示しても、その表現は、多少とも激しく異様ではあっても、異質なものへのアルテラシオンの度合いはまだ穏やかだったと思われる。彼の絵画もそうだった。少くともある程度は印象派と、とくにシニャックなど後期印象派と軌を一にしていたと言える。しかし「耳切り事件」を契機に彼は一線を超えてしまったのだ。「根源的なアルテラシオン」の段階に入っていったと言い換えてもよい。彼の内部の欲望は外部に叫び声となって放出され異様の度を極め、人間としてもアルルからサン＝レミの精神病院へ投棄されてしまうのである。ではサン＝レミで描かれた絵はどうなっていたのだろうか。狂的な異質物になってしまったのだろうか。たしかに異質化の強度、アルテラシオンの度合いは劇的に高まっている。根源的な変容を遂げている。しかし彼は狂気の発作の合間に、正気のときに、絵画を制作していたのである。回復した正気のなかで狂気のヴィジョンを描いていったのだ。そこには「耳切り事件」以前からの彼の美学のテーマであるプロメテウス的な「贈与」もまた思慮されていた。今や激しさを増す「異質なもの」が絵画とともに意識的に人類に贈与されることになる。この「異質なもの」とは、彼の欲望の写し絵、すなわち太陽の巨大で異様に生々しい光輝なのである。

本章では、このように思索と狂気が混在するサン＝レミ時代のゴッホの絵画制作へ考察を進めたい。ゴッホ自身の書簡、トドロフやボンヌフォワの絵画論を参考にしながら、バタイユの一九三七年の好論「プロメテウスとしてのファン・ゴッホ」へ入っていきたいのだ。『ドキュマン』で語られていたことがどのような展開を見せたのか、明示してみたいのである。

1　ゴッホと太陽の美学

「太陽の人」。「向日葵《ひまわり》の画家」。フィンセント・ファン・ゴッホ（一八五三―九〇）はしばしばそう呼ばれる。

オランダに生まれ育った彼が、自然の光を絵の中に意識的に描くようになるのは、一八八六年三月パリに出てきて印象派の画家たちと交わってからのことだ。

一八七四年の第一回印象派展に展示されたクロード・モネ（一八四〇―一九二六）の《印象、日の出》はこの流派において太陽、陽射し、外光が絵画の重要な要素に浮上したことを告げる象徴的な作品だった。もちろん印象派以前、一八三〇年代からのバルビゾン派の画家たちも、野外制作を通して外光の輝きを意識的に、かつ生き生きと、画布に再現していたし、モネが一八七〇年にロンドンで見たとされるウィリアム・ターナー（一七七五―一八五一）の風景画、そしてターナーに影響を与えたクロード・ロラン（一六〇〇頃―八二）の海港画もまた日没の長い陽射しをみごとに表現している。モネをはじめとする印象派の画家たちはこうした光の美学をさらに繊細に究

図1　ゴッホ《種蒔く人》、1888年6月、アルル時代、オッテルロー、クレラー＝ミュラー美術館

明し実践した。科学的に明らかにされた補色の関係に意識を差し向けたり、「筆触分割」という技法を編み出したりしながら、あるいはまた影や夜景にも光の輝きを見出しながら、新たな光の美学を展開していたのである。

パリに滞在してゴッホはこのような印象派の美学に大いに刺激を受け、また当時パリで関心の的《まと》であった日本の浮世絵からも強烈な色彩表現と大胆な構図を学んで、自身の絵画世界を拡大していった。そしてちょうどパリに出てきてから二年後、彼は意を決して南フランスへ旅立つ。陽光の溢れる世界に入って、よりいっそう生きた光を画布に反映させるためである。じっさい一八八六年二月に始まる彼の南仏アルル時代の絵画では、太陽を燦々《さんさん》と浴びた田園風景が積極的に描かれ、太陽そのものも大きく、くっきりと、画布に登場するようになる（図1）。夜景もまた、ヨハン・ヨンキント（一八一九―九一）やジェームズ・マクニール・ホイスラー（一八三四―一九〇三）などの既存の作品よりもいっそうきらびやかな世界として再現された。星々や街灯、カンテラの灯るカフェ・テラスがひときわ明るく描かれるようになるのである。

この太陽の美学は、ゴッホが精神を病んでアルルを去り、その近郊のサン＝レミの病院に移るに応じて、いっそう激越な調子を帯びだした。一八八九年五月からのサン＝レミ時代の彼の絵画では、麦畑、山並み、オリーブの樹木、糸杉、そして大気が、こうこうと照りつける太陽のもとで、まるでその熱に動かされたかのごとく不気味に褶曲し、巨大なうねりを体現しだす。夜景でも月や星が、太陽のように大きく輝いて、世界全体を渦のなかへ巻き込む。

こうした作品を単に狂者の絵とみなしてゴッホの精神の異常性に還元する解釈もあるが、しかし人間と世界の奥深い面を何がしか伝える本質的な表現とみなすこともできる。じっさい精神病院にあっても彼の絵画制作は、発作のさなかではなく、明澄な意識が回復したなかで、行われていた。ただし描き出された絵画世界には、発作時に見た幻影の記憶や狂気の世界の到来を恐れる不安が多分に反映されているのだが。

古代ギリシア・ローマの理性主義的な自然観、すなわち自然の根底を理性的な秩序とみなす自然観が、イタリア・ルネサンス時代の文化人に重要視され、その後の古典主義文化へ継承されて、世界観の主流として一九世紀の西欧へ至るのだが、しかしその一九世紀にはまたショーペンハウアーやニーチェの著作に語られるように人間と世界の深層を理性では説明できない生の動きとみなす捉え方も出てくるのである。やがてフロイトやシュルレアリストへ継承されて二〇世紀のフランス現代思想の重要な世界観になっていくのだが、ともかくも、そのような非理性主義的な世界観に立つとき、ゴッホの絵画はその貴重な証言とみなすことができる。

本章ではバタイユの発言、さらに二一世紀に入って重要な画家論（ゴッホ論ではなくゴヤ論だが）を上梓したフランスの思想家トドロフとボンヌフォワの言葉にも典拠して、ゴッホと太陽の関わりを考えていきたい。ゴッホのとくにアルル時代からサン＝レミ時代の美意識の変化を追いかけて、彼の太陽の美学が、そして何よりも彼自身が、一段とアルテラシオンの度を深めていく様を明らかにしたいのだ。

2　表現空間と二つの極――トドロフとともに

フランス現代思想は、絵画を単に図像表現と見ずに、思考の表現ともみなす。言葉による思考の表明だけが思想表現ではないとする立場を取る。

近代的な捉え方では、思想の表現は言葉による表現に限定されていた。その意味で哲学は言語による思想表現の筆頭に位置づけられてきた。と同時に、図像表現は思想の表現とはみなされてこなかった。絵画は第一に「感じる」ということの表明であって、「考える」ということの表明とはされず、画家は思想家とは扱われてこなかった。

フランス現代思想は言語化しうる思考だけを思考だとはみなさない。合理的に言語で表明できない思考もあると捉えていく。図像によってしか表明できない「考え」もまたあるという観点に立っている。その「考え」は、哲学の場合のように人間や世界に対する根源的な考察であるにもかかわらず、いやそれゆえに、その深い根源性ゆえに、理性的な哲学の言説に適合せず、図像によって表明されるしかないと見ているのである。この観点からフランス現代思想は「考える」ということの視界を広げていった。ツヴェタン・トドロフ（一九三九―二〇一四）もこうした立場に立つフランス現代思想の担い手である。彼の晩年の画家論『ゴヤ、啓蒙の光の影で』（二〇一一年）にはそうした見方が次のように述べられている。

「しかしそれはどのような思考なのだろうか。ここでは、人々共通の広大な空間のなかにいくつも立場を識別しておく必要がある。この空間の一方の極には、理論家が人間の実存の一面を抽象的な用語で明確に述べる省察の表現がある。情念とか行動、個人とか社会、道徳とか政治を語った言説だ。まちがいなくゴヤはこのような言説の一つも実行したことはない。反対側の極にあるのは、図像が明示するものである。それは、言語表現が捉えることのできないものなのだ。言葉を必要とせず、それでいて我々の根源的な欲動と密接に関わる感覚的実感なのである。その欲動とは、生を保っておきたいとする欲動、食べ物を吸収し変形したいという欲動、呼吸の欲動、自分の延命を気遣う欲動である。要するにこの極にあるのは、イヴ・ボンヌフォワがゴヤ論のなかで《形象的思考》と呼んでいるもののすべてなのである。おそらく、詩人たちは、このような絵画にときたま具現される世界の根本的な把握と同じものを言語によって制作することができるのだろう。だが私について言えば、そのように詩によってゴヤに張り合えるような才能はない。ゴヤの思考のこの面を知るためには、批評家の注釈を読むよりは、この画家の図像を、あるいは少なくともその再製を、見るほうがいい」（ツヴェタン・トドロフ『啓蒙の光の影で』[2]）

トドロフが言わんとするところをパラフレーズしておこう。我々が目にする表現物の空間は二つの極のあいだに広がっている。一方の極（こちらを右極としておこう）には「情念」や「行動」、

（2）　Tzvetan Todorov, *Goya à l'ombre des lumières*, Flammarion, 2011, p.11-12.

「個人」や「社会」、「道徳」や「政治」といった抽象的で大きな視点の言葉を弄する理論家の言説がある。その最右翼が哲学者の言説だ。他方の極（こちらが左極になる）には図像表現があり、これは画家が得意とするところである。人間の根本的な欲動によって感覚され把握されたこの世界と人間の実存が図像として表現される。これを可能にする思考こそイヴ・ボンヌフォワ（一九二三―二〇一六）の言う「形象的思考」なのだとトドロフは言う。詩人のボンヌフォワをうやまってか、詩人は感覚的イメージを駆使してこの思考を表明できるのだろうとトドロフは示唆して、謙虚に自分にはその才能がないと引き下がる。

フランシスコ・デ・ゴヤ（一七四六―一八二八）はスペインの激動の時代を生きた画家である。フランスとの戦争や内戦の惨禍を通して、言葉では言い表せない凄惨な光景を目にし、図像に表した。思想としてはフランス伝来の啓蒙思想に接近したが、抽象的な言葉で理論書を発表したことはなかった。しかしそれでも書き言葉を残さなかったわけではなく、自分が制作した版画に「銘文」（フランス語で言う légende で、「詞書き」とも訳されるが、図像に添えられた説明文、キャプションのこと）を付けて出版したり、美術アカデミーに絵画制作に関する意見書を提出したり、書簡で友人と美術談義をしたり、絵画に関する言説はある。表現空間のなかで彼は書き言葉による表現者の立場にも立っていたのだ。しかし同時に、いやとりわけ大病を転機に後半生においては、言葉では表現できない世界へ深く入っていった。

ゴヤの重要な転機とは、一七九二年の末、四六歳のときに、大病を患って聴力を完全に失ったことに発する。これにより他者との対話が成立しなくなったばかりか、外界の音がいっさい彼の精神の内に入ってこなくなってしまった。音の次元で彼は外界から遮断されてしまった。牢獄のように閉ざされた世界の人になったのである。それに応じて彼の精神は、満たされない欲望がいくつも度を超えて溢れだしたり、不安感がそれまで以上に募ったりして、平静を失うことになる。ゴヤはそのことで狂人になりはしなかったが、自分のなかに狂気の萌芽と増長を見出すことになる。そしてその狂気が、周囲の社会不安と混乱、つまり兵士や民衆が行う拷問や殺害、魔女の夜宴のような異様な信仰行事と何がしか通底することを見てとっていた。彼は宮廷画家でありながら、私的な絵画制作にも旺盛な意欲を持っていたが、まさに後者の制作を通して、内部と外部の狂気の呼応を図像に表していった。理性的な言葉による思考とは別の思考、ボンヌフォワの言う「形象的思考」がこれを可能にしたのだ。

ただしトドロフはボンヌフォワと同じことを反復しているわけではない。精神の内面で展開される「形象的思考」に特化してゴヤの作品、とくに晩年の《黒い絵》を理解していくボンヌフォ

(3) ボンヌフォワの語る「形象的思考」についてはこのあと本文で扱うが、内面性を重視する彼の姿勢に関して、以下に彼の言葉を引用しておく。歴史上の出来事や伝記上の事実など外面的な事柄を作品の真のモチーフとはみなさないところに特徴がある。
「ゴヤの作品は、彼の社会の事実から説明できないし、彼の人生の事実からさえも、説明できない。彼がフランス革命の「恐怖政治」の黎明期にパリで起きた一七九三年九月の大虐殺のような事件に衝撃を受けたことや、不吉とは言わないまでも暗鬱な情念の力に動かされたカーニバルや巡礼を注視していたことを示唆するのは正当ではあるが、しかし彼の経験を追体験するために――むろんそれが可能だとしての話だが――ただち赴くべきなのは、自己との彼の関係のきわめて深い次元、語られないままだった次元なのである。そしてこのことの帰結は否定しようのないことなのだが、それは、もしも人が自分自身、この道しるべのほとんどない地帯、表面的な因果律の図式など考慮すべきではないこの地帯に分け入ろうとしないのならば、当時西欧が経験しつつあったこの大きな危機のなかでゴヤが果たした貢献が何であったか理解するのを断念せざるをえなくなるということなのである」(イヴ・ボンヌフォワ『ゴヤ　黒い絵』)(Yves Bonnefoy, *Goya, les peintures noires*, Bordeaux, William Blake & co. éd., 2006, p.11)

ワ[3]に対して、トドロフは抽象的な言葉と「形象的思考」の両極のあいだの表現空間を重視してゴヤの姿を描き出している。歴史上の出来事、人生上の事件など外的な事柄に対するゴヤの対応をも念頭に入れて、彼の思考を幅広く捉えていく。[4]

しかしここではもう少し詳しくボンヌフォワの「形象的思考」を追いかけてみよう。

3 「形象的思考」――ボンヌフォワとともに

イヴ・ボンヌフォワはフランス現代詩人の巨星であり、すぐれた美術評論家でもあった。哲学にも造詣が深くイメージ論ではフランス現代思想の一角を担っている。トドロフのゴヤ論に先立つこと五年、ボンヌフォワの絵画論『ゴヤ　黒い絵』（二〇〇六年）の「まえがき」には新たな思考の世界を開く次のような言葉が語られている。

「世界内存在は、結局のところ、言葉、あるがままの言葉が、理解することができると主張しているもの以上のもの、それとは別のものなのである。というのも言葉はどれも対象を一般化してしまい、言葉自体が概念になってしまうからなのだ。言葉はそうして、あの直接的なもの、あの豊かなもの、つまり実存が貪り食べて摂取していかねばならないあの有限性とのつながりを失っていくのである。その一方で、言葉によるあれら幻影の表現の下層にある真実へ接近することは偉大な芸術家たちによってなされる。とりわけ事物を注視する画家たちによってなされる。ただしこれはもっぱら、彼らの探求が外界の与件に情熱的に差し向けられてのことなのだ。一種の直観と言ってもいい。全身集中したなかから立ち上がって来て、外界の対象に向かい、対象のなかに佇《たたず》み、対象を自分の表現の手段に変えていく直観である。この直観の意識は言語の下位に位置しているのだが、そのまま、言語に染まらずに自分を展開させることができる。というのも、この意識は、自分を具体的に表すための手段、すなわち言語に先立つ思考の手段を手に入れているからである。この思考の手段とは、たとえば、類推《アナロジー》とか、換喩《メトニミー》による記憶作用とか、視線の脅威のように経験的局面を指し示す外見に注意を差し向ける能力など

（4）　トドロフのゴヤ論は二〇一一年の出版であり、五年前に出版されたボンヌフォワのゴヤ論を尊重しつつも違う地平へ読者を導く。トドロフはナポレオンのスペイン侵略戦争やゴヤの陥った病気など歴史的・伝記的事実がゴヤに与えた影響を重視しているし、また彼の書き残した言葉も絵画表現の証言として重視している。もちろん外的事柄だけで彼の絵画が説明できるとは考えていないし、文字による説明も直線的に図像を説明しているとは受け取っていない。表現空間に関するトドロフの次の発言はそのうえでなされている。幅のある見方であり、傾聴に値する。「しかしながら、この二極、すなわち理論的言説という極と生の前言語的感覚という極のあいだには、この二極とつながりを持ち、かつこの二極に還元されることのない広大な領域がある。これは中間的な地帯であり、言説、図像を包摂している。いやそれだけでなく、テクストが書かれ、絵画が制作され、図像が描かれる歴史的・社会的環境をも包摂している。この空間の存在があるからこそ、我々は、たとえば、一五世紀の西洋絵画が、この時代の文学や哲学がまだあずかり知らなかった個人という存在を発見しこの存在に価値を与えるという新たな思想を生み出したと言えるのである。じっさい哲学と文学が個人の存在を発見するのはそれから一〇〇年あるいは二〇〇年たってからのことなのだ。結局、こうしたことのおかげで人は、言葉によっても図像によってもこの思想に参入することができる。さらにまた、いやこう言うべきだったかもしれないのだが、我々が伝記と呼んでいるものを形成している一人の人間の意欲的な行為と余儀なくされた行為の連鎖によっても参入できるのだ。この研究書の枠組みを構成しているのは、世界に関する多様な知覚表現と解釈物のあいだに広がる空間なのである。ゴヤの生涯と作品は、何の抵抗もなく、この空間に組み込まれる。そう言ってよい」（Tzvetan Todorov, *Goya à l'ombre des lumières*, *op.cit.*, p.12.）

である。このような方向へ探求を差し向けることによって、精神は、記憶を適正に写す様々な表記法のなかで目覚めて、自分の条件を、とりわけ自分の矛盾、おそらくは乗り越えがたいその矛盾を、しっかり見定めるようになるのである。これが形象的思考というものなのだ。」(イヴ・ボンヌフォワ『ゴヤ　黒い絵』(5))

この文章もわかりやすくパラフレーズしておこう。我々は何らかの世界のなかで生きる「世界内存在」なのだが、その世界のなかにある存在は我々も含めてどれも生まれては滅んでいく有限なものである。我々が五感で知覚し摂取に励む、そうした「直接的なもの」は、個々別々に生を充溢させる「豊かなもの」なのだが、その生は永遠ではなく限りがある。言語、とりわけ書き言葉は、この有限なものを表現すると、二つの点で、裏切りを犯してしまう。一つは、生き生きした個性を反映できず、普遍的で抽象的な概念になってしまうという点だ。「樹木」と発語したとき、眼前の窓辺の金木犀《きんもくせい》と乖離した抽象的で普遍的な概念が立ち上がってしまう。「この金木犀」と言ったところでことは同じで、今しも小さな花弁を無数につけて甘い香りを放ちだした金木犀とはかけ離れた、独立の単体が出現するだけなのだ。もう一つの裏切りは今の点と関係しているが、書き言葉は、時間軸で見た場合、有限ではなくなり、いつまでも残ってしまうということだ。やがては消えていく窓辺の金木犀の香り、その時間上の変化は、書き言葉には反映されない。「消えていく香り」と記しても、消えていくその具体的な様はこの言葉から伺えない。この二つの裏切りを要約するならば、言葉は「世界内存在」である私が発しているというのに、空間の面でも、時間の面でも、この世界から超脱していくということだ。

ならば絵画はどうなのか。今のこの空間で固有の香りを放つ金木犀の在り様を伝えることはできないし、その香りの変化も伝えられない。その絵は空間においても時間においてもこの世界を超えていってしまうかのようだ。じっさい、ここことは別のところに展示される可能性があるし、また別の時代の人間が鑑賞することもできるだろう。

だが絵画は言葉と同じではない。まったく違う面もまた持つ。「形象的思考」(pensée figurale)は言葉による思考とは逆の方向をめざしもする。ボンヌフォワは「形象的思考」が用いる手段として「類推《アナロジー》とか、換喩《メトニミー》による記憶作用とか、視線の脅威のように経験的局面を指し示す外見に注意を差し向ける能力」をあげているが、これらは結局のところ「暗示」という非論理的な指示作用を本質にしている。詩の表現、たとえば「古池や蛙《かわず》飛び込む水の音」という俳句を読んだ場合、「水の音」は音を明示するとともに、まったく逆に古池とその周辺の静けさを暗示している。「音」という言葉を論理的に理解したならばありえない指示作用なのだが、これが通用するのは我々が何がしかこの音と静けさの矛盾した関係を経験しているからなのだ。その経験は、たしかに江戸時代に古池のそばで芭蕉が得た体験とそっくり同じではないかもしれない。しかし我々は、芭蕉の感性が触れた夏の古池の気配とどこか通じる気配を体感し、記憶の底に意識しないまま息づかせている。詩人、そして画家の表現は、一人一人の人間がその心の底に存続させる体験の層へ向かう。彼らは、暗示の作用に思考を巡らせ、暗示的な「形象」(イメージ)を作り上げ、一人一人をその根源の層に、個別的でありながら共通性を持つその層に、向かわせる。

(5) Bonnefoy, *Goya, les peintures noires*, *op.cit.*, p.12.

4 「暗示的色彩」

ゴッホにとっては太陽が暗示的な形象だった。太陽だけではない。南仏に下ったゴッホの絵画においては、向日葵も、黄金色の小麦畑も、夜空の星も、夜のカフェ・テラスのカンテラも、光の形象物でありながら、形象になりえないものを、目には見えないものを、指し示していた。ここに当時の象徴主義の影響を見ることができるが、ゴッホの「形象的思考」はそれより一段と深いところに発していた。すでにアルル時代においてそうだったが、サン＝レミ時代に入ると、彼のその思考はよりいっそう深い生の水脈に発するようになる。

じっさい当時の象徴主義はゴッホの道行きとは逆の方向性を示していた。一八八〇年代後半から世紀末にかけてパリを中心に隆盛した象徴主義において重視されていたのは、図像などの可感的な（感覚で察知しうる）「形態」が超越的で可知的な（感覚では捉えられない）「観念」を指し示すという方向であった。その基軸は、プラトンの「イデア」、キリスト教の「神」を志向する西洋伝来の観念主義である。ただし新プラトン主義のように、この地上の感覚界・物質界の事物がすでに「イデア」を何がしか分有しており、プラトンのように「イデア」との分断あるいは根元的な差異を強調していない点、そしてキリスト教の神秘主義や汎神論のように「神」を、神秘的で可感的ですらある「観念」と捉えていた曖昧さにこの当時の象徴主義の特徴があるのだが(6)。

対してゴッホはゴッホで、「観念主義」やキリスト教から完全に離脱していたわけではない。プロテスタントの牧師であった父親との確執、ゾラの自然主義文学など世俗化を志向する科学主義的・進歩主義的文化潮流の影響で彼がこれら観念的傾向から離れていくのは事実なのだが、しかしオランダ時代に宗教的な家庭環境で体得し、青年時の神学の勉強で培った観念的な見方は、パリ時代、さらにアルル時代においても残存していた。
たとえば彼のジャポニスム（日本趣味）である。浮世絵など日本の表現物への嗜好が高じて、日本を光の国と観念化し、アルルを日本とみなしたりするのだ。(7) しかしまた日本の図像に関する彼の発言には深いものがある。先ほどのトドロフの表現空間で言えば、彼の書簡にある日本論は右極の理論的言説、それも宗教哲学者はだしの言説なのであるが、しかし日本人の「形象的思考」への鋭い洞察が見られる。形象の源へ遡る考察だ。

「日本の芸術を研究すると、異論の余地なく賢明で、哲学者風で、知的な人物に出会う。彼は何をして時を過ごすのか。地球と月のあいだの距離を研究してか、いや違う。ビスマルクの政治を研究してか、とんでもない。彼が研究するのはたった一茎の草だ。

(6) 一八八六年三月にパリに出てきたゴッホの眼前には、印象派を上回る広汎な文化運動として、ボードレール以来の象徴主義が隆盛していた。ジャン・モレアスの「象徴主義宣言」が『フィガロ』紙に発表されるのは一八八六年九月一八日のことである。そこにある象徴主義の定義を以下に引用しておく。
「象徴的ポエジーは、教育、声明、見せかけの感性、客観的描写に敵対し、「観念」に感覚可能な形態をまとわせようと努める。ただしこの感覚可能な形態は、それ自身を目的にしておらず、また「観念」を表現することに役立ちながら、その臣下であり続ける。「観念」の方もまた、外的なアナロジー表現の豪華な長衣を奪われるがままにはならないはずなのである。というのも、象徴芸術の本質的な性格は、「観念」が「観念」自身に収斂するところにまでは断じて行かないという点にあるのだから。かくしてこの芸術において、自然を描いた絵画作品も、人間の活動も、具体的な現象のすべても、自分自身の表明にはなりえないのである。これらはまさに、感覚可能な仮象なのであり、第一に重要な諸「観念」との秘教的な親密さを再現するのに差し向けられているのである」（Jean Moréas, «Le Symbolisme», paru dans *Le Figaro*, le samedi 18 septembre 1886, Supplément littéraire, p.1-2.）

しかし、この一茎の草がやがては彼にすべての植物を、ついで四季を、風景の大いなる景観を、最後に動物、そして人物像を素描させることになる。彼はこうして自分の人生を送っているわけだが、すべてをするには人生はあまりに短い。

だがともかくこれこそ、つまりこんなにも素朴で、まるで自分自身が花であるかのように自然のなかに生きるこれらの日本人が我々に教えてくれることこそ、もうほとんど新しい宗教な

図２　作者不詳、稲穂の習作、『芸術の日本』創刊号、1888 年５月

図３　河村文鳳 (1779-1821)《なでしこ》、1800 年頃、『芸術の日本』創刊号、1888 年５月

のではあるまいか。

もっと大いに陽気になり、もっと幸福になり、因襲の世界での我々の教育や仕事に逆らって自分たちを自然へ立ち返らせることをせずに、日本の芸術を研究することはできない。僕にはそう思える」（一八八八年九月二三日あるいは二四日付けのテオ宛の書簡、批判版ゴッホ書簡集では六八六番の書簡[8]）

ゴッホがここで念頭に置いているのは、サミュエル・ビング（一八三八―一九〇五）の編集による月刊誌『芸術の日本』の創刊号（一八八八年五月）に掲載された江戸時代の日本画、すなわち作者不詳の稲穂の習作（図2）や、河村文鳳（一七七九―一八二一）の《なでしこ》（図3）であろう。ゴッホはここから日本人の「形象的思考」を読み取る。自然界全体の奥深い層を一茎の草の図像

（7）日本の理想化についてはゴッホの次の二つの書簡の言葉を紹介しておく。「君に手紙を書くと約束したので、僕はこんな言葉で始めることにする。この地方は、大気の透明さと鮮やか色彩の効果のために、日本と同じように美しく見えるという、と」（一八八八年三月一八日付けの友人エミール・ベルナール宛の書簡、批判版ゴッホ書簡集では五八七番の書簡；Vincent van Gogh, *Les Lettres, volume 4*, édition critique complète illustrée, Actes Sud, 2009, p.28）「僕に関して言えば、ここに来て日本の美術品を必要にしていない。この地で僕は日本にいる、そう思っているからさ」（一八八八年九月九日頃付けの妹のヴィルミエン宛の書簡、批判版ゴッホ書簡集では六七八番の書簡、強調はゴッホ自身；ibid., p.263）
またゴッホがアルル時代に太陽を神格化していたことについては彼の次の言葉が参考になる。「ああ、この地の太陽を信じない人々は不信心者なのだ」（一八八八年八月一八日付けのテオ宛の書簡、批判版ゴッホ書簡集では六六三番の書簡；*ibid.*, p.239）
（8）*Ibid.*, p.282.

図４　ゴッホ《夜のカフェ》、1888年９月、アルル時代、ニュー・ヘヴン、エール大学美術館

によって暗示させる思考である。この奥深い層はまた、彼によれば宗教の本質である。それは、因習の軛《くびき》から人を解き放って、陽気な気分にさせる。ニーチェに言わせれば、キリスト教の神が死んで見えてくる状況、「善悪の彼岸」の眺めのことだろう。キリスト教が隠蔽し、近代西欧も人間中心主義的な道徳律で包み隠してきた広大で自由な生の在り様のことである。アルルのゴッホはキリスト教神に構わず、これに触れようとしていた。

「ああ、弟よ、僕はときどき自分の欲していることがよく分かるときがある。僕は、人生においても絵画においても、神様なしでやっていける。しかし苦悩するこの僕は、僕自身よりも大きな何ものか、僕の生であり創造する力である何ものかなしにはやっていけない」（一八八八年九月三日付けのテオ宛の書簡、批判版ゴッホ書簡集では六七三番の書簡）(9)

キリスト教神ではなく、ゴッホ自身よりも大きく、それでいて彼自身の生であり、創造の力である何ものか。道徳の因習の彼方にあってそれ自体陽気で、人を陽気にさせる広大な何ものか。それをアルルのゴッホは思索して、言うところの「暗示的色彩（couleur suggestive）」(10)で表現していった。この場合の色彩とはとりわけ黄色を指す。太陽の光の色である。ゴッホは「陽気な（gai）」

「陽気さ（gaieté）」というフランス語の形容詞と名詞が「鮮やかな」（「明るい」）、「鮮やかさ」（「明るさ」）という色彩に関わる意味をも持つことに意識的であった。つまり陽光のように鮮やかな黄色が世界の広大にして陽気な生を暗示すると思索を巡らし、作品を制作していたのである。強烈な黄色を使用することでこの世界の根源的な自由を表現しようとしていたのである。

その例として一八八八年九月にアルルで制作された《夜のカフェ》（図4）をあげておこう。深夜のカフェの室内を描いた絵である。緑色の天井からこうこうと黄色の照明が灯り、床板の黄色と呼応して全体の雰囲気を作り上げている。深紅の壁の際には酔いつぶれた男、酒瓶を前にだらしなく体を寄せあって座る男女、そして中央にはビリヤードの台の横に人相の悪い白スーツの店主が立つ。色彩のコントラストは、どぎつく、激しい。ゴッホの説明を引用しておく。

「夜のカフェの絵で僕は、カフェが、人が身を破滅させかねない場所、つまり狂人になった

（9） *Ibid.*, p.253.

（10） この頃のゴッホは「暗示的色彩」という言葉を意識的に用いている。次の二通の書簡の一節を紹介しておく。「のちにこうした探求をもっと推し進めることになったときには、種撒く人の絵はつねにこの種の最初の試みになるだろう。夜のカフェの絵は、種蒔く人を継承しているし、老農夫の肖像画も、さらには詩人の肖像画も完成に至ったら、種蒔く人を継承していることになる。これは、だまし絵の写実的見地に立てば、部分的には本物に忠実でない色彩ということになるのだが、しかし何らかの感動の、気質の熱さの、暗示的色彩なのだ」（一八八八年九月八日付けのテオ宛の書簡、批判版ゴッホ書簡集では六七六番の書簡；*ibid.*, p.260）「僕以前に誰かが暗示的色彩という言葉を語ったかどうか、僕には分からない。けれどもドラクロワとモンティセッリはこの言葉を語りはしなかったが、じっさいに行っていた」（一八八八年九月一八日付けのテオ宛の書簡、批判版ゴッホ書簡集では六八三番の書簡；*ibid.*, p.276）

り、罪を犯したりしかねない場所であることを描こうとした。結局僕は、柔らかなバラ色と、血そしてワインの澱の赤色とのコントラストや、ルイ一五世風かつヴェロネーゼ風のソフトな緑と、どぎつい黄緑・青緑とのコントラストで描こうとした。

これらはすべて、淡い硫黄色の地獄の業火の雰囲気のなかにある。

居酒屋の暗き淵の力のようなものを描くこと。

ただしこれをすべて、日本の陽気さの外見とタルタラン（アフフォンス・ドーデの小説『陽気なタルタラン』などに登場する英雄）の人の良さのもとで描くこと」（一八八八年九月九日付けのテオ宛の書簡、批判版ゴッホ書簡集では六七七番の書簡）[11]

キリスト教以来の社会道徳からすれば、深夜のカフェの雰囲気は、人間が転落していく悪徳の世界、地獄の業火の世界である。しかし今やゴッホは、そのような道徳的視点からこうした世界を悪だと裁いてはいない。黄色で全体をまとめあげて、日本の陽気さの視点、つまり道徳律に縛られない自由な生の視点で描きあげようとしている。

5 「精神の地下聖堂」

だが世界のこの自由な陽気さは恐ろしい。

我々の肉体は肉・血・骨という物質からなっており、外部から食物、水、大気、そして光といった物質を取り入れて、その廃物をまた外に出している。我々は外部の物質的世界と陸続きの存在なのだ。この物質的世界がゴッホの内部において陽気に荒れ狂って彼の精神を滅ぼしにかかった。

一八八八年一二月、画家ゴーギャンとの精神的葛藤からゴッホは精神に失調をきたし、自分の左の耳たぶを切り落とす事件、いわゆる「耳切り事件」を起こす。以後、断続的に発作に見舞われ、アルルの精神病院で入退院を繰り返す。そして彼のことを不気味がって市外退去を求めるアルル市民の請願署名の動きをゴッホは清《いさぎよ》く受け止めて、三〇キロ離れたサン＝レミの精神病院へ赴くのである。

ゴヤは、聴覚を失って、音のない閉域の人になったが、ゴッホは実際に精神病院という閉域に入り、狂気と隣り合わせの精神生活を送ることになる。ここでもう一度ボンヌフォワのゴヤ論に拠って、ゴッホの意識が降りていった次元を考えてみることにしよう。

「どうにも疑うことのできないことなのだが、詩や美術の偉大な作品においては、創作動機の本質、つまり創作意義の本質は、次のような次元で、つまり世界内存在の根本的な与件が日常の実存生活の自明とされる事柄から解放されて、この事柄の最も執拗な制約でさえをも疑問視するようになる、そんな次元で、息づいているのである。この次元は、歴史が形成される次元でもある。というのも、決定的なときに歴史に影響を与える大事件は、それ自体、深い性格

(11)　*Ibid.*, p.262.

図5　フランス、サント、サンチュトロープ教会の地下聖堂、11 世紀末 、筆者撮影

図6　サント、サンチュトロープ教会の地下聖堂地下聖堂内の人面彫刻、筆者撮影

のものだからだ。その深い性格とはたとえば「神的なものの退隠」（神の死）である。これは、ゴヤの時代に、革命の隆盛と数々の反動をもたらした、より正確に言えば、これらに付随していたのだが、しかしそれでも人を精神の地下聖堂に引きとどめる。哲学者も、詩人さえもがうまく表現できない欲動、渇望、予感だけが動機となっている精神の地下聖堂である」（ボンヌフォワ『ゴヤ　黒い絵』[12]）

ボンヌフォワは、ゴヤを取り巻く歴史的事件もこの画家の人生上の出来事も、絵の制作の真の動機ではないという強い立場に立つが、ゴヤの降り立った次元こそ逆に歴史を動かす根源的な要因なのだとする指摘は注目に値する。歴史が人間の理性の所産によって進展することは、科学技術の発展を見ても、政治制度の構築を見ても、ある程度頷ける。しかし歴史、とりわけ人間の精神に関係する歴史は「精神の地下聖堂」の影響を多分に受けている。一個の教会堂において地下聖堂（図5）は年代的に最古層であり、地下の土、岩、水、湿気等々の物資的条件に貫かれ、装飾も不可解な人面や異様な葉模様、人・動物・植物の混成したグロテスク図像などがふんだんに柱頭に施されている（図6）が、人間の識閾下に広がる地下聖堂の方も、理性では制御も方向付けもできない情念、欲望、衝動が蠢《うごめ》いており、しかもそれが人類史において「神の死」をもたらしたり、理不尽な残虐行為を招来させたりしているのである。

ゴッホはゴヤの版画や油絵をじっさいに見ており、このスペインの画家による「精神の地下聖

（12） Yves Bonnefoy, *Goya, les peintures noires, op.cit.*, p.11.

図7　ゴヤ《Nada(無)》、1810年代の制作、版画集『戦争の災禍』(遺作)第69番

堂」の先駆的発見に敬意を表していた。輪郭線と形態を重視する古典主義の「線の美学」を離れて「色彩の美学」に向かったというだけでなく、人と世界の闇の世界に覚醒していたという点で尊敬の対象だったのである。もちろんその闇の世界は心地よいはずはなく、ゴッホも躊躇していた。オランダ、ハーグ時代の書簡には、大胆な画風で知られる画家たちとの対比で、こうゴヤへの賛意が述べられている。

「しかし結局僕は、リベーラを模倣しようとは思わないし、とりわけサルバトール・ローザは模倣したくない。ドゥカンも好きになれない。彼らの絵の前に立つと気分が悪くなるし、なにか不足感や喪失感を覚えずにはいられなくなる。だからむしろゴヤやガヴァルニの方がいい。二人とも《Nada》(無)と言っているけれども。至高の言葉として??《Nada》は、まさしく、ソロモン王が語る言葉「空虚のなかの空虚、すべては空虚」〔旧約聖書の諸書「伝道の書」第一章第二節〕と同じ意味を持っているように僕には思える。だがこういった思想を脳裏に抱いて寝るのは、まさに悪夢に身を捧げるということだ」(一八八二年三月二〇日付けのテオ宛の書簡、批判版ゴッホ書簡集では二一二番の書簡(13))

ハーグ時代のゴッホはすでに、壮大な画風の先人画家がこけおどしに見える地点に立っていた。その彼からすれば、ゴヤの《Nada》の方が無という世界の原理を表していて好ましい[14]。ただしこの世のいっさいが無に帰すとするこの思想に同道するならば、悪夢に見舞われること必定である。そこまで行くのは、できれば避けたいというのがこの頃のゴッホの本音だろう。だがサン＝レミ時代のゴッホは、選択の余地なく狂気に陥り、ゴヤがこの題の版画で描いたような悪夢の世界へ入っていった。ゴヤ晩年の版画集『戦争の災禍』に収められた衝撃的な作品である（図7）。半ば白骨化した遺体が砂のなかに埋もれるように横たわりペンで紙に Nada と綴る図である。背後には妖怪が笑いながら跋扈《ばっこ》している。

6　《種蒔く人》と《麦刈る人》

サン＝レミ時代のゴッホは、精神の解体を生きつつあったにも関わらず、死をもたらす大自然の恐ろしい陽気さを拒みはしなかった。さすがにアルル時代のように幸福感や希望を抱くことはなくなるが、しかし天上の神に救済を祈願することも、ペシミズムに沈むこともなく、自由気ままに死をもたらす自然界をあるがまま肯定していくのである。病室の格子窓から眺められる風景

（13）　Vincent van Gogh, *Les Lettres, op.cit., volume 2*, p.44.
（14）　ポール・ガヴァルニ（一八〇四―一八六六）はフランスの版画家、水彩画家。批判ゴッホ書簡集の編者によれば、ここでゴッホはゴンクール兄弟の評論『ガヴァルニ、人と作品』に依拠している。

図８　ゴッホ《麦刈る人》、1889年9月、サン゠レミ時代、アムステルダム、国立ファン・ゴッホ美術館

をもとにした作品《麦刈る人》（図8）に関する彼の書簡の言葉は感動的ですらある。

「僕は今、絵を描くのに疲れた合間に少しずつこの手紙を書いている。絵の仕事はまずまずうまく行っている。体調を崩す数日前に取りかかった画布と格闘しているところだ。鎌で麦を刈り取る男。この習作は、全面黄色で、ものすごく厚ぼったく塗られている。しかし題材は美しくてシンプルだ。僕はこの麦刈る人のなかに見出した。自分の仕事を全うするためにまるで悪魔のようになって、灼熱の畑の真ん中で奮闘している漠然とした人物のなかに。そう僕は彼のなかに死のイメージを見出したんだ。人類はやがて刈り取られる麦のようなものだという意味でね。その点でこの絵は、以前僕が試みた種蒔く人の絵と正反対だと言えるかもしれない。だがこの死のなかに悲しげなものは何もない。すべては光の只中で、太陽とともに、進行している。繊細な黄金色で洪水のようにすべてを満たす太陽とともに。僕は、こんなふうに今、蘇っている。諦めはしない。新たな画布に向かって、また探求を始めている。ああ、自分の前に新たにまた明澄な期間が開かれている。そう思いたい」（一八八九年九月五日と六日付けのテオ宛の書簡、批判版ゴッホ書簡集では八〇〇番の書簡）(15)

アルル時代のゴッホは、人が身を滅ぼしかねない夜のカフェの室内を、キリスト教道徳によって悪徳の世界と断罪したりせずに、もっと大きな視点に立って描いていた。その視点とは、地上の世界の自由気ままさの視点であり、ゴッホはこれを黄色によって暗示していた。サン＝レミ時代のゴッホもこの大きな世界観を堅持している。彼自身が破滅しつつあるというのに、なおも陽気さの視点に立ち、画面を黄色で厚塗りする。

アルル時代に描かれた《種蒔く人》はゴッホが「暗示的色彩」を意識的に駆使した最初の作品であった[16]。そこで暗示される世界の陽気さとは、自然界の気ままさの生産的な面、つまり小麦の種が成長して実を結ぶという人間にとって良き面である。これに対してサン＝レミ時代の《麦刈る人》では人間にとっては良からぬ面、自由気ままに人を滅ぼす恐ろしい陽気さが、厚ぼったく黄色で暗示されている。《麦刈る人》は《種蒔く人》とは正反対の世界の面が表現されているのだが、ゴッホは双方の面の根底の次元に目を向けて、この両面を肯定している。彼自身、滅んでいく身でありながら、なおも世界の自由を肯定している。それだけではない。たとえ種が実を結ばなくとも、つまり彼の絵画が誰にも理解されず、この世から葬り去られても、何らかの経路で、世界のおおらかさを思索し形象化する彼の「形象的思考」は未来の世代に引き継がれていくと確信している。その意味でもまた《種蒔く人》の発想はキリスト教より広い。典拠元の新約聖書の思想より広いのだ。

（15） Vincent van Gogh, *Les Lettres*, *op.cit.*, *volume* 5, p.80.
（16） ゴッホにおいて「暗示的色彩」の考え方が《種蒔く人》とともに始まっていることについては注（9）の最初の引用文を参照のこと。

福音書によれば、イエスはガリラヤ湖畔で群衆を前に説教を行い、そのなかで「種蒔く人」の喩えを用いた。種を蒔いても実りに至らない例、すなわち道端に落ちて鳥に食べられたり、石だらけの土地で根付かず枯れてしまったり、茨に覆われて育たなかった例と、良い土地に落ちて何十倍にも育った例をあげて、後者を讃えている。イエスによれば、「種」とは「神の言葉」であり、鳥に食べられる例はサタン（つまり異教の神々）に心を奪われてしまう人、根付かずに枯れてしまう例は信仰心が自分のなかにない人、茨に覆われて育たない例は金銭欲などこの世の思い煩いに動かれる人を指しており、種が何十倍にも生育する良い土地とは神の言葉を聞いて受け入れる人を指す(17)。

ゴッホはこのような狭い識別に立たない。種がそのまま実って生育するかどうかという短期的な視点に立って、実らせない人、生育を阻害する人を批判し、その逆の人を讃えることはしない。ゴッホにとって「種」とは彼の作品であり、生前売れたのは数点だけであった。しかし彼は、そのようにして大半の「種」が見捨てられるであろうことも、そのような悲運が予想される作者であることも嘆きはしない。彼は自分の信念を弟にこう告げる。

「僕は、ここのところ、かなり頻繁に考えていることがある。分かるかい。それは、以前君に語ったことなのだが、たとえ僕が成功しなくても、これまで僕が真剣に続けてきたことは、今後も続けられるだろうと信じていることだ。直接には無理だろう。しかし人はたった一人で、真実である物事を信じているわけではない。個人がどうのこうのといった問題はたいしたことではない。僕は強く感じているのだが、人々の歴史というものは麦の歴史のようなものなのだ。

たとえ大地に蒔かれず、そこで芽を出すことがなくても、それが何だと言うのかね、臼で引かれてパンになるではないか。

幸福と不幸の違い。この二つはそれぞれに必要で役に立つ。死、つまりこの世からの消滅、これは相対的なことなのだ。生も同じことさ。

こちらの調子を狂わせたり、不安にさせたりする病気の前でも、この信念はいささかも揺らぎはしない」(一八八九年九月二〇日頃付けのテオ宛の書簡、批判版ゴッホ書簡集では八〇五番の書簡[18])

ゴッホの作品は死後一〇年して二〇世紀初頭からとくにモーリス・ド・ヴラマンク(一八七六―一九五八)などフォビスムの画家に注目され評価されるようになる。展覧会も開かれ、書簡も公表されるようになる。第一次世界大戦後には前衛の思想家たちも論文を発表するようになった。バタイユもその一人である。

7 「形象」と共同体――バタイユとともに

「はじめに」で述べたようにバタイユは一九三一年発行の『ドキュマン』第二年次第八号に

(17) 「種蒔く人」の喩えについては例えば「マルコによる福音書」4―1〜20を参照のこと。
(18) Vincent van Gogh, *Les Lettres, op.cit., volume 5*, p.104.

「供犠的身体毀損とファン・ゴッホの切り落とされた耳」と題する論文を発表している。その末尾で彼は、ゴッホが「耳切り事件」の直後に自分の切り落とした耳を、アルルの娼家へ封筒に包んで持っていったこと(このエピソードはゴーキャンの証言に情報源がある)に注目し、それが、供犠以上の供犠、つまりご利益を期待しない贈与であることを示唆して、筆を置いている。

この論文から六年後、一九三七年にバタイユはもう一度ゴッホ論を発表した。「プロメテウスとしてのファン・ゴッホ」である。プロメテウスとは、天空の火を神々から盗んで地上にもたらしたとされるギリシア神話上の英雄で、一九三一年の論文でも言及されている。しかし一九三七年の論文では、よりいっそう明確にゴッホの絵画制作の意図としてプロメテウスの英雄的な行為が引き合いにだされる。(19) 絵画を通しての太陽の贈与がゴッホの意図だったというのだ。その贈り先も今や、アルルの娼婦のように限定された人間ではなく、時代と空間の制限を超えた不特定の鑑賞者となる。《麦刈る人》のゴッホと同じような広い視点に立つのである。

一九三〇年代後半のバタイユは、秘密結社「アセファル」、講演会形式の学問的集いの「社会学研究会」を介して、このような有形の組織体について、さらには無形の広い共同体についても思想を展開していた。その思想の成果は雑誌『アセファル』のほかに『ヴェルヴ』、『芸術手帳』などの美術系の雑誌にも芸術論、文化論、宗教論の体裁のもとに発表された。このとき彼は「形象」(figure)という概念をよく用いた。この場合の「形象」とは、論理的な言説では語ることのできない人間や自然界の内実を不特定の人間の広がりへ繋《つな》ぐ媒体のことである。これには、例えば絵画、神話、演劇、墓標などの芸術や宗教の表象、さらには大自然の風景や女性の髪の流れなどの非人為的な現象も含まれる。「プロメテウスとしてのゴッホ」は一九三七年一二月の『ヴェルヴ』誌創刊号[20]に発表された論文なのだが、「形象」概念が以下に引用するごとく冒頭から使われている。すぐれた「形象」と広大な共同体のあいだの距離（ゴッホの絵画のような超時代的な「形象」と一般人の生活意識との隔たり、一九二〇年代からの「大衆の台頭」とともに激増した美術館来訪者の情けない鑑賞の仕方など）を認めつつ、両者は繋がりうるとバタイユは力説する。

「どうして卓越した形象が、人々を安心させる説得力をもって現れたりするだろうか。どうして無数の可能性が混沌とひしめく領野から突如出現した様式が、人々に疑いを抱かせない光輝で輝いていたりするだろうか。そうした形象なり様式の出現は、大方の人にはこんなふうに大衆の台頭とは無関係だと思われている。いかなる真理ももはや心安らかに認められたりしな

(19) プロメテウスに関してはゴッホ自身もハーグ時代に次のように書いており、バタイユの論文の題名「プロメテウスとしてのファン・ゴッホ」もそこに典拠している（バタイユはこの論文のなかでこう書いている。「ファン・ゴッホは一八八二年以来ジュピターであるよりはプロメテウスであることの方が価値があると考えていた」）。
「僕は自分のなかに育てるべき力を感じている。火と言ってもいい。放っておいて消してはならない火、燃えあがらせるべき火だ。その火がどんな結果に達するのか僕には分からないが、暗澹たる結果になっても驚きはしないだろう。

だって、今の僕たちの時代では、いったい何を望めというのかね。こんなご時世で一番幸福な運命とは何なのだろうか。

何らかの状況では、征服者であるよりは被征服者であるほうがいい。たとえばジュピターであるよりはプロメテウスであるほうがいい。要するに古い諺のとおりさ。「何が起ろうとも、あとは天に任せろ」」（一八八二年一二月一〇日にハーグで投函されたテオ宛の書簡、批判版ゴッホ書簡集では二九二番の書簡）; Vincent van Gogh, *Les Lettres, op.cit., volume 2*, p.218.
(20) 『ヴェルヴ』は創刊以来、その表紙にもコンテンツにも、前衛画家などの作品を当時としては破格のカラー・グラビアで掲載し、世界で最も美しい雑誌と評価されるようになる。

いし、またかりに一作の絵画が、ある日遅ればせに一人の鑑賞者によって注目され、この鑑賞者を深く感動させたとして、この絵画の意義はこの鑑賞者からすれば他人の同意などにはどうあっても関係のないことなのだ。

たしかにこうした見方は、展示された絵画の前で明瞭に起きている一切のことを拒絶する見方にほかならない。どの見物人も、自分が愛するものを求めてではなく、他者たちによって期待された判断を求めて、展示会場へやって来るのだ。しかし芸術作品を見たり読んだりするときに誰しも陥るこうした情けない事態を強調してもたいして意味はないだろう。今や、日常の習慣によって生に課せられたこのような滑稽な限界の彼方に、一つの世界を切り開くことができるのである。それも、軽率な騒ぎ——例えばファン・ゴッホの絵と名前の周囲で起きている騒ぎ——のおかげでそうすることができるのだ。ここで言う一つの世界とは、大衆を意地悪く遠ざける誰それの世界ではなく、我々の世界のことなのである。つまり、春がやって来れば重たく埃っぽい冬のマントを陽気なしぐさで脱ぎ捨てる、そのような人の世界なのだ」（バタイユ「プロメテウスとしてのファン・ゴッホ」[21]）

アルル時代のゴッホが、江戸時代の風雅な日本画に刺激されて、因習の縛りから解かれる必要性を説いていたことを想起しよう。軽さと陽気さに対するゴッホの要請にバタイユは呼応して、なおかつそれを、サン＝レミ時代のゴッホと同様に広い視野に立って、不特定の「我々」に繫げる。もちろん、「冬のマントを陽気なしぐさで脱ぎ捨てる」人、「我々」のなかのこの一員が、ゴッホの絵画や人生の事件をすんなり受け入れるとは思えない。彼の作品の激しい色調、異様にうねる糸杉、彼の起こした「耳切り事件」、そしてピストル自殺に抵抗を覚えて、尻込みするのが普通だろう。知らず、こうした異質なものを警戒して、自分の今までの生活へ撤退してしまうのが「我々」の常なのだ。しかしバタイユはここで「我々」の逆の動きに期待をかける。「我々」は自由を求めており、恐怖を笑うのだ、と。バタイユの言う「我々」は、無限定の人、一人でありながら多数者である点で、そしてそれが人類史に影響を及ぼすという点で、ボンヌフォワの言う「自己」と通じていそうである。個人の深層の非人称的次元、歴史の真の動因とみなされるあの「精神の地下聖堂」である。

ともかくも「我々」の一人であるこの「冬のマントを陽気なしぐさで脱ぎ捨てる」人は、ゴッホの作品と人生の前でいっとき後ずさりしても、「我々」に促されて、ゴッホの恐ろしさや不幸を陽気に笑って、より広い視野へ立つようになる。バタイユはこの人にそう期待を寄せる。このときバタイユの期待の源にあるのはおそらくニーチェの笑いだろう。ニーチェが語り、バタイユがこよなく愛した箴言「悲劇的な人物たちが没していくのを見て、深い理解、同情、感情を覚えるのにもかかわらず、彼らを笑うことができるということ。これは神的なことなのだ」(一八八二―八四年の遺稿断章)がバタイユの念頭にあるのかもしれない。ゴッホの悲劇的な面を恐れ、またこれに同情を抱いて、人間の通常の生活意識へ舞い戻っていくのではなく、逆にそこから脱していく神々しい笑いである。

(21) Georges Bataille, «Van Gogh Prométhée», *Verve*, no.1, 1937 in *Œuvres Complètes de Georges Bataille, tome I*, Gallimard, 1973, p.497.

この笑いは、ナチス・ドイツが一九三七年七月のミュンヘン展をかわきりにドイツ国内で繰り返し開催した「頽廃芸術展」での嘲笑とは異なる。ゴッホの絵を始めとする前衛絵画の前でナチス・シンパの人々が表した嘲笑とは根本的に異なる。ナチス・ドイツは、近代国家の同質性を純粋に極めていく政策の一環としてこの展覧会を開き、異質な絵画を笑いものにして国家の美学から排除した。そこで起きた笑いは、狂気の笑いでもなければ無垢な笑いでもない。近代社会の同質性、その保守的道徳性を信じ、そこからの逸脱を貶《おとし》める近代的な笑いである。ニーチェが語り、バタイユが欲した笑いは、同質性志向の近代文明に逆行する笑い、異質な次元へ人を誘う笑いである。一九三七年一二月発表の「プロメテウスとしてのファン・ゴッホ」は全体主義国家の勢力拡大、そこでのゴッホの作品の処遇を踏まえて書かれている。

「このようにマントを脱ぎ大衆に動かされるがままになっている――軽蔑心よりも無垢な気持ちの方をずっと多く持っている――人は、フィンセント・ファン・ゴッホの生の顕著な跡を表している悲劇的な絵を恐怖心なしに眺めることができず、どの絵も苦痛の印だとみなすのである。だがそのときこの人は、ゴッホが描く偉大さを、自分一人において感じることはできない。この人自身は取るに足らぬ存在であり、さらにこの人は人々共通の不幸の重みに押されて一瞬ごとにつまずいている。この人がゴッホの偉大さを感じるのは、この人自身の身においてではなく、この人がその裸体に担っているものにおいて、つまり人類全体――生きようと欲し、必要とあれば地球に似つかわしくない者の権力から地球を解放したいと欲している人類全体――の数えきれない希望において、なのだ。このように完全に未来にある偉大さであってもこれを深く確信しているため、たとえ恐怖を感じてもこの人にはその恐怖は可笑しいものになる。《フィンセント》の切り取られた耳、娼家、自殺すらも可笑しいものになる。この人は人間の悲劇を自分の生全体――泣き、笑い、愛し、とりわけ闘争する――の唯一の目的にしたのではなかったか」（バタイユ「プロメテウスとしてのファン・ゴッホ」）[22]

こう語ったうえでさらにバタイユは、人間の生を太陽の視点から宇宙規模の広がりで捉え直していく。「太陽は、光輝にほかならない。熱と光の巨大な消尽、炎、爆発にほかならない」というのに、大方の人間は太陽と地球の距離に甘んじて、太陽のこの神々しい蕩尽を安全に、自己中心的に、享受している。ゴッホの絵画、とりわけサン＝レミ時代の絵画は、この距離と人間の利己的な生き方を打ち破る太陽の贈与なのだ。太陽の甚大な自己消費、自己贈与を人類に届けるプロメテウス的な「形象」なのだ。バタイユはそう強く主張する。

「これらの事柄を考慮に入れると、次のように言わねばならなくなる。すなわち、一八八八年一二月の夜、ゴッホの耳が舞い込んだ娼家でこの耳が現在でもまだ知られていない運命を受け取ったときから（定かに分からないある決定が下るまえにこの耳が笑いと嫌悪を引き起こしたであろうことは漠然とではあるが想像することができる）、ファン・ゴッホは、太陽がそれまで持ったことのない意味を太陽に与えはじめた、と。彼はもはや太陽を背景の一部分として絵画のなかに挿入す

（22） Bataille, *ibid.*, p.497-498.

るということをしなくなったのだ。太陽を魔法使いとして、つまりその踊りで徐々に大衆の感情を掻き立てて自分の動きの方へ大衆をさらっていく魔法使いとして、自分の画布のなかに描き入れたのである。そしてまさにこのときに彼の作品全体は、光輝、爆発、炎になりおおせたのだ。さらには彼自身も、この光輝き、爆発し、炎の状態にある光源のまえで恍惚として自分の失っていたのだ。こうした太陽の舞踏が始まると、突如として自然界の方も揺れ動きだした。植物たちは燃え上がり、大地は荒れた海のように波動し、輝き渡った。もはや事物の土台を構成する安定性のなかで残存しているものは何もなくなってしまった。そして、死が透けて見えるようになったのだ。ちょうと、太陽が生きた手のひらの血を通して、影となる骨のあいだから現れでるように。まばゆい花々と色あせた花々。凶暴な輝きで人を意気阻喪させる表情。《向日葵》の人ファン・ゴッホは——不安に駆られて？　自己統御して？——諸々の万古不易の法、いくつもの土台、多くの顔に囲いと壁の嫌悪すべき表情を授けているすべてのもの、そうしたものの力に終止符を打っていたのである」（バタイユ「プロメテウスとしてのファン・ゴッホ」）(23)

バタイユは、死のイメージを語る《麦刈る人》の書簡などゴッホの手紙を丁寧に読んで、このような感動的な文章を書き表した。言葉が、言葉になりえぬものを暗示する、詩のような文章である。ゴッホの書簡自身、そのような「暗示的形象」になっている。そしてゴッホは、生前、幸いなことに、自分の作品を対象にした詩的な評論文を享受することができた。二七歳で夭折する、象徴派の詩人・評論家・画家であったアルベール・オーリエ（一八六五—九二）の「孤立者たち、フィンセント・ファン・ゴッホ」である。一八九〇年一月、文芸誌『メルキュール・ド・フランス』の創刊号に掲載された六ページほどのこの批評文は、ゴッホの人格と絵画のラディカルな面、エキセントリックな面まで照らしだしていて、みごとである。弟のテオの尽力でゴッホはその写しを読むことができた。そしてサン＝レミの精神病院から謝辞を送るのである。

「親愛なるベルナール・オーリエへ
『メルキュール・ド・フランス』のあなたの評論に感謝します。この評論にはたいへん驚かされました。この評論はそれ自体芸術作品になっていて、私はとても気に入っているのです。私が思うに、あなたは言葉で色彩を作り上げている。つまるところ、私はあなたの評論に自分の作品を見出しました。いえ、じっさいの私の作品以上に素晴らしい作品、もっと豊かで、意味深い作品です」（一八九〇年二月九日あるいは一〇日付けのアルベール・オーリエ宛の書簡、批判版ゴッホ書簡集では八五三番の書簡）[24]

ゴッホはこのあと続けて、オーリエの評論は自分よりもむしろアドルフ・モンティセリ（一八二四―八六）にこそふさわしいと書いているが、これは、謙虚さからというよりも、自分など何ものでもないという体験に何度も没入していたからなのだろう。同じオーリエ宛の書簡のなかで彼はこう告白している。「自然を前にすると私は感動に捉えられ、それが自分のなかで高じて、

（23） Bataille, *ibid.*, p.498-499.
（24） Vincent van Gogh, *Les Lettres, op.cit., volume 5*, p.198.

失神にまで至るのです。そうなると二週間も仕事ができなくなるのです」（同右の書簡[25]）。ゴッホ、オーリエ、そしてバタイユが文章を絵画的にあるいは詩的に表現して、みごとな「暗示的形象」にできていたのは、三者がそれぞれにこのような自然の体験を脱自の境まで繰り返し持っていたからなのだろう。

結びに代えて

バタイユはこのあと第二次世界大戦のさなかに二つの系列の文筆へ向かう。一つは『無神学大全』と命名されることになる断章形式の思索書のシリーズ、もう一つは『呪われた部分』の総題に統べられることになる理論書のシリーズである。双方ともサン＝レミのゴッホが綴ったような脱自の体験が原点にあるのだが、後者の『呪われた部分』は理論的言説からなるため、前者の『無神学大全』よりも、語りえぬものの体験から遠ざかっているように見える。それだけにバタイユはことあるごとに言説と体験の差への反省を綴り、言説に満足できていないことを告白している。前者の『無神学大全』においてすら、不合理で脈絡の薄い断章のつらなりであるのにもかかわらず、言語表現への批判が頻出する。例えばこのシリーズの第一作『内的体験』（一九四三年）にはこんな嘆きが書き込まれている。「何を書こうと私は失敗する。可能性の無限の——常軌を逸した——豊かさを意味の正確さに結びつけねばならないからだ[26]」。

バタイユがこのように文字表現に批判意識を強く覚えていたのは、それが語り得ぬものを実体化してしまうからなのである。「可能性の無限の――常軌を逸した――豊かさ」が一つの事態として形をなして、不可知なものだとか、不合理なものなどと意味づけされてしまうからなのである。『内的体験』の出版の直後にこの書に寄せたサルトルのバタイユ論「新しい神秘家」は、このようなバタイユの批判意識を知りつつも、バタイユをキリスト教神秘家の新ヴァージョンとみなす。「神の死」のあとに思想に目覚めたバタイユは、神に代わる新たな実体として内的体験で知覚される「無」、「未知なるもの」、「非‐知の夜」を信仰するようになったというのだ。

このバタイユ批判は、バタイユがどう抗議しようとも、彼が書き言葉を使用している以上、ある程度、妥当性を持ちうる。ことはバタイユ一人だけの問題ではない。ニーチェの「ディオニュソス的なもの」、フロイトの「無意識的なもの」・「エス」をはじめとして、それこそボンヌフォワの「精神の地下聖堂」にも言えることだろう。これらの言葉をそのまま受け取ると、あたかも識閾下に語りえぬものの王国が君臨しているような印象を抱く。だがこの陥穽《かんせい》に陥ってはならないのだろう。昼のイデアに対する夜のイデアのごとく、語りえぬ不定形の流動に形を与えて固定化してはならないのだろう。トドロフが表現空間を、ボンヌフォワの「形象的思考」と理論的言説のあいだに設定したことも、ボンヌフォワの「精神の地下聖堂」を神秘的実体に貶めないための所作だった言える。伝記上の事件、歴史上の出来事に関する記述、さらには理論的言説でさえ、外から「精神の地下聖堂」の一元化・単体化を阻止する作用を持ちうるのだから。「精神の地下

(25)　*Ibid.*, p.199.
(26)　Georges Bataille, *L'Expérience intérieure*, Gallimard, 1943, in *Œuvres Complètes de Georges Bataille, tome V*, Gallimard, 1973, p.51.

図9　ゴッホ《星月夜》、1889年6月、サン＝レミ時代、ニューヨーク、近代美術館

聖堂」はけっして閉ざされた世界ではなく、外部との相互影響のなかにある不定形の何かなのだろう。ちょうどロマネスク教会堂の地下聖堂が外部から巡礼者によって訪れられ、その感性や宗教観の影響を蒙っていたように。

　ゴッホに関して、太陽や自然をキリスト教神の代替として信仰していたとする見方はある程度は可能だろうが、とりわけサン＝レミ時代以降の彼は、よりいっそう深く宗教の内実へ入っていたと私は思っている。宗教という一般の概念が機能しない、神やその代替物も覆いきれない、生の矛盾、その果てしない広がり、その終わりなき繰り返しを生きていたと思うのだ。太陽が種蒔く人と麦刈る人を稼働させる矛盾である。糸杉が生き生きと死を表す矛盾である。月が太陽のようにこうこうと輝く矛盾である（図9）。

　バタイユはすでに『ドキュマン』の時代から芸術表現を聖なる表現と捉えて、芸術に宗教性を見ていた。一九三〇年代後半の彼は、この傾向をさらに強める。彼において芸術作品は、日常の俗なる生活に役立たない余剰で輝いていればいるほど価値を持ち、表現された形象は矛盾をはらんでいればいるほど注目に値するようになる。そしてバタイユ自身、この生の余剰を、この聖なる矛盾を、じかに生きたいと欲するようになる。表現という媒体《メディア》を捨てるということではない。

聖なるものへ向かう実存のアルテラシオンへ表現を可能な限り同道させて開かせるということなのだ。このバタイユにとってゴッホの太陽の美学は指針になった。次章では「現代精神」のゆくえを追いかけてバタイユのアルテラシオンを見極めてみたい。

第2章 「現代精神」のゆくえ——芸術を宗教の地平へ開かせる

「絶対に現代的であるということが必要なのだ」（ランボー「決別」、『地獄の季節』より）

「文学の理想などありはしない。いつも前へ」（アポリネール、草稿より）

「私の人生を決定した重要な《一歩》はどれもつねに法悦の境で踏みだされた。いかなる足かせ（明晰さだとか身体の弱さだとか）に対してもこれに抗うように私を駆りたてたのは唯一法悦の境地だけだった」（ロール「聖なるもの」）

はじめに

本章では、バタイユが『ドキュマン』最後の号に掲載した論文「現代精神と移し替えの戯れ」と、それからおよそ八年後の一九三九年に発表した論文「聖なるもの」を対象にして、彼の芸術思想の展開を探ってみたい。

『ドキュマン』最後の号とは第二年次第八号のことである。第二年次は一九三〇年にスタートしているが、第八号の刊行の年月は定かではない。バタイユがこの論文「現代精神と移し替えの戯れ」の冒頭で、日刊紙『ラントランジジャン』一九三一年三月一七日号「芸術欄」掲載のロジエ・ヴィトラック（一八九九―一九五二）の論評「現代精神」に言及しているので、おそらくそのあとの一九三一年四月か五月の刊行と思われる。

他方で、論文「聖なるもの」は『芸術手帳』誌の一九三九年第一―四合併号に掲載された。一九三九年九月には第二次世界大戦が始まっている。この合併号はその数ヶ月前の刊行だったと思われる。時代は戦争に向けて緊迫していた。内容は冒頭から「現代精神」が問題になっており、『ドキュマン』最終号の論文と密接に繋がっている。

1 「現代精神」とダダイスム

では、この二つの論文で扱われる「現代精神」（l'esprit moderne）とは何なのか。「近代精神」とも訳すことができるが、その内容は捉えにくい。ヴィトラックの論評も、この問いから始まる。

「現代精神とは何なのか。

数年前、オペラ座アーケード街のバーで、我々七人は、この問いに全力で取り組んだ。七人とは、アンドレ・ブルトン、ジャン・ポーラン、ジョルジュ・オーリック、フェルナン・レジエ、ロベール・ドゥロネー、オザンファン、そして私である。我々は、《現代精神の行動方針決定と擁護のためのパリ会議》の開催をもくろんだ。新聞諸紙、全世界の雑誌が大きく紙面をさいて、我々の宣言と呼びかけを伝えた。そして現代的と呼ぶにふさわしいすべてのもの、前衛であるすべてのもの、革命的で、厳格な《主義》を掲げるすべてのものが、電報で我々の招待に応じてきた。この会議で問題にされていたのは《価値観を再検討すること》、価値観を比較検討すること、《決定的に現状を明らかにすること》、芸術の三部会を招集し、いわば精神と芸術家の人権宣言を起草することであった。この遠大な試み——ブヴァールとペキュシェの部類に入るのではあるまいか——は、結局、追放やら辞職が相次いで、失意、そして一同の疲労になって終わった。この広大な企てから残ったのは、ごく少数の小さなチラシと新聞の切り抜きだけだった。機会としては素晴らしかったのに残念だ。こう言ってよいなら、ダダイスムは、他を圧倒する敗北に勝利を得て終息した。事態は限度いっぱいのところまで来ていたのだ。みな混乱し、いたるところに敵、我々同志のなかにさえ裏切り者がでるしまつ。〔……〕あれやこれや多く書いたのに、何も残らなかった。定義一つさえ残らなかったのだ」（ヴィトラック「現代精神」[1]）

一九二二年、ダダイスム末期の出来事である。

ダダイスムは、一九一六年、第一次世界大戦のさなかに中立国スイスのチューリッヒで始まった否定の芸術運動である。主導者はトリスタン・ツァラ（一八九六—一九六三）。近代西欧文明のす

（1） Roger Vitrac, « L'esprit moderne », *L'intransigeant*, le 17 mars 1931, p.5. なお、この日刊紙のタイトル L'Intransigeant は「一徹な人」「頑固者」の意味。

べての所産に「否」をつきつける徹底した批判精神とパファーマンスを特徴にしていた。この運動は、ヨーロッパやアメリカの主要都市で同時多発的に、あるいは相互に影響しあいながら、広まったが、戦争後、一九二〇年にツァラはブルトンら若い詩人の招きに応じてパリに現れた。しばらく否定と破壊の騒ぎが劇場やカフェで繰り広げられたのち、ブルトンたちはその愚劣な反復に厭きてくる。思想上の礎《いしずえ》を求め、新たな芸術創造を欲するようになる。一九二一年の彼らの催し「バレス裁判」は一つの転機をなした。青年時の野心を裏切って保守的文学者になったモーリス・バレスを裁く模擬裁判である。裁判長役のブルトンはいわば理詰めで裁きを実施しようとしたのだが、証人役のツァラはその役をまじめに演じず、茶化し、冗談、暴言に終始してダダ的に対応したのである。(2) 以後両者は決裂し、ブルトンはダダイスムからシュルレアリスムへ移行していく。その途次で企画されたのがこの一九二二年の《現代精神の行動方針決定と擁護のためのパリ会議》だった。

主催者七人は、ブルトン、そして彼に同道しシュルレアリスム運動に加わる詩人で戯曲家のヴィトラック（ただし一九二八年には追放される）を別にすれば、ダダイストとも将来のシュルレアリストとも言えない、広い意味での前衛芸術家（音楽家のオーリック、画家のレジェ、ドゥロネー、オザンファン）、および前衛のよき理解者（文芸誌『フランス新評論』編集員のポーラン）である。ヴィトラックによればこの会議の趣旨は「《価値観を再検討すること》、価値観を比較検討すること」にあった。そして何よりも「現代精神」を擁護することにあった。擁護しなければならないほど、別の価値観つまり近代社会の価値観が強力になっていたということである。

本書で何度か触れてきたことだが、フランス社会は第一次世界大戦を戦勝国として終えたため、大方の人間はこの近代文明の悲劇に根源的な批判を向けず、戦前の近代文明の価値観をそのまま呼び起こして肯定しがちだった。この傾向に抵抗すべく立ち上げられたのがこの若い前衛たちによる国際会議の企画だった。一九二二年一月に企画が公表され、三月に開催が予定されていたのだが、ヴィトラックが明かしたような内部分裂がさしあたっての原因で、三月に中止が決定された。

ではその戦前の近代文明に対して向けるべき根源的な批判意識とはどのようなものなのか。近代文明の何に批判意識を向けるべきだったのか。それは、一言で言えば、「物」への盲目的な崇拝熱である。戦前の近代文明を特徴づける物質文明も近代教育も植民地主義も、根底にあるのは「物」への無批判な礼賛だった。新たな製品や機械という物体の産出に科学と産業を奉仕させる物質文明。これを担う理性的個人を物品のごとくに均質に創出する近代教育。そして国家という物体の領土的・経済的拡大をめざす植民地主義、帝国主義。芸術家も、一九世紀後半以降とくに絵画の部門で近代古典主義に抗って様式の斬新さを前面に出してはいたが、そのじつ、作品という「物」の産出に血道をあげていたのである。

ならばダダイスムこそ、根源的な近代文明批判だったのではあるまいか。国家も個人も作品も全面的に否定していたではないか。

たしかにそうだったかもしれない。しかし素朴で子供じみた否定だったのである。「物」への反省が不足していたということだ。「物」の手ごわさに気づいていなかったのである。

（2）拙著『シュルレアリスム——終わりなき革命』中公新書、二〇一一年、七四—七五頁参照のこと。

「物」は「物」の全《まった》き不在にまで、「無」にまで、侵入してきて、これを「物」に変えてしまうのである。全面的な否定それ自体が、「物」の圏内にある行為なのだ。「物」を全面的に消滅させるということは、完結した「無」を作り上げて満足することなのである。ヴィトラックがダダイスムの終焉について述べた言葉「ダダイスムは、他を圧倒する敗北に勝利を得て終息した」は意義深い。ダダイストは、自らの敗北さえも「無」の創出という意味で勝利とみなしていくのである。生産重視の近代文明と同じ次元にある敗北感と言っていい。同様に、一九世紀末から西欧知識人のあいだで広まったニヒリスム、そして無神論も、全面否定を装っていた限り、近代文明への根源的批判にはなっていなかった。

「物」への礼賛でなく、「物」への全面否定でもない、第三の道が求められていた。バタイユのアルテラシオンは、「物」の変質こそを求めているのであって、芸術思想の上でこの第三の道を行く試みだった。

「現代精神」、ダダイスム、シュルレアリスムに対してもバタイユはこれらをただ否定していたわけではない。たしかに彼は一九二〇年代後半からブルトンらシュルレアリスム主流派と反目を強めていったが、その一つの原因は、彼らが「物」への批判意識を持たず、作品の産出に安直に傾斜していたからである。

近代文明への批判をかざすこれら三様の芸術の動きを一九三〇年代のバタイユは、情念において共有し、さらにこの批判を厳密に、そして根源的に、なおかつ広い視野で、展開しようとした。彼自身変わりながら新たな地平をめざしたのである。一九三一年の論文「現代精神と移し替えの戯れ」から一九三九年の論文「聖なるもの」は彼自身のアルテラシオンの軌跡でもある。

2　行き詰まる前衛

ともかくも、まず「現代精神」とは何だったのか、この点をヴィトラックの論評に戻って、見ていこう。

一九二二年に「現代精神」の擁護を掲げて国際会議を企てた七人の前衛は、第一次世界大戦前の近代文明に回帰しようとする同時代フランス社会および西欧近代社会の思潮に危機感を持ち、これに批判の目を向けたのだった。

しかしじつのところ彼らが守ろうとした当の「現代精神」もまた過去の産物だったのである。戦前への回帰、戦前の価値観の継承という点で戦後社会の保守的気運と同じだったのだ。しかもこの「現代精神」ははなはだ曖昧で、捉えどころのない様相を呈していた。代表格としてまずあげられるのが、前衛文学者ギョーム・アポリネール（一八八〇—一九一八）である。そして不条理文学の開祖アルフレッド・ジャリ（一八七三—一九〇七）、絵画では「青の時代」から「バラ色の時代」そしてキュビスムへと変貌を遂げつつあったパブロ・ピカソ（一八八一—一九七三）である。時代的には二〇世紀初頭、一九〇〇年から一九一四年まで、第一次世界大戦の始まる前までの期間である。フランス社会の「麗しき時代（ベル・エポック）」である。ヴィトラックはこう回顧する。

「この戦前の現代精神とは何だったのか。

現代精神はたしかに存在していた。ただし、定義なしに存在していたのだ。ギョーム・アポリネールは現代精神を体で現していた。驚異のものが非宗教的な意味合いを帯びていた。アルフレッド・ジャリの冷笑が詩を混乱させていた。ポール・ヴァレリーは黙っていた。人々は機械から学んでいた。無秩序このうえない伝説、残虐な抒情、未来への鋭い感覚。造形芸術は自らを解体させ、そうしながら思考を探索する機械になっていた。そしてその思考はプリズムのように輝いていたのだ。人は夢中になって新世界のために、あの垣間見えた世界のために戦った。一部の者たちは新世界の蜃気楼をいつまでも信じきっていたが、しかしその世界を我々は結局のところ今後も見ることはないのだろう」（ヴィトラック、「現代精神」）(3)

「現代精神」が新しさを求めていたことは分かる。しかしその新しさが何なのか、分からないままに求めていたのである。ダダイスムからシュルレアリスムに移る過渡期に前衛の芸術家たちは戦前のこの「現代精神」の欲求に立ち返って、これを明らかにし、芸術創造の礎にしようとした。しかし一九二二年、彼らは「現代精神」に「定義一つさえ」残せなかったのだ。

ヴィトラックの不毛な思いは、それだけではない。新しさを求める「現代精神」を継承したはずのその後の前衛にも同様の思いを抱く。一九二四年に『シュルレアリスム宣言』が発表され、シュルレアリスムの名の下に多くの詩と絵画が制作された後も、新しさを真に感じさせる芸術には巡り会えなかったというのだ。一九三一年の彼から見て、「現代精神」によって生み出された新しい芸術作品とは、今や追憶のなかに浮かぶピカソの一九一四年のキュビスム絵画《肘掛け椅子の婦人》ぐらいであって(4)、これに匹敵する作品はいまだ公にされていなかった。「現代精神」が現代に存在せず、しかもその過去を掘り起こす採石場で取る石ももうなくなってきたとヴィトラックは芸術制作の嘆かわしい現状を次のように報告するのだ。

「現代精神は過去の出来事である。我々は、この過去を頼りに生きて、作品に点数をつけたり、未来予測を検証したりしている。我々は採石場にいて、最後の石まで採掘しているところだ。最後の石を取ったあとは、ほかにどうしようもないから、これの埋め合わせをして、また採掘するしかない」（ヴィトラック、「現代精神」[5]）

どうにも行き詰まった状況である。一九三一年の時点で、フランスの芸術創造に新しさなど見

（3） Vitrac、前掲書。
（4） ヴィトラックはこの作品との出会いを次のように回想している。
「《肘掛け椅子の婦人》（一九一四）と題するピカソの絵画は現在、アメリカにある。どの画廊だか私は知らないが。「現代精神」という言葉を持ち出すとき、私の心に自動的に浮かびでるのはこの絵画なのだ。現代精神のすべての特徴がこの絵画に集約されているように私には思えてならない。この作品はいわばあの時代の完全な紋章なのである。この作品がパリにあったころ、私は何度も見に行った（当時我々はこの作品を《黄金の乳房の婦人》と呼んでいたものだ）。そして見終わったあといつも私の気持ちは、動転し、不安に襲われた。この作品がその限界内に閉じこめていたものすべてが、さらにはこの絵画が漂わせていた無限のものすべてが、私の気持ちをそうさせたのである。しわくちゃになった下着の刺繍。椅子の肘掛に乗せられた新聞。釘打ちされた乳房の上には、右側半分の解かれた髪がさがり、瞳の中央で眼差しが分断されている……。私はさらにこの作品を描きだして時を過ごすこともできよう。この作品から一〇年後してやっと影響力を持つようになった言葉、「自由」だとか「ユーモア」だとか「残虐さ」といった言葉を使っての描写に甘んじながら、だ」（Vitrac、前掲書）。
なお現在この作品は《肘掛椅子に座る下着姿の女性》（Femme en chemise assise dans un fauteuil）の題名でニューヨーク・メトロポリタン美術館に所蔵されている。
（5） Vitrac、前掲書。

当たらず、新しい作品を生み出される可能性もないというのである。

しかしともかくも、ヴィトラックの論評は、時代を俯瞰しての発言であり、それ自体貴重である。彼が『ドキュマン』の同人だったとはいえ、バタイユが彼の論評に注目したのは十分頷ける。

3　異質なものから遠ざかる「移し替え」

『ドキュマン』最終号のバタイユの論考「現代精神と移し替えの戯れ」は、ヴィトラックの時代観察から出発して、さらに深いところへ議論を差し向けている。同時代の芸術創造の停滞をバタイユは、生に対する人間の根本の姿勢に立ち返って考察している。

異質な生の様相を回避したがる人間の性惰。異様で不気味な光景や不快な現象に出くわすと、これに背を向けて、既存の同質的な生活環境へ舞い戻る傾向。人間なら誰しも示すこの姿勢に、芸術家たちもまた従っている。ここにこそ芸術創造の当代の貧困はある。バタイユがこの論考で言いたかったのはまずはそういうことだ。これを言い換えるのなら、芸術家が芸術の本質であるアルテラシオンを怠って、安直な「移し替え」(transposition)に甘んじている点に原因があるということである。対象を異質なものへ変容させる激しい欲望が芸術家に欠如しているのが問題なのだとバタイユは言いたいのだ。

この論文の表題にある「移し替え」とは、あるものを別の環境に移し替えてそのものを変容させることを指す。同質的な環境にあったものをそこから引き抜いて、そのもののまったく別の様相を呈示するということである。「移し替え」は、アルテラシオン（変質化）のための手段だと言える。

シュルレアリスム芸術の用語では「デペイズマン」（原義は「元の国や環境から離れさせること」）がこの「移し替え」に相当する。有名な先駆的例としては、マルセル・デュシャン（一八八七―一九六八）の《泉》（一九一七）があげられる。トイレに設置される男性用の便器を展覧会場に移しただけのことだが、トイレの環境に道具として同質化していた便器が独特の存在感を表している。

バタイユはデュシャンの《泉》については何も語っていないが、一九三一年の彼からすれば、それまでの前衛たち、とくにシュルレアリストたちの問題点は、「デペイズマン」によって「移し替え」を頻繁に行ってはきたものの、その「移し替え」が、「無気力さ」（veulerie）に応じてなされていたために、強度の弱い変質にしかなっていなかった。同質化を求める人間の性情、とりわけ近代文明化の人間が示すそれと、大差なかったという点である。バタイユは、そうした「移し替え」を明示するために、ローマの通称「骸骨寺」の写真を載せている。サンタ・マリア・デッラ・コンチェッツィオーネ教会の納骨堂の写真（図1、図2）で、歴代の修道士四千体の遺骨が花柄模様に飾られているのだ。骨が人間の死骸から納骨堂の壁に「移し替え」られているわけだが、そのさい生者の凡庸な美意識に同質化させられているのである。バタイユは、これを、未開の宗教儀礼における別の強烈な「移し替え」に対比させる。

「例えば修道士たちが、先に逝った仲間の遺骸を使用していたこと――つまり骨を花柄に飾ったこと――は、同じ意味合いで行われている努力のすべてが空しいことを例示していると言えそうだ。我々は、未開人から遠いところにいる。彼ら未開の人々は、大きな祝祭のときに、先祖の頭蓋骨を宝棒の先端に吊るしたり、また、喉を切り裂かれた豚が血へどをどっと吐くときに、その豚の口に亡父の頸骨《けいこつ》を差し入れたりするのだ。なるほど我々も無数の頸骨や頭蓋骨を使って生活を楽しんでいるし、動物と人間の血は我々の近くで流れ出ている。だが我々は日々の規則性を打ち破るために血や骨を使うすべを知らずにいる。その一方で我々の日々は、

図1　サンタ・マリア・デッラ・コンチェツィオーネ教会の納骨堂

図2　サンタ・マリア・デッラ・コンチェツィオーネ教会の納骨堂

繋ぎの悪い樽から中味が漏れ出るように、どんどん失われているのだ」（バタイユ「現代精神と移し替えの戯れ」）[6]

死は我々が遠ざけたいと思っている最大の事態である。じっさいには樽の隙間からワインが血のごとく漏れ出るように、生命の喪失は日々いかんともしがたく生じている。しかし我々はそんな死の気配には目を瞑《つむ》り、生々しい死の現実にも背を向けたいと思っている。これは修道士だけでなく、人間の必然の傾向なのだが、文明人はより顕著にこの傾向を示す。例えば衛生への気遣いは、死を避けたがっている文明人の証左なのだ。死体においては、骨よりも肉の方が腐敗していて非衛生の度が強い。ローマの修道士はその骨すら花柄に飾って不吉さを払拭していたのだが、バタイユは死肉の腐乱をイメージとして持ち出し、さらにこう続ける。

「この腐敗のイメージに対して我々はこれを否定する形態しか知らずにいる。つまり石鹸だとか、歯ブラシ、その他衛生用品の一切のことである。これらを積み上げることによって我々は、日々、垢と死から何とか遠ざかることができている。毎日我々は、これら些末な製品の従順な使用人になっている。今やこれらの製品は、近代人の唯一の神々になった。この隷属は、正常人の赴くすべての所で続行されている。人々は、ちょうど薬屋に行って、はばかることなく言える病のために治療薬を買い求めるのと同じに、画商の店に入っていく」（バタイユ「現代

（6）　Bataille, «L'esprit moderne et le jeu des transpositions», *O.C.,I*, p.272-273.

図3　「現代精神と移し替えの戯れ」見開きのボワファールの蝿の写真

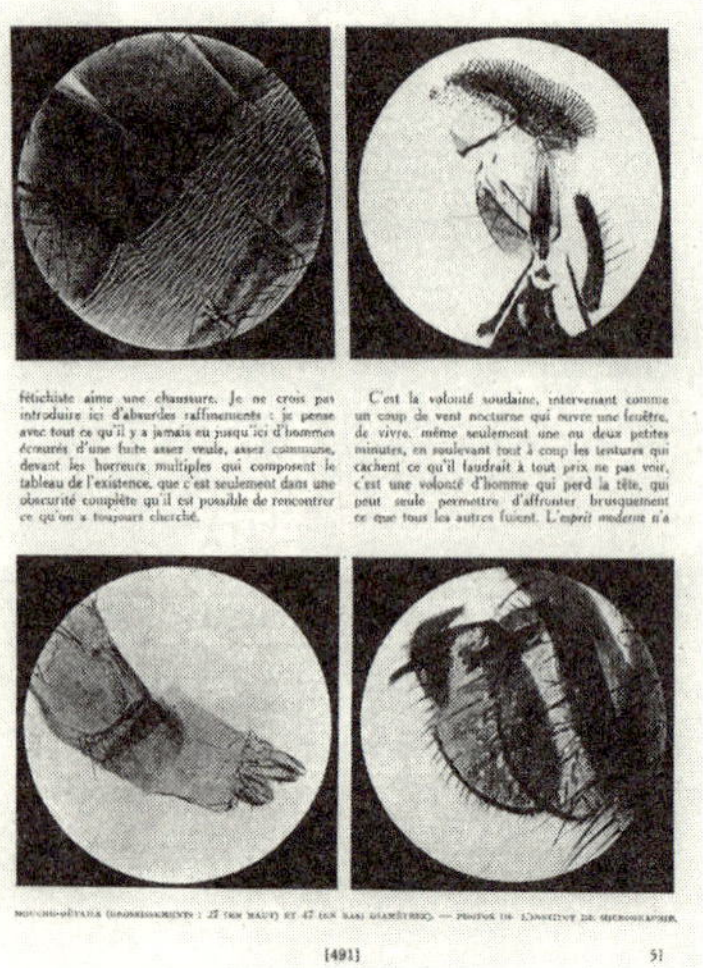

fétichiste aime une chaussure. Je ne crois pas introduire ici d'absurdes raffinements : je pense avec tout ce qu'il y a jamais eu jusqu'ici d'hommes écœurés d'une fuite assez veule, assez commune, devant les horreurs multiples qui composent le tableau de l'existence, que c'est seulement dans une obscurité complète qu'il est possible de rencontrer ce qu'on a toujours cherché.

C'est la volonté soudaine, intervenant comme un coup de vent nocturne qui ouvre une fenêtre, de vivre, même seulement une ou deux petites minutes, en soulevant tout à coup les tentures qui cachent ce qu'il faudrait à tout prix ne pas voir, c'est une volonté d'homme qui perd la tête, qui peut seule permettre d'affronter brusquement ce que tous les autres fuient. L'*esprit moderne* n'a

[491]　51

図4　蝿の足の顕微鏡写真

二一世紀の現代社会でも芸術に「癒《いや》し」を求める人は多い。音も色も、心の安らぎをもたらす表現に「移し替え」られている。そのことが悪いとバタイユは考えているわけではない。個人の心の修復は誰しも必要なことだ。ただ、バタイユは日常生活が衛生無害な表現で満たされることの危険を示唆しているのである。第一次世界大戦前の「麗しき時代」のフランス、とくに首都パリはそんな気配が支配していたのだ。そしてそのことが「大戦争」の悲劇を生んだのである。戦前の近代文明を麗しくしていたのは先述した「物」の思想である。人々は新たな物品で個の生活を享楽し、国家の拡大を言祝《ことほ》いでいた。事情は他のヨーロッパ諸国とてほぼ同じだった。第一次世界大戦、「ヨーロッパの内戦」とも呼ばれるこの戦争は、「物」の思想に突き動かされた近代国家相互の戦争だった。領土をより多く欲する精神が根本の原因だったのだ。そうして未曾有の死者を出して終息したあともまたフランス社会は戦前の文明を復活させようとしていた。

生の豊かな可能性は「物」の思想とは別のところにある。そのことを開示すべきなのではあるまいか。麗しさ、癒し、衛生、これら「物」の思想の手先になる美学とは違う美学を呈示する必要があるのではないか。そうしないとヨーロッパはまた戦争になりかねない。戦争に動員され、辛くも生還してきた若い世代のなかにはそのような危惧を強く持つ人が少なからずいた。ブルトンもバタイユもそうである。ヴィトラックは高校時代に「大戦争」を経験し、そのあと三年間軍役に服して戦後社会への疑問を深く抱くようになる。

バタイユの論文「現代精神と移し替えの戯れ」は最初の見開きの左ページいっぱいに、何匹もの蝿の死骸の写真が掲載されている（図3）。空中を飛んでいた蝿がハエトリ紙に「移し替え」られて死んでしまった写真だが、ボワファールが撮影すると、一段と異質性へのアルテラシオンが きいている。醜く、非衛生的で、癒しにはまったくならない。この種の写真の多い『ドキュマン』のなかでも衝撃度は格別だ。ページをめくると、さきほどの「骸骨寺」の写真が左ページに、右ページには死んだ蝿の手足の部分がプレパラートに「移し替え」られ顕微鏡で拡大された写真が紹介されている（図4）。こちらは何とも無味乾燥な科学的データだ。衛生的で無害になってしまった死のイメージが二例、左右のページを占めているわけだが、それだけにいっそう冒頭の写真はインパクトを放っている。バタイユが、戦前の「現代精神」の不徹底さ、それをそのまま蘇

（7） *Ibid.*, p.273.

らせることへの危険性を意識していたことの証左だろう。じっさい彼はこう語る。

「一陣の夜風が窓を押しあける。そんなふうに突発的に襲ってくる意志がある。ほんの二、三分にせよ、帳《とばり》を持ち上げて、絶対に見てはならないものを生きてみたいと欲する意志だ。それはまさに正気を失った人間の意志なのだが、唯一そんな意志だけが、全ての人が回避するものに突然に立ち向かうことを可能にしてくれる。こうした意志に見舞われると人は恐怖で完全に息を詰まらせることになるのだが、現代精神は、最良の場合でも、そのような人間の可能性に代えて迂回路を呈示してきたのだ。迂回であればどんなものでもいい。その迂回が既成秩序のなかへ入っていけたらそれでいい。必要とあれば常識はずれでも構わないから、とにかく既成秩序に入っていけさえすればいい、といった調子だったのである。そもそも現代精神はこれまで、絵画と文学に適応可能な方法しか唱えてこなかった。たぶん今日、これを継承しうるものは、まったく違う地平でしか意味を持たなくなるだろう」（バタイユ「現代精神と移し替えの戯れ」(8)）

バタイユは「現代精神」をこれまでとは「まったく違う地平」で継承していこうとする。ではその地平とは何なのか。この論文でバタイユは「残りかす」(le résidu) としか言っていない。これまでの移し替えをすべて取り払って残ったもの。つまり「現代精神」が近代社会の既成秩序を志向してきたのに逆行して、それまでの「移し替えを段階ごとに排除して」残ったもの。芸術作品の評価も、「その作品がこうした残りかすの持つ恐ろしい面を多くあるいは少なく含んでいるかに応じて格付けされるようになる」(9)というのである。

バタイユは芸術作品を否定しているのではない。この「残りかす」を分有してどれだけ「変質」しているか、あるいはどれほど「異質なもの」を放って、鑑賞者を刺激するかという点に注目しているのである。

一九三九年、彼はこの「残りかす」を「聖なるもの」と言い換えて「現代精神」の近代史を捉えなおす。

4 「聖なるもの」へ

一九三一年から三九年にかけてヨーロッパの政情は大きく変化した。独裁者の政権が増え、その領土要求に対して民主主義国家が譲歩したり黙認したりと弱腰外交に終始するようになるのである。イタリアのムッソリーニ、ドイツのヒトラーそしてロシアのスターリン。さらにスペインでも一九三六年七月に始まった内戦が三九年三月に終結しフランコ将軍による独裁政権が樹立されている。

このなかでバタイユが注目したのは、神話や儀式、独裁者の神格化など宗教的な要素が国威発

(8) *Ibid.*, p.273-4.
(9) *Ibid.*, p.274.

揚と民衆掌握に積極的に活用されたことである。とくにドイツのヒトラー政権ではこの政策が露骨に打ち出された。近代国家では、逆のことを一生懸命やってきたのである。とくにフランスでは一七八九年の大革命以来の懸案事項だった、国政へのカトリック勢力の介入を阻止する法策が、ようやく一九〇五年の政教分離法によって達成された経緯がある。ナチス政権は、民主主義国家が宗教の不合理な力を軽視し嫌悪したことで国家の弱体化を招いたと見て取り、逆にこれを稼働させることで民主主義国家を上回る国力を実現していったのだ。

バタイユはこうした独裁主義国家の宗教利用を論文「ファシズムの心理構造」で綿密に分析した。当時彼が所属していた左翼政治グループ「民主共産主義サークル」の機関誌『社会批評』の一九三三年一一月号と三四年三月号に掲載された長大な論文である。ナチス党がドイツの合法的な国民選挙で第一党になり党首のヒトラーが政権についたのが一九三三年一月であるから、かなり早期の反応だったと言える。この論文でバタイユはフランス社会学の成果に依拠して、聖なるものの二極性を持ち出す。この二極性とは、不吉で破壊的で、強度の強い異質性の力を聖なるものの左極に置き、右極の聖性に強度の弱い異質性の力の発現、親和的で美しく、吉なる様相の出現を見ていく捉え方である。バタイユはこれをさらにマルクス主義の社会構造論に差し向けた。ファシズム社会最上部の権力者が右極の聖性を活用して国家を全体主義化しているとし、これを覆す可能性として社会の下部に置かれた労働者の左極の異質な力の結集に、その組織的「権威」の力に期待したのである。しかし彼の期待とは裏腹に、ドイツの労働者は権力者が差し出す右極の聖性のイメージや神話になびいていき、またフランス国内で彼が試みた反ファシズムの闘争組織「コントル・アタック」も労働者の呼応など得られず短期間で瓦解してしまう。彼はさらに秘密結社「アセファル」を創設して左極の聖性の組織化をめざすのだが、これも同志の批判と離反にあって頓挫してしまうのだ。

一九三九年、バタイユは自分の考えを変質させるべき段階に来ていた。彼が直面した最大の矛盾は、組織化という「物」の思想にはたして左極の聖性が対応するのかという問題であった。国家、党、宗教団体。みな形のある共同体であり、一個の「物」である。対して、左極の聖性は激しい強度の異質の力によって生じる事態であって、「物」を解体させてしまう。人間もこの力に見舞われると、その精神的一体性を壊されて、死の不安を持つようになる。じっさいに肉体が滅ぼされることもある。それは社会の上部か下部かに関係なく、どの人間にも起こりうることなのだ。死と直面することこそ、左極の聖性の本質的で最終的な局面だろう。ただし全面的に自分を否定して自死に至ってしまっては「無」が完結して「物」になるばかりである。一九三九年のバタイユは聖なるものの左極を、個人や団体に貢献させる道ではなく、また自死に至る道でもなく、第三の道へ向かわせる。個の現実の在りようを一瞬にせよ変質させる道へ向かわせる。実存のアルテラシオンの道だ。論文「聖なるもの」はこの第三の道の視点から「現代精神」と芸術を捉えなおした試みだ。

5 「聖杯」を探し求めた「現代精神」

その書き出しはこんなふうに緊迫している。

「重大な要素をはっきり示す時がおそらくもうすでにやってきているのだ。その重大な要素とは、これまで、不明瞭で不確かな追求が、図像形態の創造や言葉の創出といった間接的手段でめざしてきたもののことである」（バタイユ「聖なるもの」）[10]

こう語ったすぐあとでバタイユはこの「不明瞭で不確かな追求」を皮肉交じりに「《現代精神》というみすぼらしい呼称を名乗ったものによる大いなる《探求》」[11]と言い換える。要するに「現代精神」は絵画や詩という間接的な手段で、つまり図像と言語というメディア（媒介）を通して、「重大な要素」を追い求めていたというのだ。ほかならない、この「重大な要素」こそ「聖なるもの」であり、これは直接的に体験すべきだというのがバタイユの主張なのである。そしてこのあと彼は中世騎士道文学の「聖杯探求」（イエス・キリストが最後の晩餐で用いた杯《さかずき》を探しに旅に出る話）を喩えに持ち出して、「聖なるもの」を追い求めることの困難さを示唆している。

「現代精神」の歴史は、この困難さを生きた芸術家とともに始まるとバタイユは見る。詩人ではランボー、画家ではゴッホが発端だと考えるのである。ランボーは本章の題辞で示したように「絶対に現代的であらねばならない」と自らに言いきかせて、自分の紡ぎ出す詩表現を次々に疑っていった詩人、詩人であることすら疑問に付した詩人である。ゴッホは前章で見たように、サン＝レミ時代に狂気と正気の限界線上を往還しその体験を絵画にイメージ化した画家である。いずれも解体を強いる左極の聖性の異質な力に実存を開いて、その危機的な状況のなかで、作品を制作していたのだ。一九〇〇年代初頭から一九一四年までの「現代精神」第一期の芸術家たち、そして一九二〇年のパリ・ダダからシュルレアリスムへと続く第二期の芸術家たちも、この二人の先駆者の制作姿勢を尊重していた。「聖杯探求」の困難さとそれに伴う不安は一九三九年の現在でも続くとしたうえで、バタイユは次のように「現代精神」の近代史を総括する。聖なるものに憑かれた実存について彼はこう言うのだ。

「この実存は、重々しくて、存在理由を与えることすらしばしば困難になるのだが、今日でも続く不安は、まず、この実存を解く鍵になるような言葉の形式や形象の形式の発見に、目をくらませながら、専念してしまったのだ。シュルレアリスムは、今日、このような試みのサポーター役になってしまったが、シュルレアリスム以前からあった妄執の後継者たることは自任している。ランボー以来の詩の歴史、そして少なくともファン・ゴッホとともに始まる絵画の歴史は、新たな嵐の全域と意義を明かしている」(バタイユ「聖なるもの」[12])

それにしても「聖なるもの」の捉えがたさは何に起因しているのだろうか。この論文ではとりわけその瞬間性が原因としてあげられている。つまり「聖なるもの」は「実体」ではないという

(10) Bataille, «Le sacré», *O.C.*, *I*, p.559.

(11) *Ibid.* もともとバタイユは「精神」なる言葉を憎悪していたことは想起されてよい。その理由としては「精神」が知性の代名詞のごとくに使われてきた西欧の歴史があるだろうし、またキリスト教の「聖霊」の仏語訳 Saint-Esprit とつながっていたこともあるだろう。シュルレリアスム時代を回顧した一九五一年執筆のテクスト「シュルレアリスム、その日その日」でバタイユは、一九二五年に起草されたシュルレアリストの宣言を読んで、「精神」という言葉への憎悪のあまり、「精神自身に振り返る精神」という言い回しを「精神自身に敵対する精神」と読み間違えたと告白している。そしてその誤読は今の繰り返されると付言している。

(12) Ibid. p.559-560.

のがこの論文でのバタイユの強い主張なのである。キリスト教神のように持続的に存在する「物」ではないというのだ。一瞬のうちに現れては消えていく事態。恋愛の感情もそのような実体のない、現れては消える儚《はかな》い出来事なのだろう。この論文の草稿にバタイユが記したメモ書きには、アポリネールの名のあとに「実体からではなく、特権的瞬間からなる聖なるもの」とある。まさしくこの詩人の作品にはそんな瞬間が謳われている。一九一二年に発表された彼の代表作だ。

「ミラボー橋の下をセーヌが流れ
　僕たちの愛も流れていった。
思い出せというのか。
　喜びはいつもつらい思いのあとに来たものさ。

夜が来て、時の鐘が鳴る。
　日々は流れて、僕は立ちつくしたままだ」
　　　　（アポリネール「ミラボー橋」(13)）

ヴィトラックに言わせれば、アポリネールは「現代精神」を体現した詩人だった。画家のマリー・ローランサンもそうだろう。詩人は画家に恋をし、ミラボー橋を渡っては、逢瀬《おうせ》の時を過ごした。彼らの恋愛はまさしく聖なる体験で、その特権的瞬間はセーヌの流れのごとく過ぎ去っていった。ミラボー橋は時の流れと河の流れを際立たせて立ち残る実体だが、橋上に立ちつくす詩人は同じ残り物の実体とはいえ孤独を際立たせている。聖なる交わりは終わってしまったのだ。

6　移動する交わり

文学も絵画も、作品という実体から成り立っている。しかしその究極の価値は、このように特権的瞬間を喚起できるか否かにかかっている。バタイユはそのことをこう語る。

「絵画や文章表現は、たしかに、このような特権的瞬間を固定したいという意志を持っているが、この意志はこうした瞬間を再出現させるための手段でしかないのだ。じっさい、絵や詩のテクストは、一度現れたものを喚起しているのであって、実体化しているのではない」（バタイユ「聖なるもの」[14]）

「聖なるもの」は瞬時の出来事である。その出来事の内実は「交わり」（communication）だというのが、この論文でバタイユが最も言いたかったことだろう。彼はフランス社会学のほかに宗教学の研究成果も踏まえて宗教の核心部分へ迫っていった。神や神々といった実体を超えて「聖なる

(13) Guillaume Apollinaire, «Le pont Mirabeau», in *Alcools*, coll. «Poésie», Gallimard, 1989, p15.
(14) Bataille, «Le sacré», *op.cit.*, p.560.

もの」の内実へ遡っていったのだ。

「宗教史の研究が進んだ結果、本質的な宗教活動は、一個、あるいは複数の人格的・超越的存在に向けられていたのではなく、非人格的な現実に向けられていたということが明らかになったのである。キリスト教は聖なるものを実体化してしまった。逆に、聖なるものの本性とは――今日ではまさにこの本性において宗教の熱き存在が認められているのだが――おそらく人間の間で生起する、この上なく捉えがたいもののことなのだろう。というのも、聖なるものとは、共感的な一体性の特権的瞬間、ふだん抑圧されているものの痙攣性の交わりの瞬間にほかならないからである」（バタイユ「聖なるもの」[15]）

「交わり」にはいろいろある。通常我々は言葉を発し、身振りを示して、人と交わっている。このときの交わりは、自分の考えや気持ちを伝えるための行為である。自分を超えた非人格的な（非人称的な）交わりに入っていこうとしているわけではない。だが祭りや儀式など宗教の特別な場面では自分という意識が希薄になることがある。自分でありながら自分でない曖昧な状態へ我々は変質してしまっているのだ。バタイユがここで言う「非人格的な現実」とはそのような変容した状態を指す。そしてこの現実を生きているとき、人は深い交わりに入っている。「共感的な一体性」とバタイユが形容している状態である。これはしかし組織や団体のように明確な形を持っているわけではない。漠然とした、不定形の、しかし熱量を帯びた力の場である。人と人、あるいは人とその外部の世界が曖昧に、しかし熱く交わっている状況である。

この状態をもたらしたのは、ふだんの生活で抑圧されていた、あるいは遠ざけられていた異質な力である。情念の力、欲望の力、あるいは嵐や津波を引き起こしたり、恐ろしい病原菌となって我々を襲う自然界の力のことだ。高い強度でもって人間の精神に、そして肉体にも、死をもたらしかねない破壊的な力である。筋肉の痙攣のごとく、我々の意思とは裏腹に襲来する力。理性の統御も防御もままならない恐ろしい力のことである。

バタイユの近くにいて、このような力に日々肉体を蝕《むしば》まれ、にもかかわらず「聖なるもの」がこのような激しい「交わり」の場であることを理解し文字に書き表していた人がいた。バタイユの愛人で彼と同居していた女性で、肺結核のために一九三八年一一月七日に死去したロール（本名コレット・ペーニョ）である。

ロールは、感性と知識を備えた女性であったが、生前バタイユと宗教や哲学の話を交わしたことはなかったし、書いたものを彼に見せることもなかった。死の四日前、病床で苦しむなかで彼女は、自分が書きためておいたテクストの所在をはじめてバタイユに告げ、彼はそのなかに「聖なるもの」と題された紙片を見つけた。その文面は広く、また深い内容であった。

「聖なるものの概念は私にとっていったいどんな色合いを持っているのだろうか。
聖なるものとは、各人が自分のなかに持つ《永遠の部分》が、生のなかに入ってきて、世界の動きのなかへ突き動かされ、世界の動きに統合され、現実化していくほんとうに希少な瞬間

（15） *Ibid*. p.562.

のことなのである。

聖なるものとはまさしく、天秤の片側に死が置かれたときに反対側を占めるもの、死によって確固と定められたものなのである。

この死の永続的な脅威は人をうっとりさせる絶対者であって、生はこれを突き動かす。そうなるとこの脅威は生をその外へもちあげる。私自身の内部を、まるで火山の噴火か遊星の落下のように、外へ投げ出すのだ」（ロール「聖なるもの」(16)）

樽からワインが漏れ続けるように人は日々生を失い、死に向かっている。「各人が自分のなかに持つ《永遠の部分》」「死の永続的な脅威」とはそのことを指す。ロールは人一倍この動きを体感させられた。彼女は、第一次世界大戦さなかの一九一六年、一三歳のときに父親と三人の叔父を戦禍で亡くし、母親は以後終生にわたって喪服を着続けることになるのだが、ロール自身もこの年に肺結核に罹《かか》ってしまった。結核は当時、死に至る病であった。彼女のテクスト「聖なるもの」は一九三八年八月、死の三ヶ月前の執筆である。死が逼迫するなかで、死が生にもたらす変質を聖なるものと感じていたのだ。人間の奥底の生が世界と交わる可能性に聖性を感じていたのである。

誰しも死を恐れるし、一日でも長く生きたいと思う。バタイユとて延命のために医者にかかり、治療を受け、快癒を喜んでいる。それだけに、愛する人が死の病に侵され死にゆくのを見るのは心が引き裂かれるほどに辛かったのだ。しかしロールが書き残した「聖なるもの」には生の別の可能性が芸術の本質として示されていた。死の接近によって身心が変質していくなかで見えてくる生の新たな面であり、詩の本質である。

「詩作品は、核心的な出来事の創造であるがゆえに、つまり裸のごとく感じられる《交わり》の創造であるがゆえに、聖なるものなのである。詩作品は、自己を侵すこと、裸になること、そして、生きる理由であるものを他者に伝達することなのだ。まさしく、生きる理由は《移動する》のである」(ロール「聖なるもの」[17])

バタイユは、ロールの死後この文章を読んだ。そのとき、ロールが死の苦しみに入る直前の一一月二日に書いた彼自身の「聖なるもの」と寸分違わぬことが書かれてあると実感し、深く感動したのだ。[18] 先ほど引用した文言「聖なるものとは、共感的な一体性の特権的瞬間、ふだん抑圧されているものの痙攣性の交わりの瞬間にほかならない」とある一節である。ロールの指摘は、しかしバタイユ以上に鋭く、深く、そして広い。そこに「生きる理由」を見出し、しかもそれは「移動する」と言っているのだから。これは詩作品だけでなく、あらゆる芸術作品に言えることだろう。「共感的な一体性」の伝達。これは広大な共同体の可能性を開く。そして時代を変える可能性を秘めている。

(16) Laure, «Le sacré», *Écrits*, coll. «10/18», Union générale d'éditions, 1978, p.111.
(17) *Ibid.* p.116.
(18) このことに関するバタイユの告白はガリマール社版のバタイユ全集第五巻の『有罪者』に収められた草稿にある(*O.C.*, *V*, p.507-508.)。江澤健一郎氏の邦訳『有罪者』(河出文庫)の訳注(三四〇―四三頁)ですべて読むことができる。

結びに代えて

一九三九年九月にヨーロッパは再び世界戦争の場になった。兵士が物のように動員され、物質文明の進捗によって生み出された新兵器を持って、国家の領土拡大のために、あるいは領土の死守のために大がかりに戦闘を繰り広げたのである。そして非戦闘員であったユダヤ人も、ユダヤ人というだけで物のように強制収容所に連行され、殺害されたのだ。

バタイユは、このように一段と強度を増した「物」の時代に真っ向から逆行して、一人「聖なるもの」の体験に、この実存のアルテラシオンに、沈潜した。「現代精神」から言えば、『ドキュマン』時代のバタイユは、学者から詩人まで何人もの騎士たちと「聖杯探求」に乗り出していたのである。それが一九三〇年代末には孤独なドン・キホーテになって、いやたった一人の宗教体験者になって、探求を続行せざるをえなくなったということなのである。

バタイユが『ドキュマン』時代に学んだことはまことに大きかった。なかでも芸術表現の、メディアとしての二面性は重要だった。一つの面は芸術表現とて「物」になってしまうということである。「物」の時代に抗って過激な図像と文章を繰り出したはずなのに、いずれそれらも「物」になって時代に吸収され同質化されていくのだ。しかしだからこそ絶えざるアルテラシオンが求められるのである。それも表面的な「移し替え」などではなく、実存の変質にまで降りていくことが求められるのだ。そのときに生みだされた芸術表現は「物」にはできないことを果たすようになる。時代と地域の制約のない広大な共同性の実現である。この芸術表現のもう一つの面をバタイユに心底から伝えたのはロールだった。彼にとって彼女は「現代精神」の極致だったと言える。

ロール亡きあとバタイユは、一人聖なるものの体験に降りていくのだが、その模様を披瀝すべく、省察まじりの記録を日記に記し、さらに詩と小説を書き、さらにまた大規模な理論書の制作に乗り出した。戦時中、「聖なるもの」の体験を核にした三重の文筆の同心円が企てられたのである。最も内奥の円は『内的体験』（一九四三年）、『有罪者』（一九四四年）、『ニーチェについて』（一九四五年）にまとめられ、文学作品の円は詩集『大天使のように』（一九四四年）、小説『マダム・エドワルダ』（一九四一年）、断章随筆『息子』（一九四三年）等によって形成され、第三の円は『全般経済学試論』の構想のもとに試行錯誤が重ねられた。戦後も第一の円にはテクストが増補され、第二の円にも新作が加わり、第三の円には月刊書評誌『クリティック』掲載の論文や単著の美術評論、文芸評論も加えられていった。

これら三重の文筆のめざすところは何だったのか。

様々なことが考えられるが、一つは『ドキュマン』の野心と同様に、同時代の社会に訴えかけて、「物」に動かされる同時代人の考え方と生き方を変えるということだろう。もちろん一人の思想家の試みによって社会が変わることなどまずありえない。そもそもこの同心円の核をなす体験が、通常の思想家の、主体としての在り方を変質させる体《てい》のものであって、定まった意見の発信源にはなっていない。この体験に社会を直接に変える力などないし、それをこの体験に求めることの矛盾と困難をバタイユは戦前の共同体の試みで認識させられていたはずである。

第二次世界大戦後のバタイユの試みは、各人の内発性に訴えかけるというきわめて地味な、しかし本質的な性格のものだった。三つの円が志向する「共感的な一体性」を、この「生きる理由」を、各人が頭で、知的に、外側から理解するのではなく、まずそれぞれの内的体験を通して、共有していくということだったのだ。バタイユが「友愛」と呼んだ対応である。

いったいそんなことで社会は変わるのだろうか。人の見方は変わるのか。

変化の可能性は十分にあると思われる。バタイユ自身は、ランボーとゴッホに始まる「現代精神」のさまよいをその核心部分において、その「聖杯探求」において共有し、実存のアルテラシオンへ向かったのである。そして今や、バタイユの時代よりもはるかに多くの人間が彼の著作に関心を持ち、極東に住む私のごとき人間まで「共感的な一体性」の何がしかをことあるごとに他者に、世界に、実感し意識しているのだから。芸術は間接的な手段かもしれないが、その目指すところを示唆したバタイユの言葉が実感され自覚されれば、さらにまたこの不定形の共同体は広まり、「物」の思想の相対化は進むかもしれないのである。今や「物」の支配の危険性は喫緊の課題である。しかしバタイユはその危機意識を現代人以上に持ちながら、悠然と先史時代の壁画を振り返り、動物への愛と人間の自己批判を同時代人に語りかけていた。「ゆっくりと」そして「軽く」という言葉を多用して内的体験を説いた戦後の彼の遠大な野心を尊びたい。

資料1

雑誌『ドキュマン』とバタイユ

▼『ドキュマン』*Documents*（一九二九—三一）について

（1）**誰が創刊させたのか**＝パリ国立図書館賞牌《しょうはい》部門に勤めていたジョルジュ・バタイユ（一八九七—一九六二）及び同部門の彼の先輩格の司書ピエール・デスペゼルとジャン・バブロンが、画商ヴィルデンシュタインに資金を仰いで、一九二九年四月に創刊させた。

（2）**どれだけ続いたのか**＝年一〇回発行する月刊誌のスタイルで出発し、初年次の一九二九年には予定通り四月から一二月までに七号（七—八月は夏休み）、一九三〇年になると、翌年にかけて何とか八号を刊行させた。計一五号の発行。なお正確に言えば、バタイユが編集局長を降りたあと、一九三三年と三四年に一号ずつ刊行されたが、雑誌の趣向は伝統的になり、出資者ヴィルデンシュタインが編集する美術誌『ガゼット・デ・ボザール』に近くなった。

（3）**バタイユは何をやったのか**＝正式な編集長はカール・アインシュタインだった（おそらく一九二八年にヴィルデンシュタインが依頼したもの）が、実際に雑誌全体の編集を一九三〇年次第八号まで司っていたのはバタイユだった。バタイユは、創刊号から編集局長の立場にあり、編集の総務を務め、そのかたわら各号に長短様々なテクストを一本以上発表した。その数は合計三六本（一九二九年次一九本、一九三〇年次一七本）に達した。

（4）**どんな雑誌なのか**＝創刊号の表紙によれば、この雑誌が対象にした分野は「学説、考古学、美術、民族誌学」である。初年次第四号からの表紙には「学説」が取り除かれ、「雑録」が加えられた。マニフェスト、巻頭言はない。明確な主義主張のもとに発行された雑誌ではないと言える。

①多様性と斬新さ——これら考古学、美術、民族誌学の分野を中心にして、各学会所属のアカデミックな専門家、バタイユやレリスのような非アカデミックな前衛の書き手が、それぞれの立場から新たな知見を論文として発表した。執筆陣の多様性、論調の新しさ、斬新さ、奇抜さが特色になっている。対象となった分野も、上記の分野だけでなく、映画、漫画、ジャズ、レヴューショー、展覧会など多岐に及んでいる。

また、一九二九年次第二号から定期的に「批判辞典」の名目のもとに、様々な言葉の語義説明が短文で斬新に試みられている。とりわけ「不定形の informe」という形容詞に寄せたバタイユの説明は彼の思想に深く関わり、のちにロザリンド・クラウスなどの美学者が注目し、一九九七年パリのポンピドーセンターでこのテーマの展覧会を開くまでにいたっている。

②グラビアの面白さ——創刊号からモノクロ図版が豊富に、大画面で、挿入された。本文を説明する従属的なイラストの域に留まらず、図版そのものが自律的に自己主張する面を持っている。なかには本文とどのような関係にあるのか不明のグラビアも挿入されている。また、写真図版に関しては、ボワファール、ロタールといった前衛写真家がクローズアップなどの手法を用いて撮影した刺激的な映像を見ることもできる。

（5）**なぜ二年で終わったのか**＝一九三一年で終刊となった理由についてはどこにも述べられて

いないが、二つのことが考えられる。一つは参加者たちの雑種性である。各分野の既成の見方を打ち破るという基本路線は緩やかに共有されていたが、どの程度の新しさを欲するのか、またどの方向を目指すかは各人まちまちだった。このようにまとまりのない参加者による多様な題材の雑誌が二年間続いたということだけでも評価に値すると思われる。

もう一つの理由は、一九三〇年代に入り、西欧をはじめとする国際政治の情勢が緊迫の度を増したことである。一九二〇年代のフランスは「狂乱の時代」と言われ文化的に華やかであったが、一九三〇年代に入ると危機的な政治の時代へ入っていく。『ドキュマン』はこの過渡期に位置している。ブルトンらシュルレアリスム主流派はこの情勢の変化に迅速に反応し、一九三〇年七月に『革命に奉仕するシュルレアリスム』誌を創刊。バタイユは一九三一年一〇月から『社会批評』誌に寄稿し、党派性を超えた左翼思想を展開していった。

（6）**その後のバタイユとどういう関係にあるのか**＝『ドキュマン』で披瀝されたバタイユの思想は、その後のバタイユのアマルガムと言える。供犠の理論、欲望による否定（「侵犯」に発展していく）、ヘーゲル批判、偶然性の概念（「好運」に発展していく）、異質的な宗教性（「聖なるもの」へ発展していく）、終わりなき歴史観等々。「内的体験」という言葉の初出も『ドキュマン』のゴッホ論にある。

（7）**現在『ドキュマン』を読むことができるのか**＝リプリント版が一九九一年にJean-Michel Place社から二巻本で出版された（現在では絶版）。なお、フランス国立図書館（BnF）の電子図書版（Gallica）でこのリプリント版を全文ダウンロードすることができる（http://gallica.bnf.fr/ark:/12148/cb34421975n/date）。バタイユの論文だけならば、ガリマール社版全集の第一巻に収められている。

邦訳としては、バタイユの論文のうち主要なものならば、二見書房社の『バタイユ著作集』第一一巻『ドキュマン』に収録されている。そして二〇一四年に江澤健一郎氏の訳でバタイユの発表論文すべてと関係草稿が河出文庫より出版された。

▼よく引用される『ドキュマン』にまつわる文章。

（1）雑誌紹介のパンフレット＝同誌の寄稿者ミシェル・レリスによれば、創刊当初、雑誌紹介のパンフレットが作られたらしく、そこには次のように書かれてあった。

「このうえなく腹立たしくて、未分類の芸術作品、そして今まで無視されてきた　雑多な産物が、考古学の研究と同じほど厳密で学問的な研究の対象になるだろう。〔……〕一般に本誌では、このうえなく不安をそそる事象、どういう帰結になるのかまだはっきり画定されていない事象が考察される。このような多様な探究においては、成果や方法でときたま馬鹿げた特徴がでてくる。そうした特徴は、通常は作法の規則に則って隠蔽されるのがおちだが、本誌では凡庸さへの憎悪から、そしてユーモアから、敢然と強調されるだろう」。

（2）『ドキュマン』の創刊に携わり、編集委員を務めたピエール・デスペゼルが、創刊号を手にしてすぐにバタイユに書き送った怒りの言葉。

「今まで私の目につくところでは、あなたがこの雑誌に選んだタイトルは、ほとんど、あなたの精神状態に関する《ドキュマン》を呈示するという意味でしか正当化されない。たいへんな事態だが、しかしまだ、とんでもなくひどいというわけではない。あなたと私がヴィルデンシュタイン氏にこの雑誌の当初の計画を語ったとき、私たちの心にひらめいていたその精神に真に立ち還るべきだ。真剣にこのことを考えてくれないか。もちろん私は『ドキュマン』に対して振りかざすべきいかなる制裁権も持ちはしない。ただ一つだけ、この雑誌の廃刊という制裁権だけは持つ」。

『ドキュマン』と同時代の関係雑誌

●＝伝統的　○＝中道的　◎＝前衛的

1　●『**アレテューズ**』*Aréthuse*　一九二三年一月に創刊された古銭学中心の伝統的な学術季刊誌。パリ国立図書館賞牌部門のジャン・バブロン、ピエール・デスペゼルが中心となって一九三一年まで刊行された。賞牌部門に配属されたバタイユは、一九二六年から一九二九年まで古銭学の論文、および書評を寄せている。

2　○『**文学・科学・芸術共和国手帳**』*Les Cahiers de la république des lettres, des sciences et des arts*　一九二六年四月一五日に創刊された総合文化誌。一九三一年までに一三号を刊行した。パリ国立図書館賞牌部門のピエール・デペゼルが編集長。一般の読者に開かれた題材を扱っている。一九二八年の第一〇号の特集は「植民地」。同年第一一号の特集は「コロンブス以前のアメリカ」。後者の特集号の巻頭にはバタイユの重要論文「消えたアメリカ」が掲載されている。

3　●『**ガゼット・デ・ボザール**』*Gazette des Beaux-Arts*　一八五九年創刊の伝統的な美術史の月刊誌。一九二八年から左記の画商兼美術史家ヴィルデンシュタインが編集長になり、一九三〇年からはジャン・バブロン、ピエール・デスペゼルを編集委員に加えている。

4 ○『**アナール**』*Annales* 一九二九年一月一五日に発行された歴史研究の雑誌。既成のイデオロギーにとらわれず、歴史資料から考察を立ち上げる新たな姿勢を打ち出した。いわゆるアナール学派の始点となった雑誌。

5 ◎『**シュルレアリスム革命**』*La Révolution surréaliste* 一九二四年一二月一日に創刊号。一九二九年一二月一五日に第一二号を発行して終刊。創刊号の表紙には「新たな人権宣言に到達せねばならない」とあり、巻頭言（préface）の冒頭には、「認識への告訴をする必要がもうなくなった以上、そしてまた知性が重要性も持たなくなった以上、唯一夢だけが、人間に対して、そのすべての権利を自由のままに残してくれている」とある。ブルトンが編集長に就いた第四号からは彼の美術評論『シュルレアリスムと絵画』の連載が始まっている。その最初の一文「眼は野生状態で存在している（L'œil existe à l'état sauvage.）」は有名になった。なお、第一二号に発表されたブルトンの『シュルレアリスム第二宣言』（なぜか題字が多数の赤いキスマークで囲まれている）の末尾にはバタイユの『ドキュマン』一九二九年次発表の諸論文への批判が載っている。

6 ◎『**革命に奉仕するシュルレアリスム**』*Le Surréalisme au service de la révolution* 編集長はブルトン。一九三〇年七月に創刊号。一九三三年五月までに六号を刊行した。ファシズムかコミュニズムかという国際情勢の緊迫した政治状況にいち早く対応したシュルレアリストたちの雑誌。ロシア共産党の革命理念を尊重しつつ、自由な想像的表現の可能性を模索している。

7 ◎『**芸術手帳**』*Cahiers d'Arts* 一九二六年美術評論家クリスチャン・ゼルボスによって創刊された前衛的な芸術誌。グラヴィアも豊富。同年七月号にはジョルジュ＝アンリ・リヴィエールの短いが重要なテクスト「考古学主義」（Archéologismes）が掲載される。

8 ○『**社会学年報**』*Année sociologique*　一八九八年に「フランス社会学の父」エミール・デュルケームによって創刊されたが、第一次大戦中に休刊。一九二五年にマルセル・モースにより復刊。同年モースの重要論文「贈与論」が掲載される。

9 ◎『**ビフュール**』*Bifur*　一九二九年五月創刊、一九三一年六月までに八号を刊行。前衛的な文学・思想誌。ハイデガーの『形而上学とは何か』の仏訳が最終号に掲載される。

10 ◎『**ヴァリエテ**』*Variétés*　一九二八年から三〇年にかけてベルギーのブリュッセルで発行された前衛誌。「現代精神のグラビア月刊誌」。前記『ビフュール』とともにルイス・ブリュネルの映画『アンダルシアの犬』を取り上げている。

『ドキュマン』に関係した人々

1 **ジョルジュ・バタイユ** Georges Bataille（一八九七—一九六二）＝一九二二年に国立古文書学校を卒業し、パリ国立図書館の司書になる。一九二四年から同館の賞牌部門に配属される。前記1と2の雑誌に寄稿する一方で、一九二八年には小説『眼球譚』（新訳では『目玉の話』）を秘密裏に出版している。

2 **ピエール・デスペゼル** Pierre D'Espezel（一八九三—一九五九）＝パリ国立図書館賞牌部門に勤務していたバタイユの先輩格の司書。古銭学の研究家。前記1と2の雑誌の編集長。3の雑誌の編集委員。『ドキュマン』の編集委員も務めていたが一文も寄稿しなかった。

3　**ジャン・バブロン** Jean Babelon（一八八九―一九七八）＝パリ国立図書館賞牌部門の副部長（一九三〇年当時）。考古学、古銭学の研究家。デスペゼルとともに前記1の雑誌の編集長を務め、3の雑誌の編集委員に就いていた。『ドキュマン』の編集委員でもあり三本のテクストを寄稿している。

4　**ジョルジュ・ヴィルデンシュタイン** Georges Wildenstein（一八九二―一九六二）＝ユダヤ系の画商、美術史家。一九二八年にヴィルデンシュタイン家が前記3の雑誌を買収すると同時に、同誌の編集長になる。『ドキュマン』の資金提供者。

5　**カール・アインシュタイン** Carl Einstein（一八八五―一九四〇）＝ユダヤ系ドイツ人の小説家、美術史家。著作に『黒人彫刻』（一九一五年）、『二〇世紀の芸術』（一九二六年）など。一九二八年フランスに移住。おそらく前記のヴィルデンシュタインの依頼で『ドキュマン』の編集長に就く。同誌にドイツ系の書き手の論文が多いのは彼の斡旋によると言われている。彼自身、前衛的な美術論を多数発表した（長短二五本）。左翼の活動家であり、第一次大戦直後のドイツ革命の時代にスパルタクス団に参加、一九三六年のスペイン内戦では反ファシズムのアナーキスト武装集団に加わる。一九四〇年六月パリがナチスの占領下に入ると、ゲシュタポのユダヤ人狩りを逃れて南下。七月五日にスペイン国境のポー川に身を投じて自殺した。

6　**ミシェル・レリス** Michel Leiris（一九〇一―九〇）＝作家。草創期のシュルレアリスム運動に参加したが、ブルトンと離反。『ドキュマン』では多数のテクストを発表した。一九三一年五月から三三年二月まで、ダカールからジブチへアフリカ大陸を横断する民族誌学の調査団に加わり、その記録を『幻のアフリカ』（一九三四年）に著わした。一九三七年からはバタイユの主催する《社会学研究会》にカイヨワとともに参加している。

7　**ロベール・デスノス** Robert Desnos（一九〇〇―四五）＝詩人。草創期のシュルレアリスムに参加。催眠実験において夢遊状態でよく発語した。『シュルレアリスム革命』誌に寄稿していたが、政治問題でブルトンと離反。『ドキュマン』では前衛映画の紹介（ロシアの映画監督エイゼンシュタインの『全線』など）をおこなった。第二次世界大戦末期にチェコのナチス収容所でチフスにより死去。

8　**ポール・リヴェ** Paul Rivet（一八七六―一九五八）＝民族誌学者。医師として南米派遣隊に付添い、任務終了後六年間、当地の民族の生活を調査。一九二八年からはトロカデロ民族誌学博物館の館長に就任し、リヴィエールとともに同館の改造に向かった。『ドキュマン』の編集委員。論文「諸物質文明の研究――民族誌学、考古学、先史学」を発表している。一九三五年五月、反ファシズムの人民戦線からパリ市議会選挙に立候補し、当選。パリ留学時代の中谷治宇二郎、岡本太郎の民族誌学の方面での研究指導にもあたった。

9　**ジョルジュ＝アンリ・リヴィエール** Georges-Henri Rivière（一八九七―一九八五）＝民族誌学者。アメリカのジャズを好み自らピアノで演奏する開放的な自由人、バタイユと意気投合していた。一九二八年にはパリの装飾芸術博物館のマルサン館でコロンブス以前の中南米芸術の展覧会を成功させ、その展示の才能から「ショーケースの魔術師」と呼ばれるようになる（バタイユが論文「消えたアメリカ」を発表した前記2の雑誌の特集号はこの展覧会に寄せられたもの）。一九二九年からトロカデロ民族誌学博物館の副館長職に就き、展示改革に専念。『ドキュマン』創刊号にその改革案を発表している。その他、ジャズやレヴューを紹介する記事も載せた。留学中の中谷治宇二郎を厚くもてなした。

10 **マルセル・グリオール** Marcel Griaule（一八九六—一九五六）＝民族誌学者。マルセル・モースの薫陶を受けた。一九二八—二九年にエチオピアに調査旅行。その成果を『ドキュマン』にも発表した。同誌の「批判辞典」の項目（「目」「変身」「土器」など）にも積極的に寄稿している。一九三一—三三年のダカール＝ジブチ調査団の団長。著作に『ドゴン族の仮面』（一九三八年）など。

11 **アンドレ・シェフネール** André Schaeffner（一八九五—一九八〇）＝民族音楽学者。ジャズや西欧音楽にも造詣が深く、『ドキュマン』でもトロカデロ民族博物館所蔵の民族楽器を紹介するかたわら、ロッシーニやストラヴィンスキーの作品、さらに当時来仏していたアメリカ黒人ジャズ楽団「ルー・レスリーの黒い鳥たち」についてテクストを寄せている。

12 **ジョルジュ・リブモン＝デセーニュ** Georges Ribemont-Dessaignes（一八八四—一九七四）＝詩人、劇作家、画家。ダダイスムからシュルレアリスムに転じたが、ブルトンとは反目するようになりバタイユに接近した。『ドキュマン』にはピカソ、キリコについて寄稿している。『ドキュマン』とほぼ同時期に前記9の前衛誌を立ち上げた。

13 **マルセル・モース** Marcel Mauss（一八七二—一九五〇）＝「フランス文化人類学の父」。パリ大学などで民族誌学を教授。中谷治宇二郎、岡本太郎はモースの薫陶を受けている。バタイユがモースの講義に出席していた形跡はないが、供犠論、贈与論は彼の思想形成に大きな影響を与えた。

14 **ジャック＝アンドレ・ボワファール** Jacques-André Boiffard（一九〇二—六一）＝前衛写真家。シ『ドキュマン』のピカソ特集号に短文を寄せている。

ュルレアリスム運動に参加。ブルトンの『ナジャ』（一九二八年）にパリのサン＝ドニ門や共産党の書店の写真など九作を載せたが、一九二九年に同運動から除名され、バタイユに接近。『ドキュマン』に足の親指、口などの刺激的な写真を発表した。最終号の最終頁を飾る斬新な女性裸身像はしばしば同誌を代表する写真として扱われる。『ドキュマン』終刊後は、レントゲン写真技師になった。

15 **エリ・ロタール** Éli Lotar（一九〇五―六九）＝前衛写真家。パリに生まれたが、父（詩人）の故国ルーマニアで学業を修める。一九二四年パリに戻り、やがてフランスに帰化。映画を学ぶも写真に関心を持ち、『ドキュマン』の「批判辞典」の項目「畜殺場」に寄せた写真は彼の代表的な作品になった。

16 **中谷治宇二郎**《じうじろう》（一九〇二（明治三五年）―一九三六（昭和一一年））＝草創期の日本考古学会の野心的な学者。雪の結晶の研究で有名な中谷宇吉郎の弟。一〇代半ばで発揮された文才は芥川龍之介を瞠目させたほどであったが、考古学研究の道へ進む。一九二九年七月、シベリア鉄道経由でパリに入り、前記のリヴェ、リヴィエール、モースなど当時の民族誌学の代表的な研究者のもとを次々訪れ、縄文土器に関する自分の研究方針（出土された土器の量と地域から文化の中心地を推定する）の是非を問うた。『ドキュマン』一九三〇年次第一号には彼の論文「日本旧石器時代の土偶」が掲載されている。図版の土偶の写真（彼が日本より持参）もグロテスクにして力強く、『ドキュマン』の奇抜さを増幅させている。パリ人類学会の会員になり、一九三〇年五月と六月に日本の考古学について講演を行っている。フランス先史時代の遺跡巡り、研究書の出版企画の実現など精力的に活動したが、一九三二年、病のため余儀なく帰国した。

▼日本人留学生（中谷治宇二郎と岡本太郎）から見た『ドキュマン』関係者

（1）**ジュルジュ＝アンリ・リヴィエール**についての一九二九年の秋ごろの中谷の印象。

「すべての館員〔トロカデロ民族誌学博物館〕に馴染んで、「お早うございます」と日本語の挨拶を受ける頃、リビエール氏が北の旅から帰って来た。すぐの日曜日には彼の家で食事を執りながら、私達は日本の土俗学〔民族誌学〕と民族学に関する話をした。日本と土俗品の交換を希望されても、さて私の母国は今、一つのそれに関する博物館も研究所も持ってはいなかった。僅かな文献を挙げて、その購入をすすめ得たのみであった。

翌日から、毎日の昼食を彼の家で執るようにすすめられて、二、三日の裡は招かれて行ったが、二時間の仏語の会話に骨が折れて、午後の仕事に障ると思ったので止めた。私は彼が事務家な所が気に入った。彼は昼家に帰ると、すぐ音楽を始めた。そうして博物館へ帰ると、真直ぐに自分の机へ歩いて行った。そこには、二、三人のシークレタリーが彼を待っていた。彼はジャズとアメリカが好きであった。彼の妻君はアメリカ人で、年の半分はニューヨークの博物館で働いていた。〔……〕彼はともかく、物みなものういパリの中では愉快な男である。そうして仕事の出来る男である。」（中谷治宇二郎『考古学研究への旅——パリの手記』六興出版、一九八五年）

（2）同じころに人類学実験所の**ポール・リヴェ**の研究室を訪れたときの**中谷**の感想。

「私は自分の仕事の話をした。

——私は同じ二七年に、同じような方法を用いた。そうしてカルトグラフィ〔cartographie 地図作製法〕、並にテポロジィ〔typologie 類型学〕の二つの方法を並用して見た。

リベー教授は大急ぎで室を出て行った。そうして副館長のレステ氏を大声で呼んで、自分の論文を持って帰って来た。

――私は一七年に既にその方法を南米エクアトルの土俗調査に使っている。

私はなおその方法内におけるコールレーションの意味を少し聞きたいと思った。しかし老教授はこの時範をかかえて、その夜のアジア学会の講演に行くために急いでいた。私はそこに出席するように話されていたのだったが、理由もなく何か陰鬱なものを感じて、冷たい秋雨の中を宿に帰って行った。

その後〔分かったことだが〕リベー教授によって書かれた「物質文化――土俗学・考古学・先史学の研究」という論文が、ドキュマン三号〔一九二九年次〕に載せられている。その一節は次のようである。

――私は五か年にわたってエクアトルの調査を行いプレコロンビアン〔コロンブス以前〕時代の古墳から、多くの遺物を収集した。しかし発掘による僥倖では、型の起源や最後の時期が分からなかった。それで地理学的並びに統計的に処理して三つの類を得、それによってその文化の起源並びに他文化の影響等々とを知ることが出来た――地理学的な方法を与えて歴史のない文化を精密にしたのは私が最初でノルデンスキョルドとその学徒によって立派な仕事がされている云々」

（中谷治宇二郎、前掲書）
（3）画家の**岡本太郎**は父岡本一平、母岡本かの子とともに一九三〇年一月船でフランスに入り、ひとりパリで留学生活を開始した。バタイユとは一九三六年ころに知己を得て、《社会学研究会》、秘密結社《アセファル》に参加するようになる。他方で、パリ大学でリヴェやモースの講義に出席していた。一九四〇年六月、パリにナチスの軍隊が迫るなか彼は帰国の途についたが、その直前に彼らに別れの挨拶に出向いている。

●リヴェ、モースとの別れ

「六月三日、――この日、最初のパリ爆撃が行われた。私は、四日にパリを逃れたのだが、独軍が入ったのは一三日である。――最後に大学へ教授たちに会いに行った。私の挨拶に対して、モース教授は「日本の知友によろしく伝えてください」と、優しく受けてくれたが、リヴェ博士の態度はむしろ冷たかった。政治的にも大きな仕事をしている博士は、ファシストによるパリ陥落の悲劇を目前に、危難をさけて、敵国同様の日本に帰っていく私に、いささかの憤りを感じたのであろう。その気持ちを察して私は暗然とした。翌日、私は、パリと、そして学生生活に別れを告げて帰国したのである。」（岡本太郎「ソルボンヌの学生生活」）

●バタイユとの別れ

「ドイツ軍がパリに殺到する数日前である。私はついにフランスにとどまることを断念して、バタイユに別れを告げに行った。仲間〔《社会学研究会》、《アセファル》の同志〕はすべて離散してしまい、当時パリ国立図書館に勤めていた彼と私だけがのこっていた。最後の一人である私が帰国することを告げると、彼はグッと両手を握りしめ、前につき出し、天井の一角をにらみつけた。――こんなことで、決して挫折させられはしない。今に見給え。再びわれわれの意志は結集され、熱情のボイラーは爆発するだろう！

孤独な彼の両眼は血の色をしていた。

それからの世界の状況は、はるかに絶望的に悪化した。フランスは惨憺たる占領時代を通過し、帰国した私もながい前線生活に耐えなければならなかった。〔……〕
考えてみると、私の青春時代の絶望的な疑いや悩み、それをぶつけて、答えてくれたものは、ニーチェの書物であり、バタイユの言葉であり実践であった。情熱の塊のような彼との交わりは、パリ時代の、そして青春時代のもっとも充実した思い出である。」（岡本太郎「わが友――ジョルジュ・バタイユ」）

資料2

「八〇日間世界一周(1)」

ジョルジュ・バタイユ『ドキュマン』一九二九年一〇月、第一年次、第五号、二六〇—二六二頁。

存在する(être)とはいっても、脱出口が全くないように見えるこの地球の表面で、ただ騒然としたその場その場のおもちゃとしてだけ存在するという愚劣な状況。こんな状況をいまだ認めてこなかった人々がいるのだが、彼らはだからといって、昼あるいは夜の海の雄大な光景や、雷鳴を轟かせる暴風雨の光景や、山頂の高みからのまったく不条理で度胆を抜くような光景を観照する(2)ということにはもうずっと前からうんざりしてしまっている。他方で彼らは、人間に対して極端に臆病になって、人間のいない至る所に問題解決の鍵を探し回るといった態度が、まるで監獄のようなこの現実からの脱出になりうると、かつてきわめて安直にみなされていたということも承知している。そうして脱出すれば人は、あの自由を見つけだせるにちがいない。存在するということが恥ずべき疑似餌〔魚などをおびき寄せるルアー〕にならないために必要なあの自由を、見つけだせるにちがいないと思われていたのだ。ところが今やもっと明らかになったのは、そうして脱出した何人かの孤独な散歩者たち(3)が、実際は、ただ疑似餌から疑似餌へさまよっていただけだったということなのである。この孤独な散歩者たちは、食べすぎて（あるいは飲みすぎて）、消化不良に襲われたため、招待客たちをよそに窓を開け夜を眺めて、一瞬気分を楽にする育ちのよい主《あるじ》に似ている。しかしそれでもまだこの主は顔色が青いままで、数瞬後にはまた会場に引き返し、招待客たちのなかで、どんな突飛な表出によっても自分の激しい不快感があらわにならないように努めていなければならないのだ。

これほどに完璧な慎み深さに人は、当然驚くにちがいないし、少なくとも哲学の分野でなら今やこうした突飛な表出(4)が大きな快感をもたらすはずだと思うにちがいない。いずれにせよ、澄んだ大気、大空、高山、大海原はもはや形而上学的瞑想の舞台背景、それも倉庫に入れられボロボロになった舞台背景にすぎなくなっている。深い淵の外へ飛び出すためには、今ではともかく他の跳躍台を探し出さねばならないのである。

とはいえ、これまで認知された方針はどれも逆の方針を取るように促しているのだから、かつて最も人間的でない宇宙の要素ですら存在に関する省察全般に結びつけてしまっていた激しい情熱は、今後は別な方向へ、つまり我々の恥ずかしくて打ち明けることのできないような、あるいは言語道断の、常軌逸脱へ向けて更新されることになるだろう。ただしこの常軌逸脱が輝かしい

（1）訳出にあたっては、原典批判がなされている Gallimard 社版バタイユ全集所収のテクスト（« Le Tour du monde en quatre-vingt jours », in *Œuvres Complètes de Georges Bataille, tome I*, 1973, p.190-193）に典拠したが、Jean-Michel Place 社版リプリント（*Documents, tome I*, 1991, p.260-262）も参考にした。

（2）「観照する」は動詞 contempler の訳語。古代ギリシア哲学に発し、キリスト教神学にも入っていた重要な用語。「神」「神的なもの」を深く見るという意味である。バタイユもこのテーマには意識的だった。なお、この一文は、カント『判断力批判』（一七九〇）の第一部第一編第二章「崇高なものの分析論」を念頭に置いていると思われる。

（3）ジャン＝ジャック・ルソー（一七一二―七八）の『孤独な散歩者の夢想』（遺作、一七八二年）が念頭に置かれていると思われる。

（4）原語は manifestations insolites。「突飛なもの」l'insolite はシュルレアリスムも重要な概念。

ものにはならないという条件でのことなのだが……。今やもう、一個の悪趣味でさえ、一つの破廉恥な行為でさえ、ちょうどランプの明かりが昆虫を引き寄せるように狂的に、不幸に、哲学者（正確にいえば哲学者の戯画像《カリカチュア》）を魅惑せずにはいない。他方で、この悲しき戯画的人物の希求にもっともよく応えているのは、せいぜいのところ、日ましに甚大になっていく人々の精神の麻痺でしかないようなのだ。人間の至らなさ（そのどれもが出来そこないの実存*の憂慮すべき兆候なのだが）が次から次に溢れ出てくるような精神の麻痺でしかないようなのである。

もしも観客が、シャトレ劇場の舞台の上を歩いたならば、おそらくすぐに息を詰まらせてしまうだろう。というのも、『世界一周』の衣装を身に着けた若い踊り子たちがナフタリンの臭いを発しているからだ。その一方で[5]、驚嘆すべき主役たちが交わす文言を掲げながら、彼女たち各々は、間違いなく、人間の特異なバカらしさの厚顔無恥な旗持ちになっている。というのも彼女たち一人一人が、地球の諸点の一つを軍事的に占める使命を引き受けてしまっているのだから。そして彼女たちが集まると、この地球の周囲は缶詰を包む神秘的な帯装のようになる。この出し物のポスター[6]は地球を競売にかけるための広告なのだろうか。我々はもう何も分からなくなる。なにしろ、ボール紙製の不快な世界のなかをさまようのだから。本当の世界、太陽も王もいる世界に劣らず滑稽で、悲しくて、恥ずべき世界のなかを我々はさまようのだ。霧[7]のなかでは何もかもはっきり識別できなくなるが、ほとんどそういった霧と同じような状況のなかで、話が進むと、徒刑囚のようなヒステリックな登場人物たちが、本当に彼らが、ごみ箱の底にあるなら驚きもしないようなノミや食べ物の餌食になっていく。と同時に、くじ引きで、金の斑点のついた巨大な腹を引いた連中の完全な軽蔑の餌食にもなっていくのだ。しかしこれらの識別された事態はぜんぜん重要ではない。なぜなら、そういったことは依然、執事パスパルトゥー(8)の駄洒落《だじゃれ》が描く世界のなかに閉じ込められているのだから。その世界とは、ソーセージを食べる人の感情を持つソーセージがあるとして、そうしたソーセージの脳のなかで生まれた世界にほかならない。ずいぶん前からこの地球は、こんなまがい物の驚異をまといながら、一フランス人の陽気な執事の計り知れない愚劣さに駆け巡られるのを待ち望んでいたのではなかったか。それはいったいどのくらい前からなのか？　何億年も前からなのかもしれない。

このような缶詰型の究極の冠を製造するのには、何億年という想像を絶する期間が必要だったわけだが、この期間を勘定に入れると、次のような事実の重要性も容易に理解できるようになる。

（5）　この文の冒頭の語はリプリント版では Quant であるが、ガリマール社版全集では Quand である。訳出にあたっては後者に従った。なおガリマール社版によればこの一文の原文は次のごとくである。
« Quand aux phrases qui s'échangent entre quelques surprenants protagonistes, chacune d'entre elles à coup sûr est l'arrogant porte-drapeau d'une stupidité humaine particulière. »(*O.C.,I*,p.191)

（6）　このバタイユの論文は一九二九年一〇月号の『ドキュマン』誌二六〇―二六二頁に発表されたが、論文中の二六一頁全面には「現在使用されている壁貼り用ポスター」とキャプションが付されて『八〇日間世界一周』のポスターがモノクロで掲載されている。このポスターは一九二一年にパリのシャトレ劇場で『八〇日間世界一周』が上演されたときに使用されたポスター（マロドンとギレの作）と同じである。

（7）　ここで霧と出てくるのは、おそらく『八〇日間世界一周』主人公フィリアス・フォッグ (Phileas Fogg) の名前 Fogg が霧を意味する英語の同音語 fog を連想させるからだろう。

（8）　パスパルトゥーは主人公フォッグの忠実なフランス人執事で世界一周に同行する。なおこの名前 Passepartout は、フランス語の passe-partout（名詞として「マスターキー、合い鍵」の意、形容詞で「どこでもいつでも使える」「用途の広い」の意）に由来し、その意味を連想させている。

すなわち、最終的に地球は愚劣で満ちあふれねばならず、その無限の空間すべてにわたって重罪裁判所をもグロテスクこのうえない駄洒落で満たしていかねばならなかったという事実、それでいてその空間上で悲しげな形而上学者たちはまるで童貞であるかのように――曖昧このうえない微笑によっても、露骨な涎《よだれ》によっても汚されたことがないかのように――あくまで論述にこだわっていたという事実である。ブランド商標のようなこの出し物は三幕一四景からなり、そこに現れるのは、沈むにしろそうでないにしろ数隻の蒸気船、インディアンと、ボーリングのピンを倒すような虐殺とがついてまわる大陸横断鉄道、未亡人を焼くための薪の山（たいへん詩的なインドで）、機械仕掛けの蛇が何匹もいる巨大な洞窟（小さな子供にしてみれば、晴れ着のまま地下室に閉じ込められるのよりもっと腹立たしい状況だ）である――こういったことすべて、この葬式の道具立てすべて、つまり偽の詩人、偽の預言者、偽のロバ、偽のライオンを偽の墓穴に埋葬すること。こういったことすべてが、おそらく『八〇日間世界一周』による地球のバカバカしい戴冠式の挙行には必要なのだろう。そしてまた、次のことを我々に明示するためにも必要なのだろう。つまりヨーロッパの一男性が、鼻水たらした無数のすすり泣きの代弁者になって……存在する。何らかの魅力的な言葉（じきにすっぱくなる牛乳のように存在する言葉）に見合うようにすべてを還元してしまった夢うつつの喜びを（ミュージカルの只中で）伝える壮麗な祭典の伝令使になって……存在する。そしてまた、わけのわからない奇妙きてれつな論文の署名者になって……存在するといった事態が何の上で起きているのかを我々に明示するためにも必要なのだろう。

ジョルジュ・バタイユ

原注

＊もちろん実存はそれ自体において出来そこないになるというわけではない。実存に課すのが適切だと判断された義務との関係で出来そこないになるということなのだ。したがって、結局、実存を衰弱させるのは実存それ自体ではなく、自然（つまり無関心さであり、盲目的な順応主義がないということ）が不快感や失意を催させるものに見えるように巧みに作り上げられた公式のプログラムなのである。一人の素朴な少年が寄宿中学校（プログラム、つまり授業のカリキュラムを暗記するために彼はそこに入れられたのだが）を卒業すると、自然は徐々に彼の頭を錯乱させはじめる。母親の腹からゴボゴボ音が聞こえてきたり、通りで見かける人間の表情がどれもほとんど同じ欠落や妄執を表しているのに気づいたりするのだ。偶然耳にした会話でさえ、話し手たちの身体上の醜さと関係したものに見えてしまう。彼は、胸をむかつかせるもの、下品さ、目やにのついた目、そしてあの目つき、つまり人があえて考えようとはしないこと（それほど人は見栄っ張りで醜く平板なのだが）を伝えているあの目つき、こういったものに慣れていかねばならない。だが願わくば、彼が拒んで、こういったものすべてを見る、こういったもの以外なにも見ないということを続けてほしい。彼がこうしたことを糧に生きて、そこに悲しげな喜びを、喜びのなかで最も人を錯乱させる喜びを見出してほしいものだ。たとえそれが彼の知っていること（つまり彼が暗記したこと）への憎悪に発するとしても、である。そして、それもこれも、神のイメージが、どんな形態であれ、もう二度と彼の眼前に現れないようにするために、ということなのだ。

あとがき

私が原文でバタイユを読みだしたのは、二二、三歳の頃、一九七〇年代後半のことだった。当時の私のフランス語の実力とバタイユの難解な文章との隔たりは激しく、何が書かれているのか、文意がつかめないことの連続だった。とりわけ『ドキュマン』誌発表の彼のテクストに接したときはそうだった。辞書を引き引き苦悶し、見晴らしのきかない灰色の世界を、ただうろうろ、さまようばかりだったのである。

当時私の手元にあった『ドキュマン』のテクストはガリマール社が刊行を開始した『バタイユ全集』の第一巻所収のものだった。この第一巻にはバタイユの最初期のテクストが収められていて、小説『眼球譚』が冒頭に置かれている。その文章は私でも読める比較的平易なフランス語だった。その他、バタイユが古銭学の学術書『アレテューーズ』に発表した論文も理解できたし、本書でも紹介している一九二八年の論文「消えたアメリカ」も解読できた。しかし『ドキュマン』に入るとまったく歯が立たなかった。同じフランス人でこうも違うフランス語を綴るのか。本当に同じ書き手なのかとバタイユの人格の同一性すら疑ったほどである。とてつもなく長い文章があったかと思えば、省略表現がでてきたりする。条件法で断定をはぐらかすなどという手はしょっちゅうで、主節が否定疑問文、従属節の間接疑問文に否定表現 ne～pas の pas が欠け落ちていて、最終的に文章全体で何を否定したいのかあるいは肯定したいのか見えにくくなっている場合もある。指し示す先の見えてこない隠喩やおそらく同時代人の共通理解になっている流行表現らしきものも出てくる。本書で紹介した「八〇日間世界一周」など、もう泣きたくなるほどの難解さなのだ。

当時私はバタイユのテクストを読むと末尾に内容を簡略に要約するのを習わしにしていた。その鉛筆の書き込みは今も全集に残っている。しかし目を通すことはまったくない。話にならないからだ。恥をさらすようだが、ここでその一つをありのまま正直に紹介しておく。本書の最終章で扱った「現代精神と移し替えの戯れ」(『ドキュマン』第二年次第八号)の末尾の余白に、一九七八年頃、私はこう記している。

「芸術表現を成り立たせているのは、レトリックによる、既成秩序維持的な象徴の置換の戯れ(→シュルレアリスムを指す)にあるのではなく、それらの背後にある悪の部分なのである」

私は何を言っているのだろうか。当時の私には「移し替え」(transposition、「置き換え」、「置換」とも)の内実がつかめていない。そもそも「現代精神」が分かっていない。この論文の出発点になっているロジェ・ヴィトラックの論文「現代精神」を読んでいないことにも一因はある(口実めくが、当時の日本にいて、一九三一年のフランスの日刊紙発表の論文を入手することはできない相談だった)。要するにこのバタイユの論文の背景が私には分かっていないのである。フランス語の実力不足とともに、論文を成立させている歴史と文化の事情への無知が読解を浅くまた見当はずれのものにしている。

この歴史と文化の背景については本書の最終章で語ったが、おおよそ次のような事情のことなのだ。

フランスの芸術は、一九〇〇年初頭から前衛の「現代精神」にリードされて、目新しい表現を次々に生み出してきた。その際目立ったのは題材の拡大である。人が夜見る夢から幻想的な光景や言葉を絵画や詩に導入したり、未開民族の文化所産から不可思議な図像や強烈なリズムを導入したりという「移し替え」が行われるようになったということだ。この傾向は、一九二〇年代からの第二期の「現代精神」において、とりわけシュルレアリストによって、デペイズマンの技法とともに、より顕著に行われるようになり、前衛芸術をいっそう華やかにした。

だが真に新しい芸術は生まれてきていないとヴィトラックはとくに一九二〇年代の華やぐ前衛芸術に疑問を呈し、バタイユはこれを受けてその理由を語るのである。その理由は、「現代精神」がいささかも現代的でも前衛的でもなく、過去の美意識に染まったきりであることにある。つまり目新しい題材に対してもこれを既存の美の感覚に同質化させている。その程度の「移し替え」しかしていないことに原因があるというのだ。アルテラシオン、すなわち変質こそが、芸術に真の輝きを与える。そしてそれは芸術を超えて、人を宗教的な次元へ導き、瞬間的にしろ広大な交わりへ、自然界と人類を含めたこの世界全体との大いなる生の交流へ没入させると説いていくのである。第二次世界大戦の始まる直前、「聖なるもの」を書いてバタイユはそう『ドキュマン』の時代の考察を発展させている。

本書は、若いころの私の到らない読解が出発点にある。歴史と文化に立ち返って理解しないと『ドキュマン』は分からないという苦い実感だ。そもそもこれは、バタイユのどの書き物にも多かれ少なかれ言えることだと思っている。バタイユを理解するとはヨーロッパを理解することなのだ。そしてその理解は私たちの今の世界への理解にも少なからず影響を与えるはずである。

アルテラシオンひとつとっても、現在の人類の営みの偏りを教えてくれる。牛肉のシャトーブリアンを醤油で焼いて箸でつまんで食べるのがこちらの現状であるとすれば、花のパリではカッパ巻きの中身はアボカド、黒海苔の外見が不気味とかで不評なのでさらに白米を巻いて白ゴマをまぶす。ことほどさように文明はどの地においても同質化を志向する。とりわけ近代文明に毒された地域では同質化を破ることに小心だ。物が豊かになり、他人も異文化も物のごとく処理して各人の幸福と安寧に寄与させている。異質のものの生の輝きなど不要だといわんばかりに。情報化社会を行き交うイメージや言葉の「移し替え」に多くの人が安らぎまた同時に苦しんでいる。文明の利己主義、その御都合主義に、バタイユの批判はいまだ有効なのではあるまいか。

バタイユとともに文化を語る野心は私のなかでいっそう強まるばかりである。私は一九八三年にフランスに留学し、まっさきに図書館から『ドキュマン』の雑誌原典を引き出した。そのときの驚きは今も覚えている。光沢のある厚手の紙から文字と写真が浮き上がって、これが新しい思想なのだ、と私の感覚を刺激した。おりしもドイツに留学していた友人から「いっしょにヨーロッパを相対化しませんか」との手紙を受け取ったが、その友はその後どうしているのだろうか。私にとって若い頃の野心は消えることのない指針である。三一歳のバタイユは『ドキュマン』でしきりに周囲の文明を「年老いた」とか「無気力の」と形容している。アルテラシオンを求めるということは若さの証しなのかもしれない。動脈硬化に陥ったような近代の物質文明を変質させたい。この野心をバタイユは、冷静な相対化や距離を置く姿勢からではなく、物への過剰な愛から果たそうとした。いわく「本当に愛しているものを、人はとくに恥らいのなかで愛している。だから私はどんな絵画愛好家にもこう挑発したいのだ。フェティシスト（物神崇拝者）が靴の片われを愛するように一作の絵画を愛してみよ、と」（「現代精神と移し替えの戯れ」）。

本書は『ドキュマン』で展開されるバタイユの芸術思想を文化という広い視点で捉え直すことをめざした。『ドキュマン』以前と以後にも視点を設定して、それぞれの時代に生きる人の営みを落ち着いて論じたつもりである。熱量という点でバタイユの若い野心に遠く及ばないが、その一端でも読者に伝達できていれば幸甚である。

この企画、そして私の文筆に理解を示してくださった青土社の菱沼達也氏に感謝の気持ちを表したい。そして既存の文化への熱き相対化から新たな思想をめざす人に本書を捧げたい。

二〇一九年三月三〇日　　酒井健

初出一覧（なお初出の論文は大幅に加筆改稿のうえ本書に収録した）

まえがき（書き下ろし）

第Ⅰ部　人と社会に変化を求める芸術

第1章　新たな様相の思想（原題「雑誌『ドキュマン』とバタイユの野心（1）――新たな様相の思想」、『言語と文化』第九号、二〇一二年一月）

第2章　人体、人間、民族誌学――『ドキュマン』前夜から（原題同じ、『言語と文化』第九号別冊、二〇一二年三月）

第3章　表出と批判――『ドキュマン』の図像世界（原題同じ、『言語と文化』第九号別冊、二〇一二年三月）

第4章　転覆、そして浮遊する空間（原題同じ、『言語と文化』第九号別冊、二〇一二年三月）

第Ⅱ部　芸術と哲学

第1章　若きバタイユとシェストフの教え――「星の友情」の軌跡（原題同じ、『言語と文化』第一五号、二〇一八年一月）

第2章　プラトンの受容――シェストフ、バタイユ、デリダ（原題「プラトンのフランス現代思想――シェストフ、バタイユ、デリダ」、『法政大学文学部紀要』第七八号、二〇一九年三月）

第3章　存在と観照――バタイユの論考「八〇日間世界一周」をめぐって（原題同じ、『言語と文化』第一一号、二〇一四年一月）

第Ⅲ部　『ドキュマン』からの変化

第1章　ゴッホ論のゆくえ（原題「フィンセント・ファン・ゴッホと太陽の美学――フランス現代思想の視点から」、『言語と文化』第一六号、二〇一九年一月）

第2章　「現代精神」のゆくえ――芸術を宗教の地平へ開かせる（書き下ろし）

資料1　（原題「雑誌『ドキュマン』の紹介」、『言語と文化』第九号別冊、二〇一二年三月）

資料2　（「存在と観照――バタイユの論考「八〇日間世界一周」をめぐって」所収、『言語と文化』第一一号、二〇一四年一月）

あとがき（書き下ろし）

ま行

や行

ら行

人名索引

＊斜体は脚注のページ数

著者　酒井健（さかい・たけし）

1954年、東京生まれ。東京大学文学部仏文科卒業後、同大学大学院へ進学。パリ大学でジョルジュ・バタイユ論により博士号取得。現在、法政大学文学部教授。2000年に『ゴシックとは何か』でサントリー学芸賞受賞。そのほかの著書に『バタイユ　そのパトスとタナトス』（現代思潮新社）、『バタイユ入門』（ちくま新書）、『バタイユ　聖性の探究者』（人文書院）、『バタイユ　魅惑する思想』（白水社）、『バタイユ』、『夜の哲学　バタイユから生の深淵へ』（いずれも、青土社）、『シュルレアリスム　終わりなき革命』（中公新書）、『「魂」の思想史　近代の異端者とともに』（筑摩選書）、『絵画と現代思想』（新書館）、『死と生の遊び　縄文からクレーまで』（魁星出版）など。バタイユの訳書に『純然たる幸福』、『ランスの大聖堂』、『エロティシズム』、『ニーチェ覚書』（いずれも、ちくま学芸文庫）、『ヒロシマの人々の物語』、『魔法使いの弟子』、『太陽肛門』（いずれも、景文館書店）など。

バタイユと芸術
アルテラシオンの思想

2019年4月25日　第1刷印刷
2019年5月10日　第1刷発行

著者——酒井 健

発行人——清水一人
発行所——青土社
〒101-0051　東京都千代田区神田神保町1-29　市瀬ビル
［電話］03-3291-9831（編集）　03-3294-7829（営業）
［振替］00190-7-192955

印刷・製本——ディグ

装幀——水戸部功

ISBN978-4-7917-7165-3　C0010